THÉÂTRE
DE SOCIÉTÉ;

*Par l'Auteur du Théâtre à l'usage des
jeunes Personnes.*

TOME SECOND.

A PARIS,

Chez M. LAMBERT & F. J. BAUDOUIN,
Imprim. - Libraires, rue de la Harpe,
près Saint - Côme.

M. DCC. LXXXI.

Avec Approbation & Privilège du Roi.

LA CURIEUSE,

COMÉDIE

EN CINQ ACTES.

A ij

PERSONNAGES.

La Marquife DE VALCOUR.

SOPHIE, Fille aînée de la Marquife.

PAULINE, Sœur de Sophie.

CONSTANCE, Nièce de la Marquife.

Le Chevalier DE VALCOUR, Fils de la Marquife.

Le Baron DE SÉNANGES.

ROSE, Fille du Jardinier.

THIBAUT, Concierge.

La Scène est dans un Château de la Marquife.

LA CURIEUSE,

COMÉDIE.

ACTE I.

SCÈNE PREMIÈRE.

Le Théâtre représente un Jardin.

SOPHIE, PAULINE.

PAULINE.

MA SŒUR, ma chère Sophie, je vous en conjure....

SOPHIE.

Mais, encore une fois, toutes ces persécutions sont inutiles, je ne sais point de secret....

A iij

PAULINE.

Quoi, Sophie, vous qui êtes naturellement ſi vraie, pouvez - vous ſoutenir un menſonge avec tant d'aſſurance !

SOPHIE.

Un menſonge ! l'expreſſion eſt douce.....

PAULINE.

Elle eſt juſte, au moins.

SOPHIE.

Non ; car vous confondez toujours l'indiſcrétion avec la franchiſe ; & d'un défaut vous
faites une vertu. Tromper par intérêt, par vanité, ou par plaiſanterie, voilà ce qui s'appelle
mentir : mais ſoutenir avec fermeté qu'on
ignore le ſecret dont on eſt dépoſitaire, c'eſt
remplir un devoir que l'honneur impoſe, & qui
fait ſeul la ſûreté de la ſociété.

PAULINE.

Enfin, vous m'avouez donc que vous êtes
dépoſitaire d'un ſecret ? je vous en fais mon
compliment.

SOPHIE.

Il ne s'agit pas de moi, je parle en général.

PAULINE.

Ah! fort bien; ce n'étoit qu'une remontrance en forme de définition.

SOPHIE.

Pauline, changeons d'entretien, vous allez vous fâcher, je le vois.

PAULINE.

Ai-je tort? je suis votre sœur, je vous aime; je vous dis tout ce que je fais, & vous n'avez nulle confiance en moi.

SOPHIE.

Ma chère Pauline, vous avez un cœur excellent, & mille bonnes qualités, mais....

PAULINE.

Mais je suis curieuse, n'est-ce pas? Eh bien oui, je l'avoue; c'est que je n'ai pas votre tranquillité, votre indifférence; c'est que j'attache un prix infini aux plus petites choses qui peuvent intéresser les personnes que j'aime; voilà pourquoi je veux favoir, je veux découvrir tout ce qui les regarde. Si j'étois moins fenfible, je ferois parfaite à vos yeux, car je n'aurois, je vous affure, nulle curiofité.

SOPHIE.

Mais, ma fœur, je vois fans ceffe que votre curiofité s'exerce indifféremment & fans choix fur tous les objets qui fe préfentent.

PAULINE.

Oui, autrefois; oh je conviens que dans mon enfance on pouvoit me faire ce reproche.....

SOPHIE.

Mais il y a quinze jours feulement, la fille du Jardinier, Rofe, devoit fe marier; elle me le confia; il falloit que maman y décidât les parens du jeune homme, qui avoient en vue un autre parti, & que l'affaire, jufques-là, fût fecrette: vous fîtes tant, que vous la découvrîtes; le fecret fut divulgué, & le mariage manqua.

PAULINE.

Il eft vrai que j'eus tort dans cette occafion,

mais je ne prévoyois pas ce qui est arrivé.

SOPHIE.

Assurément vous n'avez jamais l'intention de faire une méchanceté, j'en suis bien certaine; mais, ma sœur, une curiosité excessive entraîne toujours avec elle les indiscrétions les plus dangereuses. Maman vous a dit cela tant de fois !

PAULINE.

C'est pourquoi vous pourriez vous épargner la peine de me le répéter. Mais pour revenir à ce que nous disions tout-à-l'heure, je vous proteste que je ne desire savoir votre secret que parce que j'ai démêlé que c'est vous qu'il intéresse personnellement; car pour ce qui est de pure curiosité, j'en suis corrigée...., mais.... absolument.

SOPHIE.

Vous me l'assurez; je dois vous croire. Eh bien, ma sœur, tranquillisez-vous. S'il est vrai que je sache un secret, je puis vous répondre qu'il ne me regarde point.

PAULINE.

S'il eft vrai.... Mais parlez clairement ; en favez-vous, où n'en favez-vous pas ?

SOPHIE.

Que vous importe, puifque l'affurance que je vous donne doit détruire les inquiétudes que vous aviez uniquement par amitié pour moi ?

PAULINE.

Enfin donc, je puis compter que ce fecret ne vous intéreffe point.

SOPHIE.

Toujours ce fecret.... Mais je ne conviens pas du tout que j'en fache un, au contraire, je le nie.

PAULINE.

Mais tout vous dément. J'ai des yeux ! Ne vois-je pas, depuis hier au foir, toutes vos chuchotteries avec ma coufine, quand je parois, les fignes, les mines, & puis tout l'embarras que je vous caufe.... Tenez, dans ce moment même vous attendez Conftance, j'en fuis fûre ; je vous gêne en reftant ici ; vous m'avez brufquée, grondée, fermonée, afin de m'engager à vous quitter, mais je tiendrai bon, je vous en avertis. (*d'un ton moqueur.*) Ma chère petite fœur, je vous aime trop pour m'éloigner de vous, je me décide à ne m'en pas féparer un inftant de toute la journée.

S O P H I E, *à part.*

Quelle patience il faut avoir ! (*Haut.*) Croyez-vous, Pauline, que de femblables manières puiffent engager à vous accorder beaucoup de confiance ?....

P A U L I N E.

· Mais vous me pouffez à bout. Oui, vous me défolez, vous êtes d'une ingratitude....

S O P H I E.

Ah, Pauline, que vous êtes injufte !

P A U L I N E.

Enfin, vous me préférez Conftance, vous en faites votre confidente, & je ne fuis pour vous deux qu'un tiers incommode, importun, moi qui fuis votre fœur ; cela n'eft-il pas cruel ?

SOPHIE.

Ah ! si vous étiez moins curieuse & moins indiscrette , je n'aurois jamais eu rien de caché pour vous ; mais cette confiance que vous me demandez , ma sœur , vous l'avez trahie tant de fois....

PAULINE.

Je vous le répète, je suis changée ; faites-en l'épreuve , confiez-moi votre secret.

SOPHIE.

Fort bien , ma sœur ; & vous prétendez n'être plus curieuse ?

PAULINE.

Je badine... Je vous jure qu'à présent si l'envie vous prenoit de me dire votre secret, je ne voudrois pas l'écouter. D'ailleurs , je le saurai bien malgré vous, si je le desire ; je devine juste quelquefois. Vous pourriez vous en souvenir !

SOPHIE.

Que voulez-vous dire?....

PAULINE.

Vous avez été quatre mois à Paris avec ma

tante ; je fuis reftée ici : il n'y a que trois mois
que vous êtes revenue, eh bien, au bout de
quinze jours je me fuis apperçue...

SOPHIE.

Mais de quoi ?

PAULINE.

De tout ce que vous avez confié à Conftance.... Niez cela fi vous l'ofez !.... Quand, à
votre retour, Maman vous dit que ce mariage
arrangé pour vous, étoit rompu ; vous mon-
trâtes tant de joie, tant de joie, qu'il étoit
clair.... que vous en defiriez un autre...

SOPHIE.

Ah je ne defire que de pouvoir conferver
ma liberté !....

PAULINE.

Quel ton tragique !.... C'eft de cette manière
que vous difiez, il y a quatre jours, à Conftance : (*Elle prend un ton langoureux.*) « Oui,
» le temps, la raifon, je l'efpère, effaceront de
» mon efprit un fouvenir fi dangereux.... » Et
puis après ces mots vous avez fait un foupir .....

mais un soupir que je ne puis contrefaire, car il étoit.... inimitable.

SOPHIE, *à part.*

Ah Dieu !.... (*Haut.*) Et comment avez-vous donc entendu cela ?

PAULINE.

Nous couchons dans la même chambre....

SOPHIE.

Eh bien ?

PAULINE.

Eh bien, vous m'avez cru bien profondément endormie.... Je crois en effet que je ronflois un peu, & cependant j'entendois toute votre conversation....

SOPHIE.

Comment pouvez-vous avouer sans rougir ?....

PAULINE.

Enfin, ai-je bien entendu ?....

SOPHIE.

Cela peut être, mais ce que vous supposez n'en est pas moins faux...

PAULINE.

Bon, bon, vous êtes comme ma cousine, j'en suis sûre ; car j'ai aussi découvert son secret .... & toujours en dormant.

SOPHIE.

Comment ?....

PAULINE.

Eh oui, elle aime mon frère....

SOPHIE.

Mais sûrement, elle aime mon frère ; ils font parens, élevés ensemble...

PAULINE.

Vous m'entendez bien... Elle l'aime d'une certaine manière... Là comme vous aimez ce... ce jeune homme.... cet inconnu que vous avez laissé à Paris ; car je dois vous avouer que je ne sais pas son nom... Si vous vouliez me le dire...

SOPHIE, *à part.*

Ah grand Dieu ! si elle savoit tout ce qu'elle me fait souffrir... (*Elle se tourne pour essuyer ses pleurs.*)

PAULINE.

Mais ce n'est pas tout cela qui m'intéresse le plus aujourd'hui, je ne pense qu'au grand secret qui occupe toute la maison ; voilà ce qu'il faut absolument découvrir.... J'y parviendrai, j'en ai le presentiment. Je parierois, par exemple, qu'il est question d'un mariage... Nous sommes ici trois personnes à marier, vous, ma cousine & moi ; il s'agit de deviner de laquelle on s'occupe.

SOPHIE.

Quoi ! vous croyez que si c'étoit de vous on vous le cacheroit, & que vous seriez la seule des trois pour qui ce secret en fût un ?

PAULINE.

Oh mon Dieu ! j'en suis sûre ; Maman vous le confieroit avant de m'en parler, & je ne l'apprendrois que lorsque la chose seroit toute arrangée...

SOPHIE.

Ah ! Pauline, que de réflexions cette certitude devroit vous faire faire ! Quelle cruelle
justice

juſtice vous vous rendez vous-même! Comment la perſuaſion où vous êtes d'inſpirer une dé-fiance ſi injurieuſe & ſi humiliante, ne vous engage-t-elle pas à ſurmonter vos défauts.

PAULINE.

Ah ah, vous convenez preſque que j'ai de-viné....

SOPHIE.

Quoi ?....

PAULINE.

Sur ce mariage...

SOPHIE.

Comment, vous croyez, ma ſœur, qu'on va vous marier ?

PAULINE.

Vous me l'avez fait entendre.

SOPHIE.

Moi ?...

PAULINE.

Il eſt vrai que vous êtes mon aînée,.... mais de trois ans ſeulement... Ah! il me vient une idée... Peut-être va-t-on nous marier toutes deux en même-temps...

Tome II. B

SOPHIE.

Sans doute, & Conſtance auſſi, trois noces dans un jour ; voilà le ſecret, vous l'avez découvert.

PAULINE.

Vous plaiſantez ; mais pour un mariage, il y en a un en l'air, cela eſt ſûr... Ce Baron de Sénanges, qui eſt arrivé hier, & qu'on n'a jamais vu ici, par exemple, vous ne me nierez pas qu'il ne ſoit du ſecret ?... Ses longs entretiens avec maman, ſa diſtraction, ſa préoccupation, tout le prouve.... cependant il eſt bien triſte & bien vieux... J'imagine que ce n'eſt pas lui qui ſonge à ſe marier .... mais il a un fils peut-être.... ou du moins des neveux.... Oh ! je débrouillerai tout cela. Mon Dieu, que mon frère n'eſt-il ici ; il m'aime, lui .... Il ne me feroit pas de cachotteries. Enfin, il doit bientôt revenir de ſon Régiment... Sophie, qu'avez-vous donc ? Vous rêvez, vous ne m'écoutez pas.

SOPHIE.

Je n'ai rien à répondre à toutes les folies que vous dites depuis une heure.

PAULINE.

Des folles !... Il n'y a que vous de raisonnable ; voilà du moins ce que vous pensez... Oui, vous vous croyez un petit modèle de perfection.... & puis quand vous avez bien prêché, d'un ton bien sententieux, vous gardez un dédaigneux silence, & l'on ne peut plus obtenir une seule parole de vous... Oh ! vous êtes d'une société tout-à-fait aimable.

SOPHIE.

Pauline, vous voulez me mettre en colère, & vous ne réussirez qu'à m'affliger en vous donnant des torts que mon amitié ne peut vous voir sans un mortel chagrin.

PAULINE.

Je ne sais comment vous faites ; vous trouvez toujours le secret d'avoir raison.

SOPHIE.

Vous qui aimez tant les secrets, vous devriez apprendre celui-là ; je ne me flatte pas de l'avoir, mais du moins je saurois le préférer à tout autre.

PAULINE.

Ah ! Sophie , fi vous m'aimiez davantage ,
que je vous admirerois de bon cœur !... Quelqu'un vient... Ah ! c'eſt Conſtance.

SCENE II.

SOPHIE, PAULINE, CONSTANCE.

CONSTANCE *arrive précipitamment ; elle dit :*

SOPHIE.... (*Enſuite voyant Pauline , elle s'arrête. Il y a un moment de ſilence , pendant lequel Pauline les examine.*)

SOPHIE, *à Conſtance.*

Conſtance , vous nous cherchiez ?

PAULINE.

Oui , elle eſt charmée de nous trouver en-
ſemble .... cela eſt peint ſur ſa phiſionomie.

CONSTANCE.

Pourquoi , Pauline , penſeriez-vous le contraire ? Je vous aime l'une & l'autre également ,
vous le ſavez bien.

PAULINE.

Affurément, quand la confiance eſt établie comme elle l'eſt entre nous trois, ſi l'une eſt abſente, les deux autres la deſirent ou la cherchent: c'eſt ce que nous allions faire, ma ſœur & moi, quand vous êtes arrivée. A préſent que nous voilà réunies, nous allons bien cauſer; allons, aſſeyons-nous. (*Elle tire un banc.*)

SOPHIE, *bas à Conſtance.*

Il faut diſſimuler.

CONSTANCE, *bas à Sophie.*

Nous ne trouverons donc jamais le moment de lire cette lettre.... (*Elle s'arrête, parce que Pauline tourne la tête, & les regarde.*)

PAULINE.

Eh bien! je vous y prends déjà.

SOPHIE.

Quoi ?

PAULINE.

A parler bas ..... en vérité cela n'eſt pas ſupportable ..... j'oſe dire qu'on ſeroit en droit d'attendre, de deux perſonnes auſſi prudentes,

B iij

aussi discrettes, aussi parfaites, un peu plus de
politesse ; mais je ne veux pas pousser plus loin
l'importunité , je vais vous laisser le champ
libre. Adieu, Sophie, je ne vous contraindrai
plus, je vous fuirai désormais , puisque je ne
puis vous plaire que de cette manière.

SOPHIE.

Ma chère Pauline, que vous êtes cruelle !
Restez, je vous en conjure....

PAULINE.

Non , ma sœur, non.... A vous dire le vrai ,
je me fais beaucoup de violence.... Si je restois
vous m'impatienteriez, & j'aimerois mieux me
fâcher que de m'en aller, mais il faut apprendre à se vaincre. Adieu.... (*Elle sort brusquement.*)

S C È N E III.

SOPHIE, CONSTANCE, ROSE.

(Elles restent un moment sans parler, jusqu'à ce qu'elles aient perdu de vue Pauline.)

CONSTANCE.

ENFIN, la voilà partie.

SOPHIE.

Oui, mais je crains qu'elle ne revienne bientôt.

CONSTANCE.

Elle est aussi très-capable de se cacher pour nous écouter....

SOPHIE.

Allez-y voir tout doucement... Mon Dieu ! quel tourment que l'obligation indispensable de prendre tant de précautions contre une personne qu'on aime !

CONSTANCE, *revenant.*

Soyez tranquille à présent, j'ai trouvé Rose

à l'entrée du bofquet, & je l'ai chargée de nous avertir quand elle verroit Pauline.

SOPHIE.

Mais c'eft dire à Rofe que nous avons un fecret...

CONSTANCE.

Point du tout.... Rofe eft fi fimple ! Je lui ai dit en riant que c'étoit une plaifanterie ; elle le croit , d'autant mieux que nous lui avons déjà fait faire le guet plus d'une fois pour des bagatelles.... Enfin , du moins nous fommes fûres que Pauline ne viendra pas nous furprendre.... Ne perdons point de temps, chère Sophie.

SOPHIE.

Ah Conftance !

CONSTANCE.

Quelle inquiétude vous me caufez !...

SOPHIE.

Si vous faviez tout ce que j'ai fouffert depuis hier , & combien il en coûtoit à mon cœur pour paroître auffi paifible , auffi gaie

que de coutume !... Hélas ! j'ai tout perdu....
Cet objet d'un fentiment fi tendre , . . . cet aimable & malheureux Sénanges... O Conftance !
il n'exifte plus....

CONSTANCE.

Jufte Ciel !

SOPHIE.

Il eft mort !.... & fans favoir de quel retour
paffionné je payois fa tendreffe! .... Il eft mort !....
Vous croyez connoître à préfent toute l'étendue de mon malheur..... mais je ne vous en ai
découvert qu'une partie....

CONSTANCE.

Vous me faites frémir !....

SOPHIE.

Ah Conftance , armez-vous de courage ,
vous en aurez befoin....

CONSTANCE.

Ciel !... il s'agit de votre frère ?.... Mais vous
m'avez dit hier au foir que vous aviez reçu
une lettre de lui , & qu'il vous prioit de me la
communiquer....

SOPHIE.

C'eſt le Concierge qui m'a remis cette lettre.... La voici, tenez liſez.... Mais auparavant, voyez encore ſi Roſe eſt toujours-là.

CONSTANCE.

J'y vais....

SOPHIE.

O mon frère! mon frère!... quelle ſera la fin de cette cruelle aventure!...

CONSTANCE, *revenant.*

Roſe eſt-là, Pauline ne paroît point, profitons de cet inſtant favorable, donnez, ma chère Sophie, calmez ou confirmez mes mortelles alarmes....

SOPHIE, *lui donnant la lettre.*

Hélas!... qu'allez-vous apprendre!...

CONSTANCE, *ouvrant la lettre.*

La date eſt de jeudi matin!...

SOPHIE.

C'étoit hier....

CONSTANCE.

Hier ! mais le Régiment de Monſieur de Valcour eſt à quarante lieues d'ici, comment avez-vous pu recevoir ſa lettre le même jour?...

SOPHIE.

Ah ! Conſtance, mon frère n'eſt plus à ſon Régiment, il eſt ici...

CONSTANCE.

Il eſt ici ?....

SOPHIE.

Ah Dieu ! n'élevez pas la voix ; ſi l'on nous entendoit !.... Oui, il eſt caché dans ce Châ-teau.... Mais liſez cette fatale lettre, elle vous inſtruira de tout.... Tenez.... paſſez cette pre-mière page.... C'eſt ici que commence le détail de cette malheureuſe aventure : *vous ſavez que le Régiment.*

CONSTANCE, *liſant.*

» Vous ſavez que le Régiment du Marquis
» de Valcé eſt à trente lieues de la Ville où je
» ſuis, & vous connoiſſez toute l'amitié qui

» m'unit à Valcé. Une lettre d'un de nos amis
» communs m'apprit qu'il avoit perdu une
» fomme confidérable au jeu, & qu'il étoit an
» défefpoir. Voulant fans délai voler à fon fe-
» cours, je chargeai mon Valet-de-chambre
» de répandre le bruit que j'étois malade, afin
» de me difpenfer de mon fervice, & je par-
» tis fur le champ, comptant revenir fous deux
» jours au plus tard. »

SOPHIE.

Vous reconnoiffez-là mon frère...

CONSTANCE.

Eh quoi donc! une action fi noble pourroit-
elle avoir eu des fuites dangereufes !....

SOPHIE.

Hélas !.... Mais achevez.

CONSTANCE.

» Comme je partois fans congé, je pris la
» précaution de changer de nom, & j'arrivai
» à Valenciennes fous celui du Chevalier de
» Mirville. En entrant dans la Ville, je ne pen-

» fai point fans attendriffement, ma chère So-
» phie, que je n'étois plus qu'à quinze lieues
» de ma mère & de mes fœurs.... »

SOPHIE.

Paix.... j'entends du bruit.

CONSTANCE.

C'eft Rofe.

SOPHIE.

Ah ! rendez-moi ma lettre.... (*Elle prend la
lettre, & la met dans fa poche.*)

ROSE *arrive précipitamment & myftérieufe-
ment ; elle dit en paffant auprès de Sophie :*

Mademoifelle Pauline eft fur mes talons.
(*Elle traverfe le Théâtre, & fort par le côté oppofé
à celui par lequel elle eft venue.*)

SOPHIE.

Eft-il rien de plus cruel !....

CONSTANCE.

Allons dans notre chambre.

SOPHIE.

Pauline nous y fuivra de même.... Mais je

l'entends. Au nom du Ciel diffimulez le trouble qui vous preffe, l'intérêt le plus cher nous en fait une loi.... La voici, changeons d'entretien.

SCÈNE IV.

SOPHIE, CONSTANCE, ROSE, PAULINE.

(Cette dernière fait quelques pas, & s'arrête.)

CONSTANCE.

POUR moi, j'aime mieux les jardins Anglois...

SOPHIE.

Et moi, je trouve qu'ils n'imitent jamais la nature que mefquinement, &....

PAULINE, *s'avançant.*

Pardon, j'interromps à ce qu'il me paroît, une difpute bien vive & bien intéreffante.

CONSTANCE.

Oh point du tout, nous parlions de jardins.

PAULINE.

Oui, & dans la crainte qu'on n'interrompît

un entretien si important, vous aviez posé une sentinelle à l'entrée du bosquet.

SOPHIE.

Que voulez-vous dire ?

PAULINE.

Rose n'étoit pas-là tout-à-l'heure ? Je ne l'ai pas vue prendre ses jambes à son cou pour venir vous avertir de mon arrivée ?.... Sophie, Constance, vous êtes, l'une & l'autre, fort prudentes, mais vous manquez de finesse ; vous en manquez absolument, je ne puis vous le cacher : tâchez de mettre un peu plus d'art dans vos petites intrigues, sans quoi je les dé-couvrirai toujours.

CONSTANCE.

Eh bien ! qu'avez-vous découvert ?

PAULINE.

D'abord, que vous avez un secret ; il me reste à savoir ce que c'est que ce secret, & pour cela je ne vous demande que le reste du jour ; ce soir je vous en rendrai compte ; oh ! je vous promets de ne vous pas faire languir. Tenez, je vais commencer. Premièrement, en vous examinant bien, je dois, à vos mines, pénétrer à-peu-près de quelle nature est votre secret ; vous en parliez, car vous imaginez bien que je ne suis pas la dupe de votre jardin anglois. Voyons un peu l'impression qui est restée sur vos visages....

SOPHIE.

Pauline, vous ne verrez sur le mien que la honte que je ressens pour vous, des excès où vous entraîne une curiosité si condamnable.

PAULINE.

Avec quel air d'indignation vous me parlez! O Ciel! ce n'est donc point assez de me refuser votre confiance ; Sophie, vous me méprisez.... Eh bien, si je n'ai pas vos vertus, je puis les acquérir, je suis jeune, je puis me corriger. Ma sœur, auriez-vous perdu cette espérance?.... Ah! répondez, rassurez-moi....

SOPHIE.

Avec un si bon cœur peut-on être incorrigible?....

PAULINE.

PAULINE.

Ah, ma sœur !…. (*Elles s'embraſſent, &* *après un moment de ſilence :*)

SOPHIE.

Chère Pauline, j'attends tout de votre eſprit & de vos réflexions.

PAULINE.

Et moi, de votre exemple & de vos conſeils.

CONSTANCE.

Quelqu'un vient… C'eſt ma tante, je crois.

PAULINE.

Oui, c'eſt elle-même.

SCÈNE V.

SOPHIE, CONSTANCE, ROSE, PAULINE, LA MARQUISE.

LA MARQUISE, *à part, dans le fond du Théâtre.*

LA voilà, il faut renvoyer les autres. (*Haut.*) Pauline, allez dans le ſallon, recevoir quelques

perfonnes qui viennent d'arriver, j'irai bientôt
veus rejoindre. Conftance , fuivez votre coufine.... Et vous, Sophie, reftez.

PAULINE.

Et ma fœur.... ne vient pas avec nous?

LA MARQUISE.

Cela n'eft pas néceffaire.... Allez....

PAULINE.

Mais, maman, Sophie eft l'ainée, elle feroit
mieux les honneurs que moi....

LA MARQUISE.

Je vous juge capable de la remplacer dans
cette occafion.

PAULINE.

Vous voulez donc refter feule avec elle?....

LA MARQUISE.

Pauline, je voudrois moins de queftions, &
plus d'obéiffance.

PAULINE.

Moins de queftions !.... Je n'en ai fait
qu'une....

LA MARQUISE.

Je vous défends d'en ajouter une seconde,
& de rester un instant de plus.

PAULINE, *à part, en s'en allant.*

Ah que cela est dur ! Je suis au désespoir......

(*Elle sort, Constance la suit.*)

CONSTANCE, *à part, en s'en allant.*

Quand sortirai-je de l'incertitude qui m'accable !....

SCÈNE VI.

LA MARQUISE, SOPHIE.

LA MARQUISE, *regardant sortir Pauline.*

QUEL caractère !.... Et que de peines il me cause !.... Enfin, nous voilà seules, mon enfant; je voulois vous parler, Sophie, j'ai besoin de vous ouvrir mon cœur.

SOPHIE.

Ah ! Maman, je n'osois vous demander le sujet de votre tristesse.....

LA MARQUISE,

Je fuis accablée d'un chagrin d'autant plus cruel, qu'il faut le diffimuler à tous les yeux. Ma fille, votre fageffe & votre difcrétion, fi fort au-deffus de votre âge, autorifent ma confiance en vous; elle eft fans-bornes, & je vais vous le prouver en vous révélant le fecret le plus important que je puiffe jamais vous découvrir.

SOPHIE.

Vous pouvez, par de nouvelles bontés, augmenter mon bonheur, & non ma tendreffe & ma reconnoiffance: je ne puis, maman, ni vous aimer mieux, ni fentir plus vivement tout ce que je vous dois.

LA MARQUISE.

Sophie ! que vous me rendez une heureufe mère !.... Mais hélas ! je n'ai qu'une amie, & j'ai deux filles.

SOPHIE.

Pauline fe rendra digne un jour d'un titre fi glorieux & fi cher....

LA MARQUISE.

Ah! plût au Ciel.... Mais revenons au secret que je veux vous confier, ma chère Sophie ; il va vous plonger dans la douleur.

SOPHIE.

Et n'y suis-je pas préparée, puisque je vois qu'il vous afflige ?

LA MARQUISE.

Ce secret regarde votre frère.

SOPHIE, *à part.*

Je ne le sais que trop. (*Haut.*) Eh bien ! Maman.

LA MARQUISE.

D'abord je commencerai par vous dire qu'il se porte bien, & qu'il est en sûreté ; à présent voici son histoire en deux mots : il y a environ douze jours qu'il quitta son Régiment sans congé ; l'amitié l'appelloit à Valenciennes, il y fut sous un nom supposé, son malheur lui fit choisir une Auberge où logeoit le Marquis de Sénanges ; dès le soir même ils eurent une difpute aſſez vive pour leur faire prendre la réſolution de ſe battre le lendemain.

SOPHIE.

Ah Dieu !

LA MARQUISE.

En effet, à la pointe du jour ils partirent l'un & l'autre à cheval, pour aller ſe battre ſur les frontières. Que vous dirai-je, ma chère Sophie, votre frère, après avoir reçu une bleſſure profonde & dangereuſe, porte à ſon adverſaire un coup terrible ; il le voit chanceler, & baigné dans ſon ſang, tomber enfin à ſes pieds : il le crut mort !....

SOPHIE, *à part.*

Infortuné Sénanges !....

LA MARQUISE.

Et votre frère lui-même pouvant à peine ſe ſoutenir, ſe traîne vers ſon cheval ; & bientôt, raſſemblant le peu de forces qui lui reſte, il s'éloigne de ce funeſte lieu. Cette ſcène affreuſe ſe paſſoit ſur la frontière, & par conſéquent à quatre lieues d'ici....

SOPHIE.

Hélas! si près de nous!....

LA MARQUISE.

Mon fils n'ayant plus qu'un pas à faire pour être hors de la France, avoit le projet de la quitter; mais au bout d'une demi-heure, épuisé par le sang qu'il perdoit, il fut contraint de s'arrêter & de s'asseoir au pied d'un arbre, où bientôt il perdit tout-à-fait l'usage de ses sens. Ce fut dans cet instant que la Providence conduisit dans ce lieu même le fidèle Thibaut, mon Concierge, dont vous connoissez l'attachement.

SOPHIE.

Ah! le Ciel pouvoit-il abandonner le fils de la plus tendre, de la meilleure des mères!.... Tous ses bienfaits, Maman, nous les devons à vos vertus.

LA MARQUISE.

Le plus grand de tous pour moi, il l'a placé dans ton cœur; c'est dans cette ame si pure & si sensible, que je trouve le bonheur le plus

doux dont je puisse jouir, & les seules consola-
tions dont je sois susceptible.... Mais reprenons
un triste entretien que nous ne pourrons peut-
être pas renouer avant la fin du jour.

SOPHIE.

Thibaut, conduisit mon frère ici ?....

LA MARQUISE.

Il étoit heureusement seul dans un cabrio-
let couvert, il y porta mon fils, toujours sans
connoissance, & prenant un chemin détourné,
il le mena d'abord à l'entrée du Village, chez
sa mère ; ensuite, quand tout le monde fut
couché dans le Château, il vint m'annoncer
ce tragique événement : je courus moi-même
chercher mon malheureux fils ; Thibaut & mon
Valet-de-chambre-Chirurgien, le transportè-
rent dans une des pièces de mon appartement,
où je l'ai veillé pendant sept nuits qu'il a été
dans le plus grand danger !....

SOPHIE.

Et je n'ai point partagé des soins si chers &

fi douloureux !.... Mais enfin, Maman, mon frère eft-il parfaitement rétabli ?

LA MARQUISE.

Il eft du moins en état de partir fans danger.

SOPHIE.

Comment ! il va partir ?....

LA MARQUISE.

Hélas ! il le faut bien. Jugez, mon enfant, du mortel embarras où je me trouve ; ce Baron de Sénanges, qui vient d'arriver, eft le père du malheureux jeune homme à qui votre frère a fans doute ôté la vie !....

SOPHIE.

Il ignore ce funefte événement ?....

LA MARQUISE.

Il ne fait, grace au Ciel, qu'une partie de la vérité ; on lui manda que fon fils & le Che-valier de Mirville étoient partis précipitam-ment, & enfemble ; que les gens de l'Auberge dépofoient qu'ils avoient eu une difpute très-

vive ; qu'on n'avoit point de leurs nouvelles ;
& qu'il n'étoit que trop vraisemblable qu'ils
ne s'étoient absentés si brusquement que pour
aller se battre ; on ajoutoit que dans la querelle mon fils avoit été l'agresseur. En apprenant cette fatale aventure, le Baron de Sénanges, naturellement aussi violent que sensible, éprouva autant de ressentiment que de
douleur : il écrivit aux Commandans des Places
frontières, afin d'apprendre si le Chevalier de
Mirville étoit passé dans les Pays étrangers,
ou pour empêcher sa fuite s'il en étoit encore
temps.

SOPHIE.

Ainsi ne sachant pas le vrai nom de mon
frère, c'est une chimère qu'il poursuit.

LA MARQUISE.

Mais ce nom qu'il nous est si important de
cacher, il peut le découvrir ; sa fortune, son
rang, son caractère le rendent l'ennemi le plus
redoutable & le plus dangereux....

SOPHIE.

Mais quel motif l'a conduit ici ?

LA MARQUISE.

Il est venu dans cette Province avec l'espoir d'y acquérir quelques lumières sur le fort de son fils. Il suppose qu'il s'est battu sur la frontière ; ma terre y est située, il m'a connue autrefois ; toutes ces circonstances l'ont décidé à venir chez moi : imaginez ce que j'ai dû ressentir en le voyant paroître !..... Il m'a fait tous les détails de cette affreuse histoire ; il ne m'entretient que de sa douleur & de ses projets de vengeance ; je partage sa peine ; je pleure avec lui ; mais que ces larmes sont amères ! C'est dans le sein d'un ennemi cruel que je les répands :.... du persécuteur de mon fils !....

SOPHIE.

Ah Dieu ! vous me faites frémir !

LA MARQUISE.

Enfin, je ressens depuis vingt-quatre heures, tout ce que la contrainte, la terreur & la pitié peuvent faire éprouver de plus cruel & de plus douloureux. Mais, hélas ; l'infortuné qui me cause tant de peines ; est encore plus à plaindre que moi !....

SOPHIE.

Le malheureux ! il croit que la vengeance
pourroit le confoler !....

LA MARQUISE.

Ah ! fans doute il s'abufe ; s'il eſt vrai qu'un
cœur puiſſe s'égarer, juſqu'à defirer la vengeance, en eſt-il d'aſſez barbares pour l'aſſou-
vir fans horreur ?.... Cette affreuſe jouiſſance
des ames lâches & féroces, dégrade celui qui
s'y livre, & le condamne à d'éternels remords.

SOPHIE.

Maman, mon frère va donc partir bientôt ?

LA MARQUISE.

Cette nuit même.

SOPHIE.

Et ces ordres donnés aux Commandans des
Places frontières ?....

LA MARQUISE.

Ces ordres ne regardent que le Chevalier de
Mirville. Mon fils eſt connu, on ne pourra le
confondre avec un jeune homme dont le nom

est différent, & qui n'est désigné que comme un aventurier. Voilà les réflexions qui doivent me rassurer : cependant je tremble ; d'affreux pressentimens me poursuivent & m'accablent.... Si le Baron de Sénanges alloit apprendre la nouvelle positive de la mort de son fils, s'il alloit découvrir l'asyle & le vrai nom de son ennemi, juste Ciel ! à quel excès un désespoir furieux ne le porteroit-il pas !....

SOPHIE.

Ah ! Maman, vous me glacez d'effroi....

LA MARQUISE.

J'ai pris toutes les précautions que la prudence d'une mère peut suggérer ; j'ai défendu qu'on laissât entrer aucun étranger dans le Château.... Mais que nous veut Thibaut !....

SCÈNE VII.

SOPHIE, LA MARQUISE, THIBAUT.

THIBAUT.

Madame, j'aurois un mot à vous dire....

LA MARQUISE.

Vous pouvez parler devant Sophie....

THIBAUT.

Je viens prendre vos ordres sur une chose qui me paroît très-importante, & qui m'inquiète beaucoup....

LA MARQUISE.

Eh mon Dieu, de quoi s'agit-il ?...

THIBAUT.

C'est que nous avons autour du Château un espion, un porteur de nouvelles, que sais-je, un diable d'homme qui rôde aux environs d'ici depuis le matin....

LA MARQUISE.

O Ciel !....

THIBAUT.

Il demande le Baron de Sénanges....'.

LA MARQUISE.

Ah! nous sommes perdus !...

THIBAUT.

Oh que non , de par tous les diantres ,
donnez-moi seulement carte blanche , & je
vous réponds que ce gaillard-là , telle chose
qu'il puisse faire , n'entrera pas dans le Château....

LA MARQUISE.

Ah mon cher Thibaut , si vous nous préser-
vez de ce danger , que ne devez-vous pas attendre de ma reconnoissance !....

SOPHIE.

Thibaut , l'avez-vous vu cet homme ?

THIBAUT.

Eh vraiment oui , je le quitte dans l'instant ,
je lui ai parlé dans l'avenue ; il a refusé de se
nommer ; il vouloit absolument parler au Baron , le voir seul ; je l'ai renvoyé en lui décla-
rant qu'il ne pourroit l'entretenir que demain....

LA MARQUISE.

Mon fils alors fera hors de la France ! . . . .

THIBAUT.

Il m'a paru fatisfait de ma réponfe ; avec tout cela , j'ai grand peur qu'il ne faffe encore quelques tentatives pour entrer ici aujourd'hui : j'ai donné fon fignalement à Girard, que j'ai chargé de garder la grande porte ; moi, je veillerai fur celle des jardins ; ainfi, Madame, foyez tranquille . . . .

LA MARQUISE.

Tranquille ! . . . . Ah , puis - je l'être ! . . . . Quelle mine a-t-il ?

THIBAUT.

Une fort mauvaife mine : c'eft un grand drôle, qui a bien cela de plus que moi , tout enveloppé dans un manteau qui cache fa taille ; avec cela une voix doucereufe, & faifant des enjambées loin comme d'ici là-bas.....

SOPHIE.

Eh , mon Dieu ! cet homme me rappelle que ce matin, en me promenant avec ma bonne

&

& Pauline dans le petit bois, j'en ai vu roder un qui nous obfervoit, & fembloit vouloir fe dérober à nos regards : je n'ai pu voir fon vifage, un chapeau rabattu le cachoit entiérement.

THIBAUT.

Eh, oui, le chapeau rabattu; j'avois oublié cela : oh, c'eft le même !....

LA MARQUISE.

Comment, Sophie, il vous fuivoit?

SOPHIE.

Oui; mais toujours d'affez loin. Nous nous fommes affifes, & l'ayant perdu de vue, nous caufions tranquillement, quand au bout d'une demi-heure, un bruit de feuilles que j'ai entendu derrière moi, m'a fait tourner la tête, & j'ai vu ce même homme, le dos tourné, qui couroit de toute fa force.

LA MARQUISE.

Sans doute il vous écoutoit?

SOPHIE.

Nous l'avons cru, & auffi-tôt nous fommes rentrées.

Tome II.   D

LA MARQUISE.

Certainement c'eſt l'homme de Thibaut.....
Mais que ſignifie cette conduite myſtérieuſe ?....
Allons retrouver le Baron de Sénanges, ne le
quittons plus.... Ah, que la nuit n'eſt-elle venue !
quelle journée !.... Venez Sophie ; & vous
Thibaut, ne quittez pas les jardins.

THIBAUT.

Je retourne du côté de la porte, & j'y reſte-
rai juſqu'au moment du départ de notre jeune
Maître. (*Ils ſortent.*)

Fin du premier Acte.

ACTE II.

SCÈNE PREMIÈRE.

SOPHIE, CONSTANCE.

SOPHIE.

Ah, Constance, cachez vos larmes, songez combien la dissimulation nous est nécessaire !

CONSTANCE.

Je ne puis, je l'avoue, supporter la présence odieuse & cruelle du Baron de Sénanges....

SOPHIE.

Je ne vous demande que le courage dont je vous donne l'exemple; & cependant quelle différence dans nos situations!.... Vous aimez mon frère, vous craignez pour ses jours; mais il vit, & cette même nuit doit voir enfin terminer nos alarmes.... Et moi j'ai perdu pour toujours l'objet malheureux & sensible que

D ij

mon cœur préféroit en secret.... Et par quelle
main m'est-il ravi ?.... Je trouve, hélas! dans
le plus aimé des frères, le meurtrier de mon
amant.... Comme sœur, comme amie, j'éprouve
vos mortelles inquiétudes; mon ame est déchirée par les vives douleurs d'une tendre mère;
& le destin qui m'accable me force encore à
partager les peines même de notre ennemi
commun, cet infortuné Baron de Sénanges! ....
Je le redoute, il me glace d'effroi... mais il
regrette, il pleure son malheureux fils!.... Je
ne puis le haïr!....

CONSTANCE.

En détaillant vos peines, vous m'ôtez le
droit de me plaindre; cependant, chère Sophie, que mon cœur est oppressé!.... Nour-
rissant depuis l'enfance un sentiment dont vous
fûtes jusqu'ici la seule confidente; certaine,
en secret, d'être aimée; assurée que ma tante
ne pouvoit manquer d'approuver un amour
autorisé par toutes les convenances; que j'étois
heureuse jusqu'à ce jour qui détruit un bonheur

fondé fur des efpérances fi chères !.... Valcour perfécuté, profcrit, va, dans quelques heures, s'exiler de fa patrie, & peut-être pour toujours !.... Il va partir fans connoître à quel excès il eft aimé ; vous le favez, jamais ma bouche n'ofa prononcer un aveu fi doux.....

S O P H I E.

Ah, croyez que, malgré votre réferve & ma difcrétion, mon frère, depuis long-temps, a lu dans votre cœur....

C O N S T A N C E.

Eh, comment auroit-il pu découvrir une paffion dont cet inftant feul m'a fait connoître toute la force & toute la vérité ?.... Je croyois n'avoir pour lui qu'un fimple fentiment de préférence. Hélas ! je n'avois jamais tremblé pour fes jours !.... Enfin, qu'il puiffe partir fans obftacle, qu'il puiffe fe fouftraire à la fureur d'un ennemi auffi dangereux que vindicatif.... de tant de douces efpérances, voilà donc la feule que le fort m'ait laiffée !.... Si du moins encore je pouvois le voir un moment avant fon départ, lui parler

fans contrainte.... & n'avoir que vous, chère
Sophie, pour témoin d'un fi trifte entretien ! ....
Mais je ne goûterai même pas cette confolation....
Ah ! Sophie, que je fuis malheureufe ! ....

SOPHIE.

Au nom du Ciel, calmez-vous, on vient....

CONSTANCE.

C'eft ma Tante, je vous laiffe, & vais cacher
une douleur dont chaque inftant accroît la
violence.... (*Elle fort.*)

SOPHIE.

Dieu, que va m'annoncer ma Mère ! .....
Comme elle paroît agitée ! ....

SCÈNE II.

LA MARQUISE, SOPHIE.

LA MARQUISE.

AH, ma fille ! .... quel nouveau furcroît d'inquiétude ! .... cet homme dont nous a parlé
Thibaut, rôde toujours aux environs du châ-

teau , & Girard l'a vu tout-à-l'heure encore se promener dans l'avenue.... S'il trouve le moyen de parler au Baron, ou s'il rencontre un de ses gens ! .... peut-être, hélas ! tout va-t-il se découvrir.... Mon fils, mon malheureux fils ! ....

S O P H I E.

Vous faites passer dans mon ame tous les tourmens dont la vôtre est déchirée !... O ma mère ! que deviendrons-nous si votre courage vous abandonne ?...

L A M A R Q U I S E.

Hélas ! essuyons nos pleurs ; si l'on nous surprenoit !...

S O P H I E.

Dieu !.... j'entends la voix du Baron !.... Ne dois-je pas m'éloigner , & vous laisser ensemble ?....

L A M A R Q U I S E.

Non ,.... il fait que je n'ai rien de caché pour vous ; & pour autoriser nos fréquens entretiens (la seule consolation qui me reste,) je viens de lui déclarer que vous m'aviez ques-

D iv

tionnée ſi vivement ; qu'aſſurée d'ailleurs de votre prudence, je n'avois pu me défendre de vous avouer la vérité.... Mais il vient.... Reſtez donc ma fille, & que votre courage, s'il ſe peut, ranime le mien.

SOPHIE, à part.

Quelle épreuve !.... O Ciel ! guide moi....

SCÈNE III.

SOPHIE, LA MARQUISE,
LE BARON.

LE BARON, tenant un papier.

JE viens, Madame, vous faire part d'une nouvelle qui me cauſe l'unique ſatisfaction dont je ſois maintenant ſuſceptible....

LA MARQUISE.

Comment ?....

LE BARON.

Enfin, ſi l'aſſaſſin de mon fils eſt encore en France, je ſuis ſûr à préſent qu'il ne peut m'échapper....

LA MARQUISE, *à part.*

Tout mon fang fe glace !....

SOPHIE, *à part.*

Je frémis !....

LE BARON.

Et d'après toutes les informations que j'ai prifes, il me paroît prouvé que dans les premiers huit jours qui ont fuivi cette déplorable aventure, nul étranger, de l'âge & de la tournure dont on m'a repréfenté ce Chevalier de Mirville, n'a paffé nos Places frontières. Il eft vraifemblable que ce vil aventurier fe fera contenté de fe cacher pendant quelque temps... Mais enfin, je viens de recevoir un ordre du Roi, qui me donne le droit de le faire arrêter juridiquement dans quelque lieu que je puiffe le découvrir.

LA MARQUISE.

Un ordre du Roi ?....

LE BARON.

Oui, le voici.... Lifez, il eft en bonne forme...

LA MARQUISE.

Ah ! difpenfez-moi….

LE BARON.

En attendant cet ordre que j'avois demandé, je me fuis affuré de plufieurs gens armés,
& d'un Exempt, qui font depuis hier cachés
dans le Village voifin…. Maintenant que je fuis
muni de cet ordre, je puis, en moins d'un
quart d'heure, faire avertir mon Exempt, &
difpofer de fa troupe…. Mais qu'avez-vous,
Madame, vous paroiffez fouffrir ?….

SOPHIE, *à part.*

O mère infortunée !….

LA MARQUISE.

Ah ! je fouffre…. En effet…. ma fanté….

SOPHIE.

Depuis long-temps eft languiffante….

LE BARON.

Des maux de nerfs peut-être ?….

SOPHIE.

Oui…. & fouvent tout-à-coup des convulfions qui lui raviffent l'ufage de fes fens….

LE BARON.

Et qui lui caufent une pâleur fubite & des treflaillemens que j'avois déjà remarqués.... Mais je ne veux pas, Madame, abufer plus long-temps de votre intérêt & de votre pitié, pour un malheureux père.... Nous reprendrons cet entretien dans un autre moment....

LA MARQUISE.

Non.... à préfent je fuis en état de vous entendre.... Seulement ce foir je vous demanderai la permiffion de me retirer de très-bonne heure....

LE BARON.

Hélas ! heureux qui peut goûter les charmes du repos & du fommeil !.... Oui, je defire que vous ne connoifliez jamais combien la folitude & le filence de la nuit aigriffent & redoublent encore les tourmens d'un cœur défefpéré !.... Pardonnez ces pleurs involontaires qu'une trop jufte douleur m'arrache malgré moi.... Ah ! Madame, je n'ai plus de fils.... Et fi vous pouviez favoir de quel fils j'étois père !....

SOPHIE, *à part.*

Juſte Ciel !....

LA MARQUISE.

Ah ! je ſens mieux que perſonne à quel point vous êtes à plaindre !....

LE BARON.

Si mon fils eût été connu de vous ! ....

LA MARQUISE.

J'ai ſouvent entendu parler de lui ; je me rappelle même de l'avoir vu dans ſon enfance....

LE BARON, *tirant de ſa poche une boîte.*

Et voilà tout ce qui me reſte de lui.... ce portrait qui peut du moins donner une idée de ſes agrémens extérieurs.... Voyez, Madame, s'il vous rappellera ſes traits....

SOPHIE, *hors d'elle, ſe retirant.*

Ah ! fuyons....

LA MARQUISE.

Ma fille !....

SOPHIE, *se rapprochant.*

Maman !....

LE BARON, *regardant Sophie.*

Que vois-je !... Eh pourquoi, Mademoiselle, vouloir me cacher une compassion qui m'inspire tant de reconnoissance ?....

SOPHIE.

Il est vrai, je n'ai pu retenir mes larmes....

LE BARON.

Ah ! ne rougissez point de cette aimable sensibilité. Daignez, Mademoiselle, regarder ce portrait, il accroîtra, j'en suis sûr, cette pitié touchante que vous me témoignez. (*Il le lui donne.*)

SOPHIE, *égarée.*

Son portrait dans mes mains !.... (*Elle y jette les yeux.*) Dieu !.... c'est lui !....

LE BARON.

Oui, c'est lui, & la ressemblance, hélas ! étoit parfaite....

SOPHIE.

C'étoit là.... votre fils !.... Ah !.... qui pourroit

refuser des pleurs à son destin.... au vôtre....
(*A part.*) Mon cœur est déchiré !....

LA MARQUISE, *à part.*

Sophie !.... Comme elle est pâle & tremblante !....

SOPHIE, *au Baron.*

Reprenez ce portrait.... Non.... laissez-moi
regarder encore... (*A part.*) Ciel ! je m'égare !...
(*Haut.*) Tenez, Monsieur.... (*Elle rend le por-*
trait.)

LE BARON.

Croyez, Mademoiselle, que l'intérêt que
vous daignez me montrer, me touche autant
qu'il m'honore.

SOPHIE, *à part.*

Ah ! comment dissimuler le trouble affreux
qui me surmonte !....

SCÈNE IV.

LA MARQUISE, SOPHIE, LE BARON, ROSE.

ROSE.

MADAME?

LA MARQUISE.

Eh bien?

ROSE.

C'est M. Thibaut qui cherche Madame.

LA MARQUISE.

Où est-il?

ROSE.

Dans la grande cour.

LA MARQUISE.

Allons-y sur le champ. (*Au Baron.*) Voulez-vous bien passer dans le sallon, dans un moment j'irai vous retrouver.

LE BARON.

J'y vais, & je vous supplie de ne pas vous gêner pour moi. (*Il sort.*)

LA MARQUISE.

Venez, Sophie.... (*à part , en s'en allant.*) O
Ciel ! prends pitié d'une mère au défespoir.
(*Elle fort avec Sophie.*)

ROSE *fait plufieurs fignes à Sophie pour l'enga-*
  ger à refter ; Sophie n'a pas l'air de le remar-
  quer , & fort avec la Marquife.

SCÈNE V.

ROSE, *feule.*

Tous mes fignes font inutiles , elle n'y prend
feulement pas garde.... Pardienne , il n'en faudroit pas faire la moitié à Mademoifelle Pauline pour la retenir !.... Oh ! c'eft celle-là qui eft
curieufe ; elle me l'a rendue aufli, moi ; cela fe
gagne apparemment.... Que diantre ferai-je
de cette lettre. (*Elle tire une lettre de fa poche ,*
& lit le deffus.) A Mademoifelle de Valcour....
Oh ! c'eft pour l'aînée fûrement.... Elle n'a pas
voulu refter , je lui aurois conté tout çà.... (*Elle*
retourne la lettre.) J'ai bonne envie de favoir ce
qu'il

qu'il y a là-dedans.... Ce jeune homme, cet argent fur-tout, tout cela me chiffone.... (*Elle tire de fa poche une bourfe.*) Douze louis !.... Cela fait de livres.... je ne fais combien.... On vient ; mon Dieu ! ferrons vîte la bourfe & la lettre.

SCÈNE VI.

PAULINE, ROSE.

PAULINE.

Rose.... Mais que faifiez-vous là ?

ROSE.

Rien , Mademoifelle.

PAULINE.

Comme vous voilà rouge !....

ROSE.

Oh dame ! c'eft qu'il fait chaud.

PAULINE.

Vous avez quelque chofe dans votre poche, je l'ai vu... Pourquoi donc ce myftère, ma chère

Tome II. E

Rose ? Eſt-ce que tu n'as plus d'amitié pour
moi ?

ROSE.

Tenez, vous m'allez tirer les vers du nez,
je vois cela.

PAULINE.

Ah ! je t'en prie, parle-moi vrai, & je te
donne ma parole d'honneur de ne faire aucune
indiſcrétion.

ROSE.

Mais c'eſt que c'eſt plus fort que vous....
Souvenez-vous donc comme vous avez fait
manquer ma noce.

PAULINE.

Va, je t'en dédommagerai, je te promets
de faire ta fortune.

ROSE.

Oh ! ma fortune, elle eſt en bon train, allez ;
je ſuis plus riche que je ne voudrois, car elle
me donne du ſouci....

PAULINE.

Que veux-tu dire ? Explique-toi, de grace...

R O S E.

Allons, me vla enjolée, il faut que je vous dise tout.

P A U L I N E, *l'embraſſant.*

Ah ! Roſe, que je t'aime.

R O S E.

Je m'en vais vous conter une drôle d'hiſtoire....

P A U L I N E.

Dépèche donc.

R O S E.

Dame, c'eſt une avepture comme il y en a dans le livre verd que Madame la Marquiſe vous avoit dit de ne pas lire, & que vous avez volé !....

P A U L I N E.

Mais au fait, Roſe....

R O S E.

Enfin, c'eſt comme un conte de Roman.

P A U L I N E, *à part.*

Qu'elle m'impatiente. (*Haut.*) Mais Roſe, finiſſez donc.

ROSE.

M'y voici : je me promenois tout-à-l'heure dans l'avenue, voilà que tout d'un coup un homme vient vers moi ; il étoit tout embéguiné dans son chapeau & dans sa redingotte, mais pas moins il avoit l'air jeune. Il me dit comme çà : êtes-vous du Château ? *Oui, Monsieur.* Eh bien, donnez cette lettre à Mademoiselle de Valcour, & prenez cela pour vous ; je vous en donnerai bien d'autres, si vous êtes discrette.

PAULINE.

Ah ! c'est notre homme de ce matin : eh bien, Rose, qu'avez-vous répondu ?

ROSE.

Pardi, rien, je n'ai pas eu le temps de dire un mot ; il m'a laissé la lettre, une bourse, & cric, il court encore. Moi, toute ébaubie, je compte l'argent, & puis je le mets dans ma poche avec le billet : v'là tout.

PAULINE.

Et la lettre, vous l'avez donc ?

ROSE.

Sûrement que je l'ai.

PAULINE.

Ah! voyons-la.

ROSE.

Je le veux bien, mais vous ne la lirez pas, au moins, car elle est cachetée. Tenez, la voilà.

PAULINE *lit l'adresse.*

A Mademoiselle de Valcour.... S'adresse-t-elle à ma sœur, ou à moi?

ROSE.

Oh! je parierois qu'elle est pour Mademoiselle Sophie.

PAULINE.

Pourquoi?

ROSE.

Vous connoissez bien Marie-Jeanne, la Fermière?

PAULINE.

Eh bien?

ROSE.

Elle vend du vin.

E iij

PAULINE.

Après.

ROSE.

Eh bien, il y a deux jours qu'un jeune homme eſt venu chez elle comme pour demander chopine ; mais au lieu de boire, il a paſſé tout le temps à faire des queſtions ſur Mademoiſelle de Valcour, la plus grande, qui a l'air ſi ſage : v'là comme il diſoit. Oh ! Marie-Jeanne lui en a conté des plus belles ; car elle aime Mademoiſelle Sophie, Dieu ſait.... Et puis n'y a qu'une voix ſur le compte de Mademoiſelle votre ſœur : c'eſt vrai cela.

PAULINE.

Et ce jeune homme.... n'a fait aucune queſtion ſur moi ?

ROSE.

Non, il n'a parlé que de celle qui a l'air ſage ; il n'a pas été queſtion de vous.... Vous voyez bien que c'eſt l'homme à la lettre, ça y reſſemble bien du moins.

PAULINE, *triſtement.*

Roſe, il faut que je porte cette lettre à Ma-

man.... Quand elle feroit pour moi, je ne dois
pas l'ouvrir... ainfi j'ignorerai toujours ce qu'elle
contient....

R O S E.

A caufe de votre bonne action, Madame
vous dira peut-être ce qu'il y a dedans; voilà
comme Mademoifelle Sophie fe fait tout conter
par elle.

P A U L I N E.

Je voudrois feulement favoir fi cette lettre
eft fignée.... Cette aventure eft bien fingulière ;
a-t-elle quelque rapport avec le fecret qui occupe
Maman, Sophie & Conftance ?....

R O S E.

Ah ! vous vous doutez donc qu'il y a un fecret en l'air ?

P A U L I N E.

Rofe , en aurois - tu découvert quelque
chofe ?....

R O S E.

Ma foi, il n'y a peut-être que nous deux dans
la maifon, qui ne le fachions pas ; vous, Ma-

demoiselle, à cause de votre curiosité, & moi, parce qu'on s'apperçoit que vous me faites jaser tant que vous voulez. Mais pourtant j'ai accroché quelque petite chose....

PAULINE.

Ah! qu'est-ce que c'est?

ROSE.

Je veux bien vous le dire, mais à condition que si vous ouvrez la lettre, vous me la lirez...

PAULINE.

Mais fi donc, je ne l'ouvrirai point.

ROSE.

Bon, vous n'y tiendrez pas, allez, je vous connois.

PAULINE.

Rose, vous avez donc bien mauvaise opinion de moi?....

ROSE.

Mon Dieu, Mademoiselle, pardonnez-moi... Mais d'après tout ce que je vous ai vu faire jusqu'ici...

P A U L I N E.

J'ai pu me laisser entraîner à des étourde-
ries ; mais je suis incapable, je l'espère, de
commettre une faute aussi grave.... Une fille
de mon âge ouvrir en secret la lettre d'un jeune
homme & d'un inconnu.... & une lettre qui,
vraisemblablement, est pour une autre.... O
Ciel ! si la curiosité pouvoit égarer à ce point,
existeroit-il un vice plus dangereux & plus horrible ?

R O S E.

Appaisez-vous donc, Mademoiselle. Eh bien,
nous ne la lirons pas. Allons, je vous dirai tout
ce que je sais sans cela.

P A U L I N E.

Dépêchez-vous donc, car l'heure du dîner
approche.

R O S E.

Hier au soir Madame étoit dans le parterre
avec ce Baron ; en passant j'ai entendu Monsieur le Baron qui disoit : *le Chevalier de Mir-*
ville ; & puis ils ont parlé tout bas, tout bas ;

mais je me suis souvenue de ce nom, parce
que je l'avois déjà entendu dire une fois à M.
Thibaut , qui parloit pourtant à l'oreille du
Valet-de-chambre Chirurgien, au bas de l'escalier , pendant que j'étois cachée derrière la
porte battante.

P A U L I N E.

Le Chevalier de Mirville !.... Ce nom m'est
absolument inconnu....

R O S E.

Et puis cette même fois le Chirurgien ajouta
je ne sais quels mots , & ceux-ci que j'attrapai :
Quelle surprise si on savoit qu'il est caché ici ?

P A U L I N E.

Vous avez entendu cela ?

R O S E.

Oh ! de mes deux oreilles.... Mais c'est tout
ce que j'ai pu découvrir.

P A U L I N E.

C'est beaucoup. Il est clair que le Chevalier
de Mirville est caché dans le Château.... Mais

pourquoi ?.... Et le Baron de Sénanges le sait, puisqu'il a parlé de lui.... Sûrement même le Baron est son oncle, ou peut-être son père.... Mais ce mystère est incompréhensible ; je donnerois toutes choses au monde pour le pénétrer.

ROSE.

Et moi aussi, je vous assure.

PAULINE.

Enfin, nous savons du moins que le Chevalier de Mirville est caché ici.... C'est toujours cela, & c'en est assez pour découvrir le reste avant la fin du jour. (*Elle regarde à sa montre.*) Mais il est bientôt deux heures, on va se mettre à table. Adieu Rose, je te remercie de ta confiance ; tu peux être sûre que je n'en abuserai point.... Ne me suis pas, il est inutile qu'on nous voie ensemble ; va-t-en par l'autre côté.

ROSE.

C'est bien dit, il faut de la prudence.

(*Elles sortent.*)

Fin du second Acte.

ACTE III.

SCÈNE PREMIÈRE.

LA MARQUISE, LE BARON.

LE BARON.

Oui, Madame, je crois que dans deux jours au plus tard je prendrai congé de vous, pénétré de la bonté généreuse....

LA MARQUISE.

Vous n'avez rien appris de nouveau ?....

LE BARON.

Non, mais j'attends un homme plein d'intelligence & d'activité, & que j'ai chargé de parcourir cette province....

LA MARQUISE.

Vous l'attendez !....

LE BARON.

A chaque inftant.... & je ne doute pas qu'il

ne m'apporte enfin une partie des éclaircissemens que je desire.... Peut-être ce soir même
serai-je assuré de ma vengeance....

LA MARQUISE.

Votre vengeance !.... Et quoi ! vous persistez
dans ce dessein cruel....

LE BARON.

Si j'y persiste !.... ah ! je ne vis que pour l'ac-
complir....

LA MARQUISE.

Puisse le Ciel tromper cet espoir inhumain...
Pardonnez.... ma franchise.... Mais je vous
l'avoue, la vengeance me fait horreur....

LE BARON.

Celle que je poursuis est juste, elle peut devenir utile à ma patrie.... elle offrira du moins
un exemple fait pour modérer l'extravagante
fureur du duel....

LA MARQUISE.

Non, non, les plus rigoureuses punitions ne
détruiront jamais un abus dont l'honneur seul

est le principe.... Mais laissons de vaines discus-
sions.... n'écoutez que l'humanité.

LE BARON.

Privé du seul objet qui pouvoit l'attacher,
ce cœur infortuné n'est plus ouvert qu'à la
haine !.... Oui, oui, avant de descendre dans
la tombe, je verrai périr sur un échafaud le
fatal auteur....

LA MARQUISE.

Arrêtez... je ne puis vous entendre... *(à part.)*
Ciel !.... je suis prête à me trahir !....

LE BARON.

Mais pouvez-vous me condamner, n'êtes-
vous pas mère ?.... Il me semble même que
vous avez un fils ?....

LA MARQUISE, *avec effroi.*

Un fils !.... Qui vous a dit ?.... *(à part.)* Je
sens que je me meurs. ...

LE BARON, *surpris.*

Et quoi donc, Madame ?.... Comment une
question si simple.... peut elle....

LA MARQUISE.

C'est une foiblesse.... j'en conviens.... Mon fils est loin de moi.... je pensois qu'il est exposé aux dangers dont le vôtre vient d'être la victime.... Cette idée est si cruelle !....

LE BARON.

Eh bien, Madame, songez donc à tout ce que vous éprouveriez contre celui qui vous raviroit un enfant si cher ?....

LA MARQUISE.

Il me coûteroit la vie, mais n'auroit rien à craindre de mon ressentiment....

LE BARON.

Vous n'avez pas d'idée de cette situation....

LA MARQUISE, *à part.*

Hélas !....

LE BARON.

Si vous étiez à ma place....

LA MARQUISE.

Je ne poursuivrois point un jeune infortuné.... le feul efpoir peut-être d'une malheureufe famille....

LE BARON.

Il eft l'affaffin de mon fils !....

LA MARQUISE.

L'affaffin !....

LE BARON.

Qui peut m'empêcher de croire qu'un homme inconnu, un aventurier, qui fut l'agreffeur de la plus injufte querelle, n'aura fait fuccomber mon fils fous fes coups, qu'en employant quelque infâme trahifon?....

LA MARQUISE, *vivement.*

Lui !.... pouvez-vous penfer !.... (*d'un ton plus calme.*) Ne m'avez-vous pas dit qu'ils partirent enfemble de Valenciennes, que M. votre fils propofa au Chevalier de Mirville de prendre des témoins , ou du moins chacun un de leurs gens ; que ce dernier répondit qu'il n'avoit point de domeftique, qu'il ne vouloit point de confident, mais que M. de Sénanges pouvoit emmener fon Valet-de-chambre ; ce qui en effet

effet s'exécuta de cette manière : que le Chevalier de Mirville avoit ajouté, que s'il étoit blessé il s'en rapportoit à son adversaire même pour lui donner les secours nécessaires ; & que s'il avoit l'avantage du combat, M. de Sénanges auroit un Valet-de-chambre pour le soigner.....
J'avoue que je ne vois dans toute cette conduite que beaucoup d'imprudence, d'étourderie & de générosité.....

LE BARON.

La réputation de mon fils rendoit cette prétendue générosité fort simple.... d'ailleurs qui sait même si cette apparente confiance ne cachoit pas quelque noir complot ?.... Pourquoi n'ai-je reçu aucunes nouvelles de ce Valet-de-chambre qui suivit mon malheureux fils ? ....

LA MARQUISE.

Il a craint sans doute votre colère....

LE BARON.

Il m'eût écrit du moins.... s'il n'eût pas sans doute perdu la vie lui-même.... Oui, tout l'em-

ble me prouver que mon fils ne m'est enlevé
que par le plus lâche des assassinats....

LA MARQUISE.

Dieu !.... à quels excès vous emportent la
haine & le ressentiment !....

LE BARON.

En vain vous voulez les combattre, chaque
reflexion les aggrave !.... j'ai juré de me venger,
je tiendrai mon serment ; il n'est point d'asyle,
il n'est point de retraite qui puissent soustraire à
ma vengeance le meurtrier de mon fils !.... il
périra !.... Mais, que vois-je, Madame, vous
êtes prête à vous trouver mal, vous pâlissez....

LA MARQUISE.

Qui, moi ?.... non....

LE BARON.

Vous chancelez.... Ses yeux se ferment, elle
va tomber.... Il faut la secourir.... (*Il s'approche
& la soutient dans ses bras.*)

LA MARQUISE, *le repoussant avec horreur.*

Ah ! laissez-moi.... laissez-moi....

LE BARON.

Quel égarement se peint dans ses regards!....

LA MARQUISE, *à part.*

O malheureuse!... où fuir, où me cacher!....
(*haut.*) Je suis mieux à présent.... c'étoit.... un
éblouissement.... un de ces accidens..... auxquels
je suis sujette.... (*à part.*) Il ne répond rien !....
Ah ! son silence m'épouvante encore plus que
ses cruels discours !.....

LE BARON, *sortant d'une profonde rêverie.*

Vous devez , Madame, avoir besoin de
repos.... Mais j'entends la voix de Mademoiselle
votre fille ; je vous laisse avec elle, & , dans un
moment, je reviendrai savoir de vos nouvelles.
(*Il sort.*)

LA MARQUISE.

Comme il me quitte brusquement !..... il
rêvoit.... Ciel ! me serois-je trahie!.... Ah !
s'il est vrai, grand Dieu, arrache-moi dans cet
instant une vie abhorrée !....

SCÈNE II.

LA MARQUISE, SOPHIE.

SOPHIE.

MA MÈRE.... dans quel état je vous vois....
Ah ! qu'est-il arrivé ?..... vous étiez avec le
Baron !....

LA MARQUISE.

O Sophie !.... mon imprudente & fatale tendresse a peut-être découvert une partie de mon
secret !.... cette crainte horrible manquoit à
ma misère !....

SOPHIE.

Qu'entends-je, hélas !....

LA MARQUISE.

Je n'ai rien dit; mais je n'ai pu cacher l'effroi
mortel dont ses discours m'ont pénétrée !.... le
barbare, il est moins occupé de sa douleur que
du soin de sa vengeance !.... Ah ! s'il a lu dans
mon ame, c'en est fait, mon fils est perdu....

SOPHIE.

Il ne peut, après tout, avoir que de l'étonnement, & quelques idées confuses qu'il vous
sera facile de détourner....

LA MARQUISE.

Il sait que j'ai un fils....

SOPHIE.

Il doit savoir en même-temps qu'il s'est toujours appelé le Chevalier de Valcour, & qu'il
n'a jamais été en garnison à Valenciennes ; s'il a
quelques soupçons, croyez qu'en vous quittant
son premier soin aura été de charger un de ses
gens de prendre dans le Village & aux environs
tous les éclaircissemens possibles relatifs à mon
frère, & ce qu'on lui dira ne peut que le dissuader ....

LA MARQUISE.

Mais cet ordre du Roi qu'il a reçu ce jour
même, & qui nous ôte tout moyen de défense,
s'il découvre sa malheureuse victime !.... ces
gens armés qu'il peut rassembler ici dans le
court espace de temps d'un quart-d'heure ; cet

Espion qui se cache, & qui, sans doute, est l'homme qu'il attend!.... tout doit porter au comble la terreur & l'épouvante qui m'accablent....

SOPHIE.

Jamais votre courage ne nous fut si nécessaire....

LA MARQUISE.

Il ne m'abandonnera point!.... O Sophie! si ce jour affreux doit livrer votre frère à son persécuteur, ce n'est qu'en m'ôtant la vie qu'on pourra l'arracher de mes bras.... mais ne perdons point en vains discours le temps précieux qui nous reste.... allons chercher le Baron de Sénanges.... Venez, ma fille.... (*Elles font quelques pas pour sortir.*)

SCÈNE III.

LA MARQUISE, SOPHIE, PAULINE.

PAULINE.

DE grace, Maman.... daignez, m'accorder un moment d'entretien....

LA MARQUISE.

Je ne le puis.... demain, Pauline, nous causerons ensemble ; mais, dans cet inftant, laiflez-moi, & ne me fuivez point. (*Elle fort avec Sophie.*)

SCÈNE IV.

PAULINE, *feule.*

JE voulois lui parler en particulier, pour lui donner cette lettre ; mais elle m'évite.... tout le monde me fuit.... j'importune également Maman, ma Sœur, ma Coufine.... je fuis réduite à prendre pour confidente & pour amie, une petite payfanne fans éducation & fans prin-

F iv

cipes, à qui j'ai donné mes défauts, & dont je.
ne reçois que de mauvais conseils !.... Ah ! je
suis bien malheureuse.... (*Elle tombe dans la*
rêverie.)

SCÈNE V.

PAULINE, ROSE.

ROSE, *accourant.*

MADEMOISELLE, Mademoiselle.

PAULINE.

Quoi donc ?

ROSE.

Oh, je viens de faire une bonne trouvaille !
Ce Chevalier de Mirville, je sais dans quel en-
droit du Château il est caché.

PAULINE.

Bon !.... & comment ?

ROSE.

Vous connoissez bien le grand cabinet de
Madame, qui est au bout de la galerie ?

PAULINE.

Eh bien.

ROSE.

Eh bien, il est niché là-dedans....

PAULINE.

Vous croyez ?

ROSE.

Je le gagerois.... j'en avois déjà quelques soupçons, parce qu'on a ôté la clef de la galerie & du cabinet ; & que pourtant Madame y rôde sans cesse, avec le Chirurgien & le Concierge.... Je viens de demander au Frotteur s'il y alloit, comme à l'ordinaire. Il m'a dit qu'il y a plus de huit jours qu'il n'y étoit entré, parce que Madame ne le vouloit pas ; ainsi vous voyez bien que voilà la cachette toute trouvée.

PAULINE.

Cela est inconcevable !.... Quel peut être le but de toutes ces précautions ?

ROSE.

Oh, c'est bien drôle ; moi, je m'y perds.

PAULINE.

Ma curiofité eft portée au comble, je l'a-
voue....

ROSE.

Et moi donc ; j'en fèche.... A propos, Mademoifelle, avez-vous donné la lettre à Madame ?

PAULINE.

Mon Dieu non ; Maman croyant toujours
que je voulois la queftionner, n'a pas daigné
m'entendre ; elle me rebute, me fuit, & tout
cela pour aller s'enfermer avec ma Sœur & ma
Coufine.

ROSE.

Eh bien, la lettre nous refte, du moins...
elle eft toujours dans votre poche ?

PAULINE.

Oui, la voilà.

ROSE.

Il y en a quelquefois qu'on peut lire fans les
décacheter.

PAULINE.

Oh, l'on a beau entr'ouvrir celle-là, on n'y peut rien voir.

ROSE.

Ah, ah, vous y avez donc regardé?

PAULINE.

Oui, par distraction.

ROSE.

Pardi, moi je n'y manque pas, j'essaie ce tour-là sur toutes les lettres que je porte à la Poste, cela amuse toujours chemin faisant; mais, par malheur, je ne lis pas trop bien l'écriture....

PAULINE.

Je suis fort embarrassée, je ne sais pas ce que je ferai de cette lettre....

ROSE.

Puisque Madame n'en veut pas, elle est à nous.

PAULINE.

Oui, mais à quel usage nous servira-t-elle?

ROSE.

Mais dame, l'ufage d'une lettre ; vous la lirez, vous qui lifez couramment, & moi j'écouterai.

PAULINE.

Je vous ai déjà dit, que je ne veux, ni ne dois la lire.

ROSE.

Mais, Mademoifelle, je n'entends rien à ces façons-là ; vous avez tâché d'accrocher quelque chofe à travers le papier ; fans le cachet, vous l'auriez déjà lue cinq ou fix fois ; il n'y a pas plus de mal à rompre ce vilain petit morceau de cire......

PAULINE.

Non, il vaut mieux la brûler.

ROSE.

Oui, après que nous l'aurons lue ; allons, donnez-la moi, je ferai le coup.

PAULINE.

Au refte, je ne fais pas pourquoi je m'en fuis chargée, c'eft à vous à qui elle a été remife, elle ne s'adreffe point a moi, tout cela ne me regarde en aucune manière.....

ROSE.

Non plus que l'enfant qui vient de naître; c'eft vrai, cette lettre eft à moi, vous me l'aviez prife injuftement.

PAULINE, *la lui rendant.*

Tenez, faites-en tout ce qu'il vous plaira, je ne m'en mêle plus.

ROSE.

Le cachet va fauter.

PAULINE.

Ce font vos affaires.

ROSE.

Çà ne tient pas mal.... ma foi, c'eft fait, la v'la ouverte.... mais, Mademoifelle, qu'avez-vous donc, vous êtes toute interdite.

PAULINE.

Ah, Rofe, qu'avons-nous fait!...

ROSE.

Allons, allons, il s'agit de lire à préfent;

il ne faut pas tant lanterner, on pourroit nous furprendre.

PAULINE.

Le cœur me bat....

ROSE.

Lifez toujours.... & tout haut, s'il vous plaît, j'en veux ma part.

PAULINE, *prenant la lettre & lifant des yeux.*

Elle eft fans fignature.

ROSE.

Ah! c'eft impoli de ne pas dire fon nom... mais lifez donc, voyons ce qu'il chante.

PAULINE.

Je tremble. (*Elle lit tout haut*) « Mademoi-
» felle, puifque l'engagement qu'avoit pris
» votre famille eft enfin rompu..... il m'eft donc
» permis d'afpirer encore à votre main....

ROSE.

Bon, c'eft un époufeux!....

PAULINE, *continuant.*

« J'avois d'abord pris la réfolution d'a-

» vouer mes fentimens à mon père, mais je
» ne veux lui parler qu'avec votre aveu &
» celui de Madame la Marquife de Valcour ;
» car, je vous connois affez, Mademoifelle,
» pour être bien fûr que cette lettre lui fera
» communiquée » . . . .

R O S E.

Oh, il a compté fans fon hôte.... mais,
c'eft qu'il croyoit que la lettre feroit rendue à
Mademoifelle Sophie.

P A U L I N E.

Mon Dieu, taifez-vous donc. (*Elle continue.*)
» Je vous fupplie d'excufer la témérité de ma
» démarche, le fentiment qui me la fait faire,
» doit lui fervir d'excufe.... fentiment fi ten-
» dre & fi profond, qu'il n'a eu befoin pour
» être auffi durable que paffionné, ni du retour
» qui pouvoit le fatisfaire, ni même des char-
» mes de l'efpérance. » ...

R O S E.

C'eft joli cela !...

PAULINE, *continue.*

» Des circonflances extraordinaires m'o-
» bligent à ne paroître qu'avec précaution;
» mais, dites un mot, Mademoifelle, & je
» me découvrirai. Si vous daignez me faire
» réponfe, envoyez-la dans le creux du vieux
» chêne qui eft au bout de l'avenue : c'eft-là
» que j'irai chercher ce foir l'arrêt qui doit
» fixer ma deftinée. »

ROSE.

Et c'eft là tout ?

PAULINE.

Ouï,... Quelle étrange aventure !....

ROSE

Y comprenez-vous quelque chofe ?...

PAULINE.

Oui, je commence à démêler toute cette
intrigue, quoiqu'il y ait cependant encore
plufieurs circonftances que je ne conçois pas....
d'abord, cet inconnu eft fûrement ce Chevalier de Mirville qui eft caché ici....

ROSE.

ROSE.

Nous avions déjà deviné cela ; mais comment cet inconnu a-t-il pu voir Mademoiselle Sophie, & puis rôder dans le village, & puis questionner Marie-Jeanne, s'il est enfermé dans le château ?

PAULINE.

C'est qu'il n'y est pas prisonnier, & qu'il a la liberté d'en sortir. . . .

ROSE.

Il parle de son père dans la lettre.

PAULINE.

Oh, son père est le Báron de Sénanges...

ROSE.

Mais il devroit s'appeller Sénanges aussi.

PAULINE.

Mirville est un nom de terre apparemment... j'imagine qu'on avoit envie de lui faire épouser Constance, il aura vû Sophie dans ce dernier voyage à Paris, & il l'a préféré à ma cousine.

Tome II.   G

ROSE.

Écoutez donc, il n'a pas tort; Mademoifelle Sophie eft fi gentille, & puis cet air fi fage,
fi fage, lui aura donné dans l'œil.

PAULINE.

Il aura pris le parti d'écrire à ma fœur, afin
de favoir fes intentions.

ROSE.

Vous y êtes, vous v'là au fait.

PAULINE.

Cependant. . . . pourquoi fe cacher? . . . .
Sophie & ma coufine favent qu'il eft ici . . . .
mais peut-être que Maman ne veut qu'ils fe
voyent que lorfque les chofes feront toutes
arrangées.

ROSE.

Juftement : pardi, Mademoifelle, vous avez
ben de l'efprit. . . . je penfe à une chofe; ce
pauvre Monfieur qui aime Mademoifelle Sophie de tout fon cœur, va être bien fot ce
foir, quand il ne trouvera dans le creux de

fon arbre, que des feuilles de chêne au lieu
d'une réponfe. Un bon tour, ce feroit de lui
écrire, vous.

PAULINE.

Quelle folie !.....

ROSE.

Mais nous verrions quelle mine il a du
moins.... il viendroit... que diantre ! mandez-
lui feulement quelque baliverne.... là... qui
ne foit pas de grande conféquence.... il n'y a
pas de mal à ça....

PAULINE.

En effet, fi c'eft un bon parti, j'aimerois
mieux qu'il époufât ma fœur que Conftance....
qui d'ailleurs n'a fûrement nul penchant pour
lui.... & puis il aime Sophie, il paroît honnête...... Si Maman connoiffoit fes fentimens,
elle les approuveroit, j'en fuis fûre...

ROSE.

Il eft peureux, lui.... fans ce petit mot de
réponfe, il ne fonnera mot & s'en ira, & puis
adieu la noce.

G ij

PAULINE.

Il me vient une drôle d'idée, écris-lui, toi.

ROSE.

Oh, volontiers, mais c'est que je ne suis pas forte sur l'écriture, je ne sais faire que des O, je vous en avertis.

PAULINE.

Cela est égal, je te tiendrai la main.

ROSE.

J'y consens... Si nous avions là de quoi...

PAULINE.

Tiens, j'ai un crayon dans ma poche & du papier....

ROSE.

Allons, allons à l'ouvrage.... (*Elle tire une chaise*). Ceci nous servira de table... donnez-moi le papier. (*Elle se met à genoux à terre devant la chaise, Pauline lui prend la main*).

PAULINE.

Ne tiens donc pas tes doigts si roides.

ROSE.

Dame, c'est pour mieux faire....

PAULINE.

Et laisse aller ta main.... dépêchons-nous donc, si quelqu'un venoit....

ROSE.

Oh, votre Bonne a la migraine ; Madame, & ces Demoiselles sont occupées de leurs secrets....

PAULINE.

Allons, commençons.... (*Elle la fait écrire*).

ROSE.

Dites-donc ce que j'écris.... ah ! c'est de travers.....

PAULINE.

Tu ne veux pas te laisser conduire.... là, bien comme cela... voilà qui est fait.

ROSE.

C'est fini? (*elles se relèvent*). Voyons si je pourrai lire.... il n'y a que trois mots !.... (*elle lit*) « vous... vous....

PAULINE.

Donne, je vais lire... (*elle lit*) « vous pouvez paroître. »

ROSE.

« Vous pouvez paroître. » J'ai écrit cela?

PAULINE.

Oui......

ROSE.

Jamais le Maître d'école ne m'en a tant fait faire.... à préfent je vais porter cela dans le vieux chêne.

PAULINE.

Oui, mais prens bien garde qu'on ne te voie.

ROSE.

Oh, n'ayez pas peur....

PAULINE.

Écoute donc, Rofe..... quand ce jeune homme viendra, il aura une explication avec Maman & ma Sœur; il apprendra que ce n'eft point Sophie qui lui a répondu, il dira que c'eft toi qu'il avoit chargée de fa lettre...., fonge bien que c'eſt toi qui as tout fait, & ne vas pas alors rejeter tout cela ſur moi.

R O S E.

Oh, je dirai que j'ai lû, que j'ai écrit...

P A U L I N E.

Oui, mais l'on n'ignore pas que tu ne ſais ni lire, ni écrire.....

R O S E.

Je ſoutiendrai que je l'ai appris, que cela m'eſt venu tout d'un coup.

P A U L I N E.

Rends-moi ce billet.

R O S E.

Nenni, c'eſt pour le vieux chêne.

P A U L I N E.

Rends-le moi, je crains les ſuites de tout ceci.

R O S E.

Non, Mademoiſelle, je n'en démordrai pas, je veux voir le Monſieur.

G iv

PAULINE.

Mais Rose, quand je vous demande une chose....

ROSE.

Oh, vous avez beau prendre votre grand air....

PAULINE.

Je veux avoir ce billet, & je vous trouve bien impertinente.

ROSE.

Doucement, Mademoiselle.... vous faites des cachoteries à Madame; vous me mettez du complot, & puis vous me parlez comme pourroit faire Mademoiselle Sophie.... il y a de la différence, voyez-vous... les fredaines qu'on fait ensemble, rendent camarades; je suis bien toujours Rose, mais ma foi vous n'êtes plus avec moi Mademoiselle Pauline; dame, je suis fâchée de vous le dire, mais pourquoi me rudoyez-vous.

PAULINE, *à part.*

O Ciel! peut-on se voir plus cruellement humiliée, je n'en puis plus, j'étouffe....

R O S E.

Il ne faut pas bouder pour cela ; moi, tenez, je ne vous en veux plus ; je suis prompte, mais, tournez la main, voilà qui est fini. Je n'ai non plus de fiel qu'un enfant..... Allons Mademoiselle, ne faites plus la moue.... vous aurez encore besoin de moi, il ne faut pas me dépiter..... Mais chut, j'entends du bruit, on vient, je me sauve ; adieu, Mademoiselle ; sans rancune, au moins. (*Elle sort.*)

P A U L I N E , *seule.*

Je demeure confondue.... la colère & la honte me suffoquent..... Je me suis abaissée, l'on m'outrage....., cela est juste... elle dira tout à Maman, elle me compromettra de la manière la plus cruelle, je dois m'y attendre..... Ah ! peut-on compter sur l'attachement & la fidélité de ceux dont on s'attire le mépris ?.......

(*Elle sort.*)

Fin du troisième Acte.

ACTE IV.

SCÈNE PREMIÈRE.

PAULINE, *seule*.

CONSTANCE n'est point ici..... J'avois cru la voir passer.... Ah! la voici. (*Constance paroît dans le fond du Théâtre.*)

SCÈNE II.

PAULINE, CONSTANCE.

PAULINE.

CONSTANCE, vous cherchez ma Sœur?....

CONSTANCE.

Non; je me promène.

PAULINE.

C'est votre fureur de mettre du mystère à tout; eh, mon Dieu, épargnez-vous cette peine inutile.... Tenez, voilà Sophie.

SCÈNE III.

PAULINE, CONSTANCE, SOPHIE.

PAULINE.

Venez, ma Sœur, Constance est ici ; approchez sans crainte, je vais m'en aller.

SOPHIE.

Eh quoi, Pauline, toujours la même aigreur ?....

PAULINE.

J'ignore si j'ai de l'aigreur ; mais, ce qu'il y a de certain, c'est que je ne suis plus curieuse ; car j'ai découvert tout ce que je voulois savoir.

SOPHIE.

Si vous avez appris quelque secret, vous êtes plus savante que nous.

PAULINE.

Non pas plus savante ; mais autant.

SOPHIE, *à part.*

Elle m'inquiète, malgré moi. (*Haut.*) Je ne

conçois rien à tous vos discours ; mais vous avez un air triste qui m'alarme .... Ma Sœur, que vous est-il donc arrivé ?

PAULINE.

J'ai plus d'un sujet de chagrin, il est vrai....

SOPHIE, *avec crainte.*

Tiennent-ils. ... à ce que vous croyez avoir découvert....

PAULINE.

Oh, point du tout......

SOPHIE, *à part.*

Je suis tranquille, elle ne sait rien.

PAULINE.

Enfin, bientôt il n'y aura plus de secret pour personne.... & tel qui se cache aujourd'hui , paroîtra demain sans mystère....

SOPHIE, *troublée.*

Tel qui se cache ! ....

CONSTANCE, *bas à Sophie.*

Grand Dieu, le sauroit-elle ! ....

PAULINE.

Eh bien, vous voilà toutes troublées.... je ne puis m'empêcher de rire de leurs mines stupéfaites....

SOPHIE, *bas à Constance.*

Sa gaieté prouve qu'elle ne sait rien : mais que veut-elle dire ?....

PAULINE.

Je serai bien-aise de le voir.... cependant ce n'est pas moi qu'il choisit pour confidente, ce n'est pas à moi que ses lettres s'adressent..... Eh, mon Dieu, comme vous changez de visage....

SOPHIE.

Ah ! s'il est vrai que vous sachiez.... Mais non, son cœur est bon..... pourroit-elle se faire un jeu.... Pauline, au nom du Ciel, achevez de vous expliquer ?....

PAULINE.

Dans quel étonnement vous me jetez à votre tour.... Sophie prête à s'évanouir, Constance interdite & tremblante.... & quelle peut être la cause de ce désordre affreux ?.... Qu'ai-je donc dit ?....

SOPHIE, *à part.*

Ah, je respire !.... Elle ignore notre secret....

PAULINE.

Sophie, vous ne pouvez retenir vos larmes, & c'est moi qui les fais répandre..... Ah, ma Sœur, cette idée me déchire..... Pourquoi ce chagrin violent ? me soupçonneriez - vous de jalousie ? Ah ! mon cœur en est incapable. Ses vœux les plus tendres & les plus vrais sont pour le bonheur de Sophie..... Je ne veux plus dissimuler avec vous ; non, ma Sœur, je ne suis instruite qu'à moitié ; & , sans doute , tout-à-l'heure , nous ne nous entendions ni l'une ni l'autre. Calmez-vous donc, répondez-moi.

SOPHIE, *à part.*

Tâchons du moins de réparer mon imprudence. (*Haut.*) Eh bien, je l'avoue, un secret nous occupe.... Enfin, Pauline, vous avez tant fait, que vous m'arrachez ce mot qui ne devoit jamais sortir de ma bouche.... La discrétion, la fireté, font donc des vertus qu'on ne peut conferver avec vous ?

PAULINE.

Quelle amertume dans ce reproche ! c'eft donc ainfi que vous favez répondre à l'amitié ?

SOPHIE.

Vous m'aimez, & vous me faites manquer à mon devoir !.... mais, n'en parlons plus ; je ne veux ni vous déplaire, ni vous offenfer. Je vous dirai feulement que la furprife a feule caufé l'émotion que vous m'avez vue ; vous avez dit d'un ton fi vrai, que vous faviez tout, que je l'ai cru, &....

PAULINE.

Le détail que je vous ai fait fe rapporte donc à ce que vous favez ?

SOPHIE.

Je n'ai point entendu ce détail, mon trouble m'empêchoit de le comprendre.... mais, je puis vous affurer que le fecret qui m'eft confié n'a rien d'important ni de fingulier.... je crois entrevoir que vous êtes mal inftruite. Si vous voulez-vous expliquer clairement......

PAULINE.

Au cas que je me trompe, m'apprendrez-vous la vérité ?

SOPHIE.

Peut-être......

PAULINE.

Peut-être ne me suffit pas..... Non, je n'ai point de droits à votre confiance; je ne l'obtiendrois pas, vous me l'avez déclaré trop durement, pour que je puisse en douter; ainsi, gardez votre inquiétude, vous ne saurez pas mon secret.

SOPHIE.

Si Maman vous le demandoit, il faudroit bien le dire......

PAULINE.

Des menaces !..... Ma Sœur, n'employez pas ce moyen, il n'est pas digne de vous, & ne peut rien sur moi.

CONSTANCE.

Sophie doit-elle laisser ignorer à ma Tante, des fautes que l'autorité seule d'une mère pourroit réprimer ?......

PAULINE.

PAULINE.

Je n'ai plus qu'un mot à dire ; on peut me dénoncer, me livrer à l'indignation de ma mère, me réduire au désespoir.... mais, la force & la violence n'obtiendront rien de moi....

SOPHIE.

Insensée !...... l'autorité sacrée d'une mère ne pourroit vous obliger à dire un secret que vous confierez peut-être sans effort à la première personne qui vous le demandera..... que sais-je..... à Rose, à la fille du Jardinier, si elle vous en presse..... Ah ! ma Sœur, comme vous abusez des vertus naturelles qui sont au fond de votre ame ; nul principe ne les règle, nulle réflexion ne les dirige, & elles ne servent qu'à vous égarer.... Mais enfin, rassurez-vous, ce n'est point par moi que Maman apprendra ce qu'elle ne doit obtenir que de votre repentir & de votre confiance.

PAULINE, *à part.*

Qu'elle me fait rougir des torts qu'elle me reproche, & de ceux qu'elle ignore !.....

Tome II. H

CONSTANCE.

Mais la nuit commence à tomber..... il faut rentrer, d'ailleurs le temps se dispose à l'orage.... quelqu'un vient.... c'est Rose, que nous veut-elle ?......

SCÈNE IV.

PAULINE, CONSTANCE, SOPHIE, ROSE.

ROSE.

MESDEMOISELLES, Madame m'envoie vous dire qu'elle ne se mettra point à table ; elle soupera dans sa chambre, parce qu'elle veut se coucher de bonne-heure.

PAULINE.

Est-ce qu'elle est malade ?.....

ROSE.

Mais je crois qu'oui ; car elle est bien changée.

PAULINE.

Allons savoir de ses nouvelles.

SOPHIE.

Nous vous suivons......

PAULINE.

Allons...... elle fort. (*Rose la fuit.*)

SCÈNE V.

SOPHIE, CONSTANCE.

SOPHIE.

UN moment, Constance........ Maman n'est point malade...... elle veut se débarrasser du souper, afin que tout le monde se retire de meilleure heure.....

CONSTANCE.

Mais votre frère ne doit partir qu'à deux heures après minuit.

SOPHIE.

Oui, mais Maman m'a permis de lui faire mes adieux, vous y viendrez aussi, Constance.... & pour pouvoir, sans qu'on s'en doute, nous rendre à minuit chez lui, il faut que Pauline

H ij

foit couchée avant onze heures; car fi elle
n'étoit pas endormie quand nous nous échap-
perons, elle nous entendroit..... Mais, à propos
de Pauline, concevez-vous ce qu'elle a voulu
dire?..... elle fait qu'il y a ici quelqu'un de
caché?..... elle a parlé de confidence, de
lettres...... j'ai frémi, & j'ai penfé me trahir
tout-à-fait; cependant ce qu'elle a dit enfuite,
m'a perfuadé qu'elle n'avoit parlé qu'au
hafard......

CONSTANCE.

Oh, cela eft fûr; elle imagine qu'il eft
queftion de vous marier, & que demain, celui
qui doit vous époufer, fe déclarera & viendra
ici.....

SOPHIE.

J'ai tâché de la dérouter autant qu'il étoit
poffible. J'aurois bien voulu la faire expliquer
clairement.....

CONSTANCE.

Elle eft maintenant avec ma Tante, je me
flatte que d'elle-même, elle lui avouera tout
ce qu'elle croit favoir.

SOPHIE.

J'y ai pensé, c'est pourquoi je n'ai pas été fâchée qu'elle y fût seule, car peut-être notre présence l'auroit génée.

CONSTANCE.

Je ne vous ai pas vûe en particulier depuis votre dernier entretien avec ma Tante ; savez-vous que j'ai eu un moment d'embarras, quand elle m'a tout confié ; vous ne m'aviez pas prévenue que vous lui diriez que j'étois dans le secret ?

SOPHIE.

C'est par mon frère qu'elle l'a sû ; depuis la confidence qu'elle a daignée me faire , il lui a naturellement avoué qu'il m'avoit écrit, & que vous étiez instruite, ainsi que moi. Dans la crainte que ma mère , ignorant les sentimens de mon frère, ne l'accusât peut-être d'imprudence, je n'en avois rien dit.... mais, quelle heure est-il ?......

CONSTANCE.

Huit heures.

SOPHIE.

Encore quatre heures jufqu'à minuit !....

CONSTANCE.

Hélas, je defire que le temps s'écoule, &
cependant, à mefure que l'inftant approche,
mon agitation & ma trifteffe redoublent !....

SOPHIE.

Et Maman, Maman!.... ce qu'elle fouffre!....
Mon frère! après une abfence de quatre mois,
je vais l'embraffer, le revoir un inftant..... &
pour lui dire un adieu..... peut-être éternel!.....
Et vous malheureufe & chère amie, combien
je redoute, & pour mon frère & pour vous,
l'entrevue de ce foir : il vous aime fi paffionné-
ment!...

CONSTANCE.

Et je ne pourrai lui dire à quel excès il m'eft
cher!....

SOPHIE.

Hélas ! cette entrevue ne peut être que dé-
chirante & pour vous & pour moi.... Comment fupporterai-je le douloureux fpectacle

qu'offriront à mes yeux le défefpoir d'une mère, les pleurs d'une amie telle que vous, & les funeftes adieux d'un frère fi chéri?..... Enfin, je ne l'ai point vu depuis fa fatale aventure.... &, vous l'avouerai-je..... le fouvenir affreux d'un déplorable amour.... O malheureux Sénanges!.... ce foir, ce foir même je verrai, j'embrafferai celui! ...... Dieu!.... ma main tremblante preffera la main qui t'a ravi le jour.... cette idée me fait treffaillir, & me glace d'horreur!....

CONSTANCE.

Ah, pour la bannir, chère Sophie, fongez, fongez aux dangers mortels dont votre frère eft environné....

SOPHIE.

Je donnerois ma vie pour l'en affranchir!.... & croyez que mon malheur n'a point altéré ma tendreffe pour lui!.... heureufe encore qu'il puiffe ignorer ce qu'il me coûte, fa douleur & fes regrets mettroient le comble à ma peine. Grace au Ciel, il n'a jamais fu ce funefte fecret. ...

H iv.

CONSTANCE.

S'il le découvroit, il en mourroit!.... hélas ! n'a-t-il pas assez d'autres chagrins!.... prêt à quitter tous les objets qui lui sont chers, de quels traits cruels son ame doit être déchirée.

SOPHIE.

Il est si sensible!.... Ma Mère m'a dit qu'il étoit d'une pâleur & d'une foiblesse effrayantes.... Il vouloit voir Pauline; sans ma Mère, il ne résistoit pas au desir de lui dire adieu.... Elle-même que deviendra-t-elle quand elle saura notre malheur ?....

CONSTANCE, *avec effroi*.

Sophie ! ..... entendez-vous ce bruit?....

SOPHIE.

C'est la voix de Thibaut.....

SCÈNE VI.

SOPHIE, CONSTANCE, THIBAUT, LE CHEVALIER.

THIBAUT *paroît dans le fond du Théâtre, tenant au collet un homme enveloppé dans un manteau.*

Vous ne m'échapperez point.... il faut parler, il faut vous nommer ! ....

SOPHIE.

Qu'entends-je ! ....

CONSTANCE.

Je succombe à ma frayeur mortelle.

THIBAUT, *se débattant toujours avec l'Inconnu, & se rapprochant.*

Oh, malgré tous vos efforts, je ne lâcherai pas prise.... Qui est-là ? ....

SOPHIE.

Ah, Thibaut ! ....

THIBAUT.

Je tiens l'espion, qui, à la faveur de l'obscurité, s'est glissé ici.... (*L'Inconnu s'arrache des mains de Thibaut, & s'élance entre Sophie & Constance.*)

SOPHIE.

Dieu!.....

CONSTANCE.

Sophie!....

THIBAUT, *s'avançant vers lui.*

Par la sang-bleu!....

L'INCONNU.

Arrête, Thibaut!.... (*Il jette son chapeau & son manteau.*)

CONSTANCE.

Que vois-je, ô Ciel!....

SOPHIE, *se jetant dans ses bras.*

Mon Frère!......

THIBAUT.

Je demeure pétrifié!....

LE CHEVALIER.

O ma Sœur!.... ô ma chère Sophie!....

Mais, profitons d'un moment fi précieux : Thibaut, cours à l'entrée du bofquet pour nous avertir....

THIBAUT.

Comment , ventrebleu, Monfieur , vous expofer de la forte !...

SOPHIE.

Mon Frère.

CONSTANCE.

En effet, Monfieur....

THIBAUT.

Si Madame favoit....

LE CHEVALIER.

Mon cher Thibaut, toutes vos repréfentations ne font que prolonger le péril que vous craignez pour moi.... elles font d'ailleurs inutiles, je veux parler un moment à ma Sœur....

THIBAUT.

J'enrage !.... vous me promettez donc de ne refter qu'un moment....

LE CHEVALIER.

Oui, oui; vas faire le guet; &, fur-tout, ne

reviens que lorfque je t'appellerai, fans quoi nous rifquerions d'être furpris.....

THIBAUT.

Enfuite, vous vous remettrez entre mes mains......

LE CHEVALIER.

Oui, tu peux y compter....

THIBAUT.

Votre parole d'honneur.....

LE CHEVALIER.

Je te la donne, mais vas-t-en, je t'en conjure......

SOPHIE.

Allez donc mon cher Thibaut......

THIBAUT.

Oh, maudite jeuneffe!.... maudite jeuneffe!...

(*Il fort.*)

SCÈNE VII.

SOPHIE, CONSTANCE, LE CHEVALIER.

LE CHEVALIER.

Enfin, je vais donc jouir du feul inftant de bonheur qui me refte..... brûlant du defir de vous voir fans témoins, profitant du déclin du jour, & fachant que ma mère étoit enfermée avec le Baron de Sénanges, je me fuis échappé fans favoir ni dans quel lieu, ni comment je pourrois vous trouver, j'errois autour de ce bofquet, lorfque j'ai rencontré Thibaut.....

SOPHIE.

Ah ! malheureux..... pouvons-nous vous voir ici fans frémir....

CONSTANCE.

Oubliez - vous l'effroi, la terreur, que le danger où vous vous expofez, doit caufer à tout ce qui vous aime ?....

LE CHEVALIER.

Conftance !.... vous pleurez.... ne dois-je attribuer qu'à la feule pitié ?... Dans ce moment empoifonné par vos craintes, & par l'affreufe idée d'une féparation fi douloureufe & fi prochaine, en préfence de cette amie fi chère à nos cœurs, fouffrez, ô Conftance, que j'ofe enfin expliquer des fentimens cachés fi long-temps...? (*Il fe jette à fes pieds.*) Ah! parlez, parlez à votre tour, vous pouvez d'un mot me confoler de tous les revers de la fortune....

CONSTANCE.

Se pourroit-il que vous n'euffiez jamais fû lire dans mon ame?.....

LE CHEVALIER.

Eft-il poffible ô Ciel!.... Conftance, vous m'aimez?.... Ah! ne gémiffez plus fur mon fort, il eft changé!....

CONSTANCE.

Oui, fi la tendreffe la plus vraie, la plus vive, peut adoucir vos peines, vous devez fans doute partir moins malheureux.....

LE CHEVALIER.

Vous m'aimez, vous daignez me le dire!.... Hélas, devois-je arracher un aveu fi plein de

charmes...... Perfécuté , proferit , m'eft-il permis
de prétendre à cet excès de félicité ?..... Jugez de
l'horreur de ma fituation, le plus grand de mes
maux n'eft pas de m'arracher d'arprès de vous,
de quitter la meilleure des mères , la plus tendre des fœurs; mais, d'éprouver le remords
affreux d'avoir commis une faute irréparable, &
qui me rend indigne de ce que j'aime. Un moment d'injuftice, d'humeur & d'emportement,
m'a tout ravi, & m'a livré à d'éternels regrets....

SOPHIE.

Mais, mon frère.... êtes-vous bien fûr d'a-
voir ôté la vie à cet infortuné?....

LE CHEVALIER.

Ah ! pour mon malheur, je n'en puis douter...

SOPHIE, *à part.*

O Dieu !....

CONSTANCE.

Abrégeons cet entretien, malgré tout le charme que j'y trouve , il me tue, la crainte, l'inquiétude.......

LE CHEVALIER.

L'obfcurité doit vous raffurer...... d'ailleurs ,

je ne fuis point connu du Baron de Sénanges.

SOPHIE.

N'importe.... fi ma mère, fi Pauline.....

LE CHEVALIER.

Ah! Sophie, fongez-vous que dans quelques heures je vais vous quitter, & peut-être pour ne vous revoir jamais..... Eh! quoi, je vais abandonner ces lieux fi chers, & j'y laiffe tout ce qui m'attache à la vie...... C'eft ici que ce cœur maintenant fi déchiré, éprouva fucceffivement tous les fentimens qu'il confervera jufqu'à la mort; c'eft ici que j'ai vû Conftance pour la première fois; c'eft ici que ma fœur obtint de moi la confidence d'une paffion, qu'elle flatta de fi douces efpérances!.... & c'eft dans ce bofquet, enfin, que j'ai goûté le bonheur d'apprendre que je fuis aimé.... bonheur corrompu par l'excès même de mon amour!...... ô Conftance, quand je fonge à la deftinée que vous prépare une tendreffe fi fatale à votre repos, je m'oublie moi-même, je ne vois plus que vous; il me femble que je vous entraîne dans le profond abîme creufé par ma folie; cette penfée m'accable, m'accable, & fait fuccéder dans mon cœur les remords déchirans, aux plus doux tranfports de l'amour.....

SOPHIE.

J'entends du bruit..... quelqu'un s'avance, ah! mon frère, éloignez-vous.....

LE CHEVALIER.

Raffurez-vous, c'eft Thibaut.

SCÈNE VIII.

THIBAUT, SOPHIE, CONSTANCE, LE CHEVALIER.

THIBAUT.

Est-ce là, Monfieur, ce que vous appelez un moment ?.... Allons, allons, il faut rentrer....

CONSTANCE.

Hélas! il a raifon....

LE CHEVALIER.

Conftance!.... chère Sophie!.... adieu...... Pardonnez-moi, l'une & l'autre, les peines que je vous caufe !.... confolez ma mère....

Tome II. I

SOPHIE.

Mon frère!.... nous vous reverrons encore....

THIBAUT.

Eh! oui, oui.... finissons donc.... si quelqu'un venoit....

CONSTANCE.

Grand Dieu!..... rentrez sans différer.....

LE CHEVALIER.

Embrassez-moi, ma sœur.... adieu Constance...
adieu.....

CONSTANCE.

Ah, Valcour!.... n'oubliez jamais.... que
l'existence.... de tout ce qui vous est cher..... est
attachée à la vôtre.....

LE CHEVALIER.

Eh! pourrai-je oublier le seul bien que le
fort m'ait laissé....

THIBAUT.

C'est assez discourir & larmoyer.... Mesdemoiselles, passez par ce côté; & nous, Monsieur, par celui-ci....

LE CHEVALIER.

Encore un moment.....

THIBAUT.

Voulez-vous donc décidément vous perdre?....

SOPHIE, *entraînant Constance.*

Arrachons-nous d'ici....

CONSTANCE.

Adieu!... (*Elles sortent.*)

LE CHEVALIER.

Écoutez........

THIBAUT.

Bon! elles sont déjà bien loin!.... grace à Dieu!.... Allons, Monsieur, rentrons; vous rêverez dans votre chambre, tout aussi bien qu'ici..... Il ne bouge pas plus qu'une statue!.... Monsieur?..... voulez-vous passer la nuit dans ce jardin?.....

LE CHEVALIER.

Allons, Thibaut, je vous suis. (*Ils sortent.*)

Fin du quatrième Acte.

I ij

ACTE V.

SCÈNE PREMIÈRE.

PAULINE, ROSE.

ROSE.

OUI, Mademoiselle, j'ai vu M. Thibaut pendant plus d'un gros quart-d'heure, en embuscade ici autour.... il étoit juste à l'une des deux entrées du bosquet, & placé *vison visu* de l'autre..... J'ai voulu m'approcher, mais il m'a crié, avec une voix qui m'a fait peur comme tout : *Qu'est qu'ou faites - là, petite fille ?* ..... & je me suis sauvée....

PAULINE.

Et vous n'êtes pas revenue ? . . . .

ROSE.

Oh, si fait.... & j'ai apperçu deux hommes qui sortoient du bosquet comme la nuit étoit tout-à-fait tombée ; je n'ai pu les distinguer, mais je crois que l'un des deux étoit M. le Baron de Sénanges.....

PAULINE.

Oui, cela se peut.... puisqu'il est dans tous les secrets.....

ROSE.

Peut-être bien qu'il étoit là avec son fils..... avec ce jeune-homme qu'ils gardent en cachette.... Oh, oh, je sens quelques gouttes de pluie.... notre lettre sera mouillée, si elle n'est pas déjà prise.... A propos, Mademoiselle, vous sortez de table, pourquoi donc avez-vous soupé de si bonne-heure ce soir? .....

PAULINE.

Mon Dieu, je n'en sais rien; ma Mère n'a point paru, elle m'a seulement fait dire qu'elle m'ordonnoit de me coucher à dix heures....

ROSE.

Oh, nous avons encore le temps de jaser; car v'la la demie de neuf heures qui sonnent.... Pour moi je ne me coucherai pas, car le Monsieur viendra, & il faut que je le voie des premières, puisque j'ai eu la peine de porter la lettre....

PAULINE.

J'entends quelqu'un..... il faut rentrer.

ROSE.

Oh, que non.... voyons qui c'est....

SCÈNE II.

PAULINE, ROSE, LE BARON.

LE BARON, *à part.*

IL faut absolument que je la questionne....? Mademoiselle Pauline, êtes-vous ici?...

PAULINE.

C'est le Baron de Sénanges....

ROSE.

Ah, tant mieux, il nous dira peut-être quelque chose....

PAULINE, *s'approchant du Baron.*

Par quel hasard, Monsieur, à cette heure-ci?....

LE BARON.

Il est de si bonne-heure, que je ne puis me résoudre à me coucher; vous avez dit en sortant de table, que vous viendriez ici un moment prendre l'air, & je vous cherchois....

ROSE, *à part.*

Il est poli pour un vieux homme !....

PAULINE.

Vous n'avez donc pas vu Maman depuis le souper ?

LE BARON.

Non, elle est malade ....

ROSE.

Oh, c'est vrai qu'elle étoit ben blême aujourd'hui ....

LE BARON.

Elle a les nerfs si cruellement attaqués, & depuis si long-temps....

ROSE.

Les nerfs ? qu'est-ce que c'est que ça, bon Dieu ?....

I iv

PAULINE.

Comment, depuis fi long-temps ?....

LE BARON.

Mais il me femble que j'ai entendu dire qu'elle étoit fujette à des évanouiffemens, des efpèces de convulfions....

ROSE.

Vlà un bon conte, par exemple....

PAULINE.

Je n'ai jamais quitté ma Mère, & je la vois malade aujourd'hui pour la première fois....

ROSE.

Elle s'eft toujours portée comme le Pont-neuf.

LE BARON.

Oui ?.... & .... dites-moi .... que penfez-vous de l'état où elle eft ce foir ?....

PAULINE.

Mais je crois que vous favez beaucoup mieux que moi quelle en eft la caufe.... je n'ai que des foupçons très-vagues....

LE BARON.

Des foupçons.... En effet.... je fais tout....
ainfi vous pouvez me parler avec confiance....

ROSE.

Oh, oui, oui, de la confiance.... (*bas.*) Pouffez-
le donc, Mademoifelle....

PAULINE.

Je ne fais rien de pofitif....

LE BARON.

Mais encore.... qu'imaginez-vous ?....

PAULINE.

Rofe, éloignez-vous un moment. ...

ROSE.

Volontiers.... (*à part en s'éloignant.*) mais je
n'irai pas loin....

PAULINE.

Hélas, Monfieur.... je vois bien qu'on fe défie
de moi.... & qu'un grand fecret vous occupe
tous....

LE BARON.

Je me fuis apperçu que vous avez, pendant

le souper, embarrassé deux ou trois fois Mademoiselle votre Sœur....

PAULINE.

Oui.... elle a rougi....

LE BARON.

Je l'ai remarqué ; ce qui m'a donné l'idée de vous demander un moment d'entretien.... car si vous savez notre secret, il est inutile de chercher à dissimuler....

PAULINE.

Je vous avouerai naturellement que je n'en ai découvert qu'une partie....

LE BARON.

Eh bien, Mademoiselle....

PAULINE.

Eh bien, je sais seulement que le Chevalier de Mirville est caché dans le grand cabinet au bout de la galerie....

LE BARON.

Dieu ! quel trait de lumière !.... (*à part.*) Ah, ne perdons point de temps....(*Il sort précipitamment.*)

S C È N E III.

PAULINE, ROSE.

ROSE, *se rapprochant.*

QUE diantre veut-il dire, avec son trait de lumière !.....

PAULINE.

Je n'en sais rien..... Je tremble..... je n'en puis plus..... (*Elle se jette sur un banc.*)

ROSE.

Qué grosse parole il avoit en disant cela !.... Il s'est en allé comme un effaré.... Eh ben Mamefelle, vous v'la toute ahurie !.....

PAULINE.

J'ignore....... quelle est l'imprudence que j'ai commise..... Mais j'en ai fait une sûrement..... J'ai un battement de cœur....

ROSE.

Qu'est-ce qui a pu le courroucer si fort ?.....

PAULINE.

Hélas ! je n'ai que des craintes, & pas une

idée fixe...... Mais, il avoit l'air d'apprendre une
nouvelle furprenante & terrible !.... le fon de
fa voix étoit effrayant....

ROSE.

Comme un tonnerre.....

PAULINE.

Je friffonne encore quand j'y penfe.

ROSE.

C'eft un vilain homme de nous avoir fait
peur comm'çà....

PAULINE.

Rofe, allez vous-en chez ma mère, hélas !
fa porte m'eft défendue ! mais peut-être qu'on
vous laiffera entrer ; parlez-lui, contez-lui
naïvement toutes mes fautes, tout ce qui nous
eft arrivé ; demandez-lui de ma part qu'elle
daigne m'entendre ; allez, je vous en prie...

ROSE.

Mais, Mademoifelle, je ne veux point aller
rapporter contre vous.

PAULINE.

M'aider à réparer mes torts, voilà, Rose, le dernier service que j'exigerai de vous : de grace, ne me refusez pas. Mon enfant, je vous ai donné jusqu'ici de bien mauvais exemples ; ah ! puissiez-vous les oublier, & n'être désormais frappée que de mon repentir....

ROSE.

Vous me fendez le cœur, Mademoiselle.... Mon Dieu, consolez-vous, allez dans votre chambre, car il est au moins dix heures.... La lune est tout-à-fait cachée, nous allons avoir de l'orage.... On n'y voit plus goutte, voulez-vous que je vous donne le bras jusqu'à l'escalier ?

PAULINE.

Non, j'irai bien seule... Mais n'entends-je pas du bruit ?.....

ROSE.

Oui, quelqu'un vient.....

PAULINE.

Ne vois-je pas une lumière ?

ROSE.

Oui, vraiment ; mon Dieu, j'ai peur.

PAULINE.

Paix, taisons-nous. (*Elle écoute.*)

SCÈNE IV.

ROSE, PAULINE, LA MARQUISE.

LA MARQUISE, *une lanterne à la main ;
elle dit au fond du Théâtre :*

Tout le monde est retiré, je vais attendre ici
Constance & Sophie, pour les conduire. . . . . . .
j'entends marcher.

ROSE.

(*Bas à Pauline.*) Bon Dieu, c'est Madame....
Répondez donc, Mademoiselle.

PAULINE.

Je tremble....

LA MARQUISE *avance, & à la lueur de sa
lanterne, elle reconnoît Pauline. Rose se sauve.*

Que vois-je.... Quoi ! c'est vous, Pauline....
à l'heure qu'il est, que faites-vous-là ?.....

PAULINE.

Maman, daignez me pardonner & m'entendre un moment, je vous en conjure.....

LA MARQUISE, *pofant fa lanterne à terre.*

Que me direz-vous qui puiffe vous excufer...
Tout le monde eft conché ; il fait nuit, la pluie
commence à tomber, le vent & le froid annoncent un orage affreux, & je vous trouve feule
ici : quel deffein vous y retenoit ?.... Ah ! je
ne le fais que trop.... vous veillez pour épier
mes actions, pour pénétrer mes fecrets? ... car
vous m'en fuppofez, je ne l'ignore pas.....
eh bien, fi j'en ai, & s'il refte encore un fentiment honnête dans votre ame, tremblez de
les découvrir : s'ils font importants,.... ne vous
touchent-ils pas comme moi ?.... & vous flat-
teriez-vous d'avoir affez de prudence & de raifon pour ne les pas trahir ?   .

PAULINE.

Ah ! Maman, je ne n'ai que trop mérité de
fi cruels foupçons; après tout ce que j'ai fait,
je n'ofe vous rien promettre pour l'avenir ; mais,

je me repens ; je fens toute l'étendue de mes
fautes, j'en gémis, & je ne fuis plus occupée que
du defir de les réparer, s'il eft poffible.

LA MARQUISE.

Mais que faifiez-vous ici fans votre Bonne,
fans votre Sœur, & dans cette obfcurité ?....

PAULINE.

J'étois avec Rofe, je lui parlois de mes
peines.....

LA MARQUISE.

Avec Rofe !.... Eft-ce là, Pauline, la fociété
qui vous convient ? Vous avez une Mère, une
Sœur, & quelle Sœur!..... Elle vous offre
l'exemple de toutes les vertus, comme de tous
les agrémens ; elle eft adorée de tout ce qui
l'approche ; elle vous chérit, & ce n'eft pas elle
que vous confultez ; ce n'eft pas elle que vous
choififfez pour amie !..... Une petite fille grof-
fière, une Payfanne, Rofe enfin, reçoit vos
confidences ;.... ne rougiffez-vous pas d'un tel
abaiffement ?

PAULINE.

PAULINE.

Ah! je rends justice à Sophie; je me la rends à moi-même: je ne suis digne, ni de ma Mère, ni de ma Sœur;... mais je suis rejetée, l'on me rebute, l'on me fuit.... que dois-je faire?

LA MARQUISE.

Réfléchir & vous corriger..... mais, rentrez, il est dix heures, allez vous coucher: dans un moment, je monterai chez vous afin de m'assurer par moi-même de votre obéissance. Je me suis doutée que vous étiez ici, c'est pourquoi j'y suis venue; car, d'ailleurs, je n'ai nulle affaire.

PAULINE.

Ainsi donc, je ne pourrai point encore vous parler aujourd'hui..... Adieu, Maman, je vous quitte, je vous obéis ...... mais un mot de Maman me seroit bien nécessaire; mon cœur est cruellement oppressé; je suis bien à plaindre!.....

LA MARQUISE.

Pauline, vous êtes naturellement sincère;

Tome II. K

me promettez-vous de répondre avec vérité à la question que je vais vous faire ?....

PAULINE.

Oui, Maman ; ah ! vous y pouvez compter.

LA MARQUISE.

Eh bien, est ce la curiosité ou le desir d'obtenir une explication, qui vous fait dans cet instant me quitter avec tant de peine ?......

PAULINE.

Je vous suivois ce matin par curiosité, & le reste du jour, je ne vous ai cherchée que pour vous avouer mes fautes : dans ce moment, la tendresse seule me retient auprès de vous... Je vois que vous êtes agitée, que vous avez quelque chagrin secret ; je sens avec amertume le regret affreux de ne pouvoir le partager ; mais je n'ai nul desir de le découvrir ... Je ne suis pas digne de votre confiance, je n'y prétends point ; mais si vous souffrez, laissez-moi la triste douceur de mêler mes pleurs aux vôtres. Ne craignez plus mes questions ; que Maman ne se contraigne point avec moi ; qu'elle répande ses larmes dans le sein d'une fille qui la chérit ; c'est tout ce qu'elle ose lui demander.

LA MARQUISE.

Avec de tels sentimens, avec une ame si tendre, comment peut-il encore te rester des défauts !... le temps les corrigera ; oui, Pauline, je l'espère..... tu m'as fais lire dans ton cœur. Eh bien, tu le veux, connois donc l'état du mien. Je suis déchirée de la plus mortelle inquiétude ; & , ce qui met le comble à ma peine, c'est de ne pouvoir te la confier.... Ma fille , toi qui m'est si chère, toi pour qui je donnerois ma vie, je te cache ce que je n'ai pas craint de découvrir à Thibaut, à Gérard, à deux Domestiques !..... Je compte sur leur fidélité, & je n'ose me fier à la tienne !

PAULINE.

Ah, Maman ! ô la meilleure & la plus tendre des mères, quels remords & quelle reconnoissance vous excitez à la fois dans mon ame ! quoi ! je pouvois adoucir vos chagrins, & je les aggrave ; je pouvois être votre amie, & je n'étois trop justement pour vous qu'un espion dangereux, dont vous deviez craindre également & l'indiscrétion & la curiosité !.... grand Dieu, quelle affreuse & frappante leçon pour moi....

LA MARQUISE.

Va, dans cet instant, tu me dédommages de tout ce que tu m'as fait souffrir. Quel sera mon bonheur de pouvoir te traiter comme Sophie ! elle a ma confiance, mais je t'aime autant qu'elle ; & nos entretiens les plus doux font empoisonnés par le regret cruel de ne pouvoir t'y admettre.

PAULINE.

Ah, Maman ! Sophie doit vous consoler de mes fautes, elle m'en est plus chère.... Oui, le Ciel vous devoit une fille comme elle....

LA MARQUISE.

Dieu, quel bruit se fait entendre !

PAULINE.

Je crois reconnoître la voix de ma Sœur....

LA MARQUISE.

Juste Ciel! qu'est-il arrivé?.... je frissonne....

PAULINE.

C'est ma Sœur....

SCÈNE V.

SOPHIE, PAULINE, LA MARQUISE.

ROSE, *survient un moment après.*

LA MARQUISE.

SOPHIE! est-ce vous?

SOPHIE.

Ah, Maman, tout est perdu....

LA MARQUISE.

Juste Ciel!....

SOPHIE.

Le Baron de Sénanges sait que le Chevalier de Mirville est ici.

LA MARQUISE.

Jst-il possible!....

K iij

SOPHIE.

Il a deviné le reste, il est furieux.... L'Exempt & sa troupe viennent d'arriver , & sont entrés à force ouverte....

LA MARQUISE.

Grand Dieu !....

SOPHIE.

La fuite est désormais impossible, toutes nos espérances sont détruites ; ah, Maman !....

LA MARQUISE.

Eh, qui donc a pu nous trahir ?..... ah, ce ne peut être que Gérard ou Thibaut!....

PAULINE, *se jette aux pieds de sa Mère.*

Qu'entends-je !.... Non, Maman, n'accusez que moi ....

LA MARQUISE.

Que dites-vous , ô Ciel !.....

PAULINE.

Hélas ! j'ignore le mal que j'ai fait ; mais j'ai découvert que le Chevalier de Mirville est caché dans le Château, & je l'ai dit à M. de Sénanges...

LA MARQUISE.

Malheureufe!.... ce Chevalier de Mirville
eft ton frère; il s'eft battu, il a tué le fils du
Baron de Sénanges, & c'eft toi qui le dénonce
à fon mortel ennemi!

PAULINE.

Dieu!....

LA MARQUISE.

Tu conduis ton frère à l'échafaud; tu portes
le poignard dans le fein d'une mère au défefpoir; enfin, tu perds ta famille infortunée:
voilà, voilà le fatal ouvrage de ta coupable
curiofité....

PAULINE.

Je me meurs.... (*Elle tombe évanouie aux
pieds de fa Mère.*)

SOPHIE.

Ah! ma Sœur!....

ROSE.

Elle eft fans connoiffance!....

LA MARQUISE.

Rofe, fecourez-la.... & nous, allons nous

jeter aux genoux du Baron de Sénanges. Venez,
Sophie, venez ; il faut le fléchir ou mourir.....
(*Elle sortent toutes les deux précipitamment.*)

SCÈNE VI.

PAULINE, *évanouie,* ROSE.

ROSE.

LES voilà parties ! .... mon Dieu, que vais-je
devenir ici toute seule ? .... Mademoiselle Pauline ! .... Mademoiselle Pauline ! .... Ah, Jésus !
elle est comme morte.... & puis couchée là sur ce
gazon tout mouillé ! .... quelle pitié cela fait ! ....
V'là la pluie qui redouble..... oh bon Dieu quel
tonnerre ! quel orage ! je suis transie.... mais il
n'y a pas moyen d'abandonner cette pauvre
Demoiselle..... Si je pouvois seulement la sou-
lever un peu.... Je n'en ai pas la force ! .... on
ne l'entend pas respirer.... la peur commence à
me saisir.... ah, Sauveur, quel coup de tonnerre ! .... je n'ai pas une goutte de sang dans
les veines ! .... (*Elle prend les mains de Pauline.*)
Elle est froide comme glace.... Mon Dieu, mon

Dieu, ayez pitié d'elle.... Il fait si noir que je
ne vois pas où je suis.... Je voudrois l'asseoir
sur le siège de gazon ; mais je ne sais où il est....
Ah, v'là une lanterne, servons-nous-en ....
(*Elle va chercher la lanterne que la Marquise avoit
posée à terre. Elle revient auprès de Pauline, &
la regarde à la lueur de la lanterne.*) Ciel, comme
elle est pâle !.... Ses cheveux sont trempés....
il faut l'ôter absolument de là.... (*Elle pose sa
lanterne à terre, elle essaye de lever Pauline.*) Il
fait si glissant !..... Oh, quel éclair !.... là, Dieu
merci, j'en suis venue à bout. (*Elle assied Pauline sur le siège de gazon, & la tient dans ses
bras.*) Je crois qu'elle soupire..... Ah, la v'là
qui se ranime.....

P A U L I N E.

Où suis-je ?.... Ma Mère .... où est-elle ?.....

R O S E.

Mademoiselle.... vous êtes seule avec moi,
avec Rose .... ,

P A U L I N E.

Mon frère.... qu'est-il devenu ?

ROSE.

Je ne fais rien de nouveau ; je ne vous ai pas quittée. . . .

PAULINE.

Je l'ai dénoncé. . . . fes jours font en danger. . . . Ah, courrons. . . . je ne puis. . . . (*Elle retombe fur le fiège de gazon.*)

ROSE.

Ah, Seigneur, la v'là qui retombe en fyn-cope. . . . Mademoifelle ! . . . .

PAULINE.

Eh quoi ne pourrai - je mourir ? . . . . mon frère ! . . . . on l'enlève peut-être. . . . & c'eft moi, c'eft moi qui le livre à la mort ! . . . . . & je ne puis me traîner vers ma Mère. . . . la force m'abandonne. . . . . . il faut donc que j'expire ici. . . . oubliée, délaiffée de tout ce qui m'eft cher ! . . . .

ROSE.

Entendez-vous ces cris ? . . . .

PAULINE.

Grand Dieu, tout mon fang fe glace ! . . . .

Ah, sans doute, en cet instant on arrache mon malheureux frère des bras de sa Mère désespérée....

R O S E.

Le bruit augmente.... O Ciel ! je crois qu'on force les portes du château....

P A U L I N E.

Je ne puis me soutenir..... Courez, Rose, allez savoir.... allez....

R O S E.

J'y vais. Je reviendrai bientôt. (*Elle sort, & emporte la lanterne avec elle.*)

S C È N E VII.

P A U L I N E, *seule.*

O mon frère, mon frère !... quel sera ton destin ?.... dans quel abysme affreux j'ai précipité ma famille !.... ma mère, elle me hait, elle le doit ;.... terrible moment, où j'ai vu cette mère si tendre me repousser avec horreur, & m'accabler du poids de sa juste colère !...

ah ! mon oreille est encore frappée du son de cette voix redoutable & chérie !...... mais, qu'entends-je ? quel bruit de chevaux & de voitures ! quel tumulte effrayant !... (*Un grand coup de tonnerre se fait entendre ; Pauline se leve avec effroi ; le tonnerre, accompagné d'éclairs, continue avec violence ; Pauline éperdue, parcourt le Théâtre ; tous ses mouvemens doivent exprimer la plus vive frayeur ; enfin elle revient tomber sur le siége de gazon, & le tonnerre cesse. Après un silence :*) la nuit..... l'obscurité profonde, cet affreux tonnerre .... tout semble se réunir pour ajouter à la terreur qui m'accable .... la mort enfin terminera des tourmens si cruels : ah ! puisse-t-elle être aussi prompte que mes remords sont déchirans !.... On vient; Ciel, que vais-je apprendre !

SCÈNE VIII.

PAULINE, ROSE.

ROSE.

MADEMOISSELLE!....

PAULINE.

Eh bien ?....

ROSE.

Bonne nouvelle, bonne nouvelle......

PAULINE.

Dieu?.... mon frère..... achevez.....

ROSE.

Où êtes-vous donc ? Il fait si noir !....

PAULINE.

Approchez...... (*Elle fait quelques pas.*) mon frère, où est-il?....

ROSE.

Tout est fini, tout est raccommodé....

PAULINE.

Est-il, possible? ne m'abusez-vous point ?.....

ROSE.

Ils font tous contens...... J'ai vu de mes deux yeux M. le Baron de Sénanges embraffer, en pleurant, M. le Chevalier......

PAULINE.

Mon frère ?.....

ROSE.

Oui, lui-même. Oh ! ce n'eft pas là tout..... Mais vous chancelez ; mon Dieu, vous allez tomber !.....

PAULINE.

Ah ! Rofe, ma chere Rofe, embraffez-moi ; hélas ! je n'ai plus que vous qui puiffiez partager ma joie & ma douleur !

ROSE.

Affeyez-vous donc, Mademoifelle, vous êtes toute tremblante.....

PAULINE.

Le Baron de Sénanges embraffer mon frère !... eh ! quelle caufe miraculeufe a donc pu produire cet heureux changement ?

ROSE.

Ce fils de M. le Baron n'est pas tué . . . .
Tout au contraire, il se porte mieux que M. le
Chevalier ; il est arrivé tout d'un coup au moment même où son père alloit partir, malgré
les pleurs & les gémissemens de Madame. . . . .

PAULINE.

Ah ! Dieu. . . . . Mais ce jeune homme est
donc ici ?. . . . .

ROSE.

Pardi, sûrement qu'il y est. . . . . & le plus
beau de l'histoire, c'est que c'est notre écrivain.

PAULINE.

Comment ?

ROSE.

Eh oui vraiment, c'est lui qui écrivoit à
Mademoiselle Sophie ; il l'aime depuis long-
temps ;. . . . . & puis après s'être battu ici près,
il est resté sur la place comme mort ; son valet-
de-chambre l'a conduit chez des paysans ; . . . . .
& puis là, ayant repris sa connoissance, il a
donné ben de l'argent aux paysans pour garder

le secret, ne sachant point si son ennemi n'étoit pas tué ; & puis il a guéri promptement, parce que sa blessure n'étoit pas dangereuse ; il a appris qu'il étoit tout près de Mademoiselle Sophie, l'envie de la voir lui a fait courir les champs aussi-tôt qu'il a pu marcher ; enfin, il l'a vue, l'a écoutée, lui a écrit ; & puis il est venu se jeter aux pieds de son père, & lui conter tout cela.

PAULINE.

O Ciel ! quel heureux dénouement ! ...... Mais, comment avez-vous pu savoir tous ces détails ?....

ROSE.

J'ai questionné tout le monde, & puis je suis entrée jusques dans le salon, où j'ai vu & entendu tout ce que je vous raconte ; les portes sont toutes grandes ouvertes ; les Maîtres, les Domestiques, toute la maison est là rassemblée.... J'ai vu Madame entre les bras de Mademoiselle Sophie & de Mademoiselle Constance, qui étoit prête à se trouver mal de joie, en regardant M. le Baron de Sénanges & son fils qui

embrassoient

embrassoient M. le Chevalier..... Oh que ce jeune M. de Sénanges a bonne mine! il est aussi joli que M. le Chevalier. On dit qu'il a été bien surpris quand il a su qu'il s'étoit battu contre le frère de Mademoiselle Sophie; il en pleuroit comme un enfant; enfin, à présent il est bien heureux, car Madame & M. le Baron ont donné leur consentement, & la noce se fera demain.

P A U L I N E.

Ma mère!.... Croyez-vous, Rose, qu'elle vous ait remarquée?....

R O S E.

Oh, non; j'étois derrière tout le monde, & puis elle ne voyoit que ses enfans; j'entendois qu'elle disoit: *Ah! que je suis une heureuse mère!...*

P A U L I N E.

Elle oublie que je suis sa fille!.... Mon cœur est déchiré.......Cependant, à présent je suis la seule à plaindre: délivrée des mortelles inquiétudes qui me dévoroient, pourquoi donc mes larmes coulent-elles toujours avec la même amertume?.... Ma mère, dans les bras de So-

phie & de Conſtance, ne ſe ſouvient même pas
que la malheureuſe Pauline exiſte !.... Rien ne
manque à ſon bonheur, & cependant elle a
laiſſé ſa fille infortunée ſans ſecours & mourante...... Voilà donc à quel excès de dureté
j'ai pu conduire, par mes fautes, la plus indul-
gente & la meilleure des mères !..... Affreuſe
& terrible leçon ! J'avois la plus tendre des
mères, j'étois la ſœur la plus chérie, & maintenant oubliée, délaiſſée, je ſuis moins qu'une
étrangère pour ma famille !.... Hélas ! je dois
gémir de mes malheurs ; mais je ne puis m'en
plaindre, ils ſont tous mon ouvrage.

SCÈNE IX & dernière.

PAULINE, ROSE, SOPHIE, *ſuivie de quelques*
Domeſtiques qui portent des flambeaux, & qui
reſtent dans le fond du Théâtre.

SOPHIE.

Ou eſt-elle, où eſt-elle ?....

PAULINE.

Ciel ! c'eſt ma ſœur.....

SOPHIE, *courant à elle & l'embraffant.*

Chère Pauline, tous nos maux font finis : venez, mon frère brûle de vous embraffer ; ma mère vous demande.

PAULINE, *l'embraffant.*

Ah ! ma fœur, je fais tout..... Mais ma mère me demande !.... eft-il bien vrai ?

SOPHIE.

Venez dans fes bras, ma fœur ; elle vous attend, elle vous defire....

PAULINE.

Hélas ! comment pourrai-je m'offrir à fes yeux ?....

SOPHIE.

Ah ! tout eft oublié ; elle ne fe rappelle que votre douleur..... Cette mère fi fenfible, elle frémit en fongeant à tout ce que vous avez dû fouffrir....... elle ne voit que vos regrets, & l'avenir ne l'inquiète plus.

PAULINE.

Oui, je juftifierai fes efpérances ; & je ne

veux vivre déformais que pour réparer des fautes dont ses bontés aggravent encore le répentir. Allons, chère Sophie, daignez me conduire à ses pieds. Ciel ! je crois entendre la voix de ma mère & celle de mon frère !...

SOPHIE.

C'est elle......

PAULINE.

Dieu !....

(La Marquise paroît dans le fond du Théâtre ; elle est soutenue d'un côté par le Chevalier de Valcour son fils , & de l'autre par Constance. Le Chevalier la quitte pour aller embrasser Pauline qui se précipite dans ses bras , & court ensuite se jeter aux pieds de sa mère ; la Marquise tombe évanouie dans les bras du Chevalier & de Sophie , Constance derrière la soutient. La toile se baisse.)

FIN.

ZÉLIE,
OU L'INGÉNUE,
COMÉDIE
EN CINQ ACTES.

PERSONNAGES.

Le Marquis DE SAINVILLE.

ARISTE, Oncle du Marquis.

ZÉLIE, Pupille du Marquis.

Le Chevalier DE VILLERS, Amoureux de Zélie.

CLÉANTE, Intendant du Marquis.

CHAMPAGNE, Valet-de-Chambre du Chevalier.

CLARICE, jeune Veuve, parente du Marquis.

VICTOIRE, Femme-de-Chambre de Clarice.

Madame BERRARD, Gouvernante de Zélie.

UN SOLDAT.

UN PAYSAN.

UN LAQUAIS.

La Scène est en Normandie, dans le Château du Marquis.

ZÉLIE,
OU L'INGÉNUE,
COMÉDIE.

ACTE I.

SCÈNE PREMIÈRE.

Le Théâtre repréfente un Sallon.

LE CHEVALIER, *en habit de Voyage,*
L'INTENDANT, CHAMPAGNE.

L'INTENDANT.

MONSIEUR, nous fommes trop heureux
d'avoir pu vous être utiles ; fi vous voulez vous
repofer dans ce Sallon, je vais préparer votre
appartement, & donner les ordres néceffaires

L iv

pour faire raccommoder votre chaise ; mais comme la roue est entièrement cassée, je ne crois pas que vous puissiez partir avant demain.

LE CHEVALIER.

Je me trouve trop bien ici pour n'y pas attendre patiemment ; d'ailleurs, je serai bien aise de voir le Marquis de Sainville : ne m'avez-vous pas dit qu'il revient ce soir ?

L'INTENDANT.

Oui, Monsieur, nous l'attendons : M. Ariste, son Oncle, vient d'arriver dans l'instant, & je vais le prévenir....

LE CHEVALIER.

Je serois au désespoir de le gêner ; je vous prie de ne pas le déranger pour moi.

L'INTENDANT.

Monsieur n'a besoin de rien ?

LE CHEVALIER.

Non, je vous suis obligé.... vous voulez donc bien vous charger de presser le Charon ?

L'INTENDANT.

Je vais lui porter vos ordres moi-même.

(Il sort.)

SCÈNE II.

LE CHEVALIER, CHAMPAGNE.

LE CHEVALIER.

VOILA un honnête Intendant..... il feroit bien étonné s'il favoit toutes les peines que nous avons eues à caffer ma roue!.... enfin, me voilà inftallé dans le Château de Sainville, & tous mes defirs font remplis.

CHAMPAGNE.

Ma foi, Monfieur, je ne reviens pas de l'étonnement que vous me caufez : à la veille d'un mariage intéreffant pour vous, aimé & amoureux d'une jeune & jolie femme, vous partez tout-à-coup de Paris; nous arrivons fecrettement à la dernière pofte qui conduit ici; là vous me laiffez avec ordre de cacher qui vous êtes, & de ne revenir vous trouver que dans la fuppofition où M. de Sainville arriveroit lui-même; enfin, au bout de trois femaines, j'apprends du Maître de Pofte, que M. de Sainville eft en chemin, & qu'on l'attend aujourd'hui ; alors, je pars, je me transporte au lieu du rendez-vous, & je vous trouve établi dans une misérable chaumière ; nous montons dans la voiture que je vous ramène, & au bout d'un demi-quart de lieue, vous nous faites casser une de vos roues, à l'entrée de l'avenue de ce Château, où l'on vous donne l'hospitalité de si bonne grace, en plaignant un accident dont vous êtes l'auteur, vous même...... je vous avoue, Monsieur, que tant de mystère, excite vivement ma curiosité, & que je ne vaux rien pour les demi-confidences......

LE CHEVALIER.

Depuis long-temps je compte sur ta discrétion....

CHAMPAGNE.

Il est vrai que vous l'avez mise à de furieuses épreuves....

LE CHEVALIER.

Quand je t'ai laissé à la Poste, je n'avois que des projets si vagues, si incertains, que je ne pouvois m'en rendre compte à moi-même ; la feule chofe qui m'importât alors, c'étoit d'être averti de l'arrivée de Sainville.....

CHAMPAGNE.

Enfin, Monfieur, à préfent, parlez-moi, faites-moi donc agir, employez mes petits talens; car l'inaction me tue.

LE CHEVALIER.

Il faut que tu fois bien imbécille, pour ne pas deviner, à tout ce que tu me vois faire, que je fuis amoureux.

CHAMPAGNE.

Comment! est-ce que ce n'eft plus Clarice ?....

LE CHEVALIER.

Clarice eft aimable, elle m'aime, je l'époufe-rai peut-être; c'eft je crois m'acquitter affez envers elle.

CHAMPAGNE.

En effet, elle vous aura une grande obliga-tion; vous n'avez rien, & vous aurez la bonté d'accepter fa fortune & fa main.

LE CHEVALIER.

J'ai eu, je l'avoue, pour elle, un goût très-vif; coquette, légère, piquante, capricieuse; avant qu'elle s'avisât de m'aimer, elle étoit réellement charmante: mais l'amour l'a beaucoup changée; & elle y perd toutes ses graces; elle est devenue inquiette, jalouse, passionnée; & nous cessons de nous convenir.

CHAMPAGNE.

Comment diantre, d'une étourdie, vous avez fait une femme raisonnable! ah! je ne m'attendois pas à ce tour-là de votre part; mais, Monsieur, quel est donc ce nouvel objet qui vous tourne la tête?....

LE CHEVALIER.

N'as-tu pas entendu parler de cette jeune Zélie?......

CHAMPAGNE.

Quoi! cette Orpheline, sur laquelle on a débité tant de fables; que le Marquis de Sainville a fait élever d'une manière si extraordinaire; qu'il tient renfermée,... que personne n'a jamais vue?...

Le Chevalier.

Eh bien , je la connois, je l'ai vue , je lui ai écrit & je lui ai parlé.

Champagne.

C'est donc ici sa prison ; mais comment avez-vous fait pour tromper tous ses surveillans ; & quelle est votre espérance ? Renoncez - vous à Clarice , pour un enfant sans nom , sans état, dont on ignore le nom & la naissance….

Le Chevalier.

Tu connois mon goût pour les aventures romanesques, c'est d'abord lui seul qui m'a conduit ici ; à présent, c'est l'amour qui m'y retient.

Champagne.

Mais , Monsieur, qui diable a pu vous mettre une telle fantaisie dans l'esprit.

Le Chevalier.

Je connois beaucoup Sainville, je l'ai vu très-souvent chez Clarice, dont il est le parent & l'ami. Depuis deux ans, sur-tout, l'histoire de cette jeune personne qu'il tient renfermée , oc-

cupe vivement fa famille ; il n'y a pas plus de fix
mois, qu'on eſt certain du lieu qu'elle habite, les
uns prétendent qu'il l'a fecrettement époufée ;
d'autres, que ce n'eſt que fa Maîtreſſe ; d'autres
enfin, & c'eſt l'opinion la plus générale, font
perfuadés qu'elle eſt fa fille.

CHAMPAGNE.

Il eſt bien jeune pour avoir une fille de dix-
fept ans.

LE CHEVALIER.

Les agrémens de fa figure le font paroître infiniment plus jeune qu'il n'eſt en effet ; Sainville
a bien trente-quatre ans, ainfi, rien n'eſt plus
vraifemblable ; ce qu'il y a de certain, c'eſt qu'il
a toujours conſtamment refufé de fe marier ;
héritier de la fortune immenfe de fon oncle
Ariſte, il a réfiſté jufqu'ici à toutes les perfécu-
tions qu'on lui a faites à cet égard, avec un courage & une fermeté fort extraordinaires. Je t'a-
voue qu'une conduite fi myſtérieufe a piqué
ma curiofité au dernier point : j'ai fait ce que
j'ai pu pour gagner fon amitié & fa confiance ;

mais fa réferve fur le feul point qui m'intéref-
foit, m'a bien-tôt fait perdre l'efpoir dont je
m'étois flatté d'abord. Peut-être même en ferois-
je demeuré-là, fans une aventure fingulière qui a
achevé de me tourner la tête. Tu fais que je fai-
fois faire mon portrait pour Clarice ; le Peintre
que j'employois, eft un homme que j'ai mis à
la mode, qui me doit fa fortune, & qui m'eft
entièrement dévoué. Un jour que j'étois chez
lui, on eft venu lui dire qu'un Valet-de-Chambre de Sainville demandoit fi le tableau dont il
s'étoit chargé, étoit fini & emballé, & qu'il l'at-
tendoit. Là-deffus, j'ai fait des queftions ; le Peintre m'a répondu qu'il avoit promis le plus grand
fecret ; ma curiofité & mes inftances redoublent ;
enfin, le Peintre y cède, il ouvre une grande
boîte, il en tire un tableau qui repréfente l'in-
térieur d'un cabinet d'étude ; la première figure
fur laquelle mes yeux fe portent d'abord, eft
celle de Sainville appuyé fur une table couverte
d'inftrumens de mufique, de globes, de fphères,
de crayons & de deffins ébauchés ; il paroît
plongé dans une rêverie délicieufe, & fes re-

gards font attachés fur un objet qui fixe bien-tôt
tous les miens.... C'eſt une jeune perſonne aſſiſe
vis-à-vis de lui, elle tient un livre, & ſemble
lire tout haut. Tout ce qu'on peut imaginer de
plus beau, de plus agréable, de plus charmant,
eſt mille fois au-deſſous de cette figure accom-
plie; elle réunit à la fois l'élégance, la nobleſſe,
les graces; & un air d'innocence & de ſenſibilité répandu fur tous ſes traits, y donne un charme inexprimable qui touche encore plus que ſa
beauté n'éblouit. Je ne pouvois m'arracher à
cette dangereuſe contemplation; enfin, un peu
rendu à moi-même, j'ai demandé au Peintre
s'il avoit vu l'original de cette figure parfaite,
il m'a répondu qu'il n'avoit fait que la copier
d'après un tableau en paſtel, que j'ai ſuppoſé
peint par Sainville lui-même.... & tu crois bien
que j'ai reconnu Zélie; car, quelle autre pourroit être ſi belle, & n'être pas connue? ah, pour
la dérober aux hommages de l'Univers entier,
il falloit la ſouſtraire à ſa vûe..... il falloit.....

CHAMPAGNE.

Pardon, ſi je vous interromps au milieu de
votre

votre enthousiasme ; mais, Monsieur, est-ce-là ce que vous appelez l'avoir vue, lui avoir parlé ?...

LE CHEVALIER.

Non, te dis-je, je l'ai vue elle-même.... j'ai pénétré dans le séjour, jusqu'alors inaccessible, qui la renferme ; tout est possible à l'amour.

CHAMPAGNE, à part.

Pauvre tête dérangée. (*Haut.*) Et, sans doute, elle vous aime aussi ?....

LE CHEVALIER.

Elle ne me l'a pas dit, cependant je crois pouvoir m'en flatter... D'ailleurs, je ne l'ai vue qu'un moment ; mais elle m'a parlé avec une douceur qui m'a donné de grandes espérances ; elle m'a paru d'une innocence & d'une ingénuité dont elle est peut être le seul exemple sur la terre : imagine-toi que je suis le premier homme après Sainville, qu'elle ait jamais vu. ... Une vieille femme & lui, voilà les seuls êtres qu'elle connût avant moi. ... je ne doute pas que Sainville ne soit son père, & je forme là-dessus des projets. ...

Tome II. M

CHAMPAGNE.

Ah! fans doute, vous verrez qu'il ne l'a élevée avec tant de foin, que pour vous; cela eft vraifemblable.... mais, Monfieur, encore une fois, comment donc l'avez-vous vue?

LE CHEVALIER.

As-tu remarqué dans le chemin de traverfe que nous avons pris tout-à-l'heure, un grand mur à droite.....

CHAMPAGNE.

Oui, qui donne fur des bruyères, fur un terrein inculte?

LE CHEVALIER.

Juftement, eh bien, ce mur entoure le jardin de Zélie.

CHAMPAGNE.

Je crois vous deviner; mais comment efcalader ce mur, il eft d'une hauteur extraordinaire, & d'ailleurs, tout hériffé de pointes.....

LE CHEVALIER.

Rien n'eft impoffible avec de l'argent & de la perfévérance.

CHAMPAGNE.

Cela est vrai, mais ordinairement vous manquez de l'un & de l'autre.

LE CHEVALIER.

Eh bien, cependant c'est du haut de ce mur, qu'après quinze jours d'attente & de soins superflus, j'ai vu l'objet le plus charmant & le plus digne d'être adoré, Zélie en un mot.

CHAMPAGNE.

Ma foi, je croirai désormais que l'amour donne des aîles......

LE CHEVALIER.

Il donne mieux, il donne une industrie qui rend tout facile. Avec des cordes, des échelles, des machines que j'ai fait faire, je suis parvenu heureusement au haut du mur; pendant que j'y grimpois, mes bons paysans faisoient la garde pour m'avertir au moindre bruit.....

CHAMPAGNE.

D'ailleurs, ce lieu est si desert, il n'y passe personne.

LE CHEVALIER.

Croirois-tu que pour voir Zélie une feule fois, il m'a fallu efcalader le mur plus de dix; j'écoutois, je l'entendois parler, & je ne pouvois me montrer; une autre fois, plus hardi, j'ofois jeter un coup d'œil fur le jardin, je l'appercevois, mais avec fa Bonne, & il falloit me cacher encore; enfin....

CHAMPAGNE.

Paix, Monfieur, j'entends quelqu'un.

LE CHEVALIER.

On vient, fuis-moi, Champagne, j'ai encore mille chofes à te dire; tu ne connois que la moitié de mes deffeins & de mes aventures; j'ai befoin de parler du refte, defcendons dans le parc, viens donc........ (*Ils fortent d'un côté, Arifte & l'Intendant arrivent de l'autre.*)

SCÈNE III.

ARISTE, L'INTENDANT.

ARISTE.

Vous savez la tendresse que j'ai toujours eue pour mon Neveu; une curiosité fondée sur un intérêt si vif, n'est pas faite pour inspirer la réserve & la défiance.

L'INTENDANT.

Je ne puis, Monsieur, vous donner que de bien foibles lumières.... Le fort de cette enfant est un mystère impénétrable.....

ARISTE.

Mais quel genre d'éducation a-t-elle pu recevoir dans une captivité si dure.... & comment se peut-il que, confiée à votre garde, vous ne l'ayez jamais vue....

L'INTENDANT.

Elle occupe la partie du Château opposée à celle-ci, toutes les vues de son appartement donnent sur le parc qui est entouré de murs

M iij

d'une hauteur prodigieuse ; j'ai feul ici la clef
d'une porte qui conduit à un cabinet de fon appartement. Il y a dans ce cabinet un tour im-
ménfe femblable à ceux qu'on voit dans les
Couvents ; c'eft-là que chaque jour je vas prendre fes ordres, & lui porter toutes les chofes
qu'elle defire.... excepté une feule cependant...

A R I S T E.

Laquelle.

L'I N T E N D A N T.

Ah ! cela eft très-fingulier...... M. le Marquis m'a expreffément défendu de donner jamais à Zélie aucune efpèce de livres , cependant
la Bibliothèque du Château eft fort bien com-
pofée ; il n'y a prefque que des livres d'Hiftoire
& de Morale.

A R I S T E.

Mais que faire dans une folitude fi profonde ,
fans le fecours de la lecture.

L'I N T E N D A N T.

Oh ! elle lit, elle lit beaucoup ; M. le Marquis , quand il eft à Paris , m'envoie fouvent des

livres pour elle; mais ces livres-là sont toujours
écrits par lui.

ARISTE.

De l'écriture de mon Neveu!

L'INTENDANT.

Oui, Monsieur, de sa propre main, toujours....

ARISTE.

Quelle patience! & à quoi bon!

L'INTENDANT.

Avant-hier encore, j'ai porté au tour deux
volumes qu'il m'avoit envoyés.....

ARISTE.

On vous parle donc à travers ce tour?

L'INTENDANT.

Non, je trouve un papier sur lequel Zélie,
ou sa Bonne, ont tracé les ordres qu'elles me
prescrivent; tous les matins je vais le prendre:
seriez-vous curieux de voir celui d'aujourd'hui?

ARISTE.

Infiniment.

M iv

L'INTENDANT.

Il est écrit de la main de Zélie.

ARISTE.

A quoi connoissez-vous cela ?

L'INTENDANT.

Par la quantité de lettres qu'elle écrit à mon Maître, dont j'ai toujours été chargé. (*Il lui donne le papier, Ariste le déploie, l'Intendant, continue.*) Il faut vous dire qu'il y avoit dans le tour, à côté de ce papier, une petite lettre pour M. le Marquis.

ARISTE, *lit tout haut.*

Il faut envoyer sur le champ, par un homme à cheval, cette lettre au devant de M. de Sainville, afin qu'il la reçoive sûrement avant d'arriver. Ceci n'est-il pas inquiétant ? Mon Neveu revient ce soir, il faut qu'il leur soit arrivé quelque chose de bien extraordinaire.

L'INTENDANT.

Oh ! Monsieur, point du tout, toutes les fois que mon Maître revient, c'est la même chose ;

c'eſt apparemment une attention pour qu'il reçoive de ſes nouvelles en chemin.

ARISTE, *à part.*

Hom, voilà une attention bien tendre, &
qui reſſemble bien à la paſſion. (*Il continue la*
lecture.) *Il faut apporter au tour des plumes, des*
crayons, de l'encre & du papier ; des crayons,
elle ſait donc deſſiner ?

L'INTENDANT.

Oh, ſûrement, & je lui ſuppoſe encore bien
d'autres talens ; car elle me demande continuellement de la muſique, des cordes d'inſtrumens,
& mille autres choſes qui me perſuadent qu'elle
ſait fort bien employer ſon temps.

ARISTE, *à part.*

Mon étonnement redouble à chaque mot.
(*Il reprend la lecture.*) *Le dîner & le ſouper aux*
heures ordinaires ; des glaces à cinq heures. (*Il*
rend le papier.) Il faut que vous n'ayez pas
d'autre occupation que celle d'aller à ce tour
& d'exécuter les ordres qu'on vous y donne ; je
vois par-là tout votre temps employé.

L'INTENDANT.

Cela est vrai ; mais je suis payé pour cela.

UN LAQUAIS, *à l'Intendant.*

Monsieur, voilà M. le Marquis qui arrive, il est au bout de l'avenue.

ARISTE.

Il est seul, sans doute?

LE LAQUAIS.

Non, Monsieur, on m'a dit qu'il y a des Dames dans la voiture.

L'INTENDANT.

Des Dames ! Il y a long-temps qu'on n'en a vu dans ce Château ; cette nouvelle me surprend. (*A Ariste.*) Permettez, Monsieur, que j'aille recevoir mon Maître, & le prévenir sur les personnes qui sont établies chez lui. (*Il sort.*)

ARISTE, *seul.*

Est-ce sa fille ?..... est-ce l'objet d'un sentiment plus vif encore ?...... Je brûle de pénétrer ce mystère incompréhensible....... Je veux absolument lire au fond du cœur de Sainville ;

il me doit affez, il attend affez de moi pour me parler enfin fans détour fur le point le plus in-terreffant de fa vie ; du moins, fi l'on en juge par l'importance qu'il y attache lui-même. Sans doute, il fera furpris de me trouver ici ; pour épargner à fa franchife de vaines & d'inutiles défaites , j'ai fu lui cacher le deffein que j'avois depuis long-temps d'y venir. .... & je fuis per-fuadé.... mais j'entends du bruit, on vient.... je l'apperçois, & Clarice avec lui.

S C È N E I V.

LE MARQUIS, *donnant la main à Clarice ;* **CLARICE, L'INTENDANT, VIC-TOIRE, ARISTE.**

A R I S T E, *s'avançant vers le Marquis*
& l'embraffant.

EH bien, mon Neveu, que dites-vous de l'aifance avec laquelle je m'établis chez vous en votre abfence ?

LE MARQUIS.

Je regrette de n'être pas arrivé plus tôt, & d'avoir perdu un jour....

ARISTE, *à Clarice.*

Madame, quel hasard heureux nous réunit ici tous les trois?....

CLARICE, *montrant le Marquis.*

C'est une complaisance qui m'a peu coûté;.... mais, dites-moi, le Chevalier de Villers est ici?....

LE MARQUIS, *riant.*

Ce hasard-là en vaut bien un autre, n'est-ce pas? (*à l'Intendant.*) Il est seul sans doute?

L'INTENDANT.

Oui, Monsieur.... Ah, j'oubliois de vous dire qu'un homme est venu hier demander quand vous reveniez, il n'a pas voulu dire son nom; mais il y a déjà plusieurs jours qu'on le voit roder autour du Château.

LE MARQUIS.

Est-il jeune?

L'INTENDANT.

Non, d'un certain âge , & l'air fort triste & fort malheureux.....

LE MARQUIS.

Ah , s'il revient, qu'on lui dise que je suis arrivé , & qu'il pourra me voir....

L'INTENDANT.

Il est sûrement dans la misère , & connoissant la bienfaisance de M. le Marquis....

LE MARQUIS.

Il suffit , M. Cléante ; faites chercher le Chevalier, pendant que je vais conduire Madame à son appartement.

CLARICE.

C'est ce que vous ne ferez point ; restez ici , je l'exige.... je vais me reposer & m'habiller, & dans une heure je reviendrai vous joindre : Allons Victoire. (*à part en s'en allant.*) Le Chevalier ici ... Qu'est-ce que cela signifie ? (*Elle sort , l'Intendant la suit.*)

SCÈNE V.

LE MARQUIS, ARISTE.

A R I S T E, *après un moment de silence.*

Nous voilà seuls, les momens me sont chers, je ne veux point en perdre. Me voici donc pour la première fois, depuis douze ans, dans ce séjour où j'ai moi-même jadis élevé votre enfance ; ici tout doit vous parler de ma ten-tresse, & des soins si doux qu'elle me fit vous consacrer..... Ici tout retrace à ma mémoire ce tems heureux où j'étois le seul objet dont votre cœur fut occupé : vous m'aimiez alors !... Dépôt cher & sacré, qu'un frère mourant remit entre mes bras, vous êtes encore pour moi ce que vous fûtes toujours. Ai-je abusé de mes droits ? n'ai-je pas rempli tous les devoirs que m'imposoient la nature & ma tendresse pour vous ?.... Quelle cause secrète & fatale vous a donc éloigné de moi ? qui m'a ravi votre con-fiance, votre amitié ? qui m'a fait perdre enfin mon Fils, le foutien & l'unique efpoir de ma vieilleffe ?

LE MARQUIS.

Ah! mon Oncle !..... plaignez un malheu-reux, furpris, confondu lui-même.... de l'ex-cès de fon égarement.... mais n'accufez point un cœur qui n'a jamais ceffé de vous refpecter & de vous chérir.

ARISTE.

Eh bien, ouvrez donc enfin ce cœur qui m'eft fermé depuis fi long-tems.

LE MARQUIS.

Hélas ! qu'exigez-vous, & quelle étonnante hiftoire faudra-t-il ?....

ARISTE

Je ne vous en ai jamais parlé ; mais j'en fais une partie.... J'ai été long-tems, comme le public, la dupe de votre prétendu dégoût pour le monde ; mais vous rempliffiez alors tous les devoirs de votre état & de la fociété ; vous paffiez plus des trois quarts de votre vie dans le fein de votre famille, à la Cour & à Paris ;

j'étois satisfait, & l'emploi du reste m'étoit égal. Il n'y a guères que cinq ans que le progrès de votre penchant pour la solitude a commencé à m'étonner ; depuis deux ans, sur-tout, vos longues & fréquentes absences m'ont fait naître des soupçons qui me rapprochoient assez de la vérité ; enfin, en dépit de toutes vos précautions, on a découvert....

LE MARQUIS.

Malgré le sentiment surnaturel qui m'entraîne & me maîtrise, du moins j'ai conservé tous les liens que l'honneur m'imposoit. J'ai fait la guerre, j'ai servi ma patrie, peut-être avec quelques succès ; la paix est faite, je n'ai pas quitté le service. J'ai cessé d'être Courtisan ; mais si j'ai abandonné la route de la fortune, je ne m'écarterai jamais de celle de la gloire.

ARISTE.

Vous êtes vertueux, vous êtes estimable, je vous aime & je vous plains ; si vous pensiez différemment vous ne me verriez point ici.

LE

LE MARQUIS.

Vous me plaignez..... Ah ! sans doute, je
le mérite.... je me suis égaré.... je suis foible
& malheureux; j'ai besoin de vos conseils, &
sur-tout de votre indulgence.

ARISTE.

Vous m'effrayez.... Parlez-moi sans détour....
quel est cet enfant soustrait à tous les yeux, que
vous élevez ici avec tant de mystère ?..... à qui
donc doit-elle le jour ! Sa mère vit-elle encore ?...
Malheureux! vous vous taisez !.... Ah! si vous
aviez, sans mon aveu, disposé de votre main,
sans doute un choix déshonorant......

LE MARQUIS.

Non, mon Oncle, rassurez-vous, je suis
libre encore.... cette orpheline infortunée ne
m'est rien....... la pitié, l'amitié me la firent
adopter.... depuis près de treize ans je possède
ce dépôt précieux.....

ARISTE.

Auriez-vous abusé des droits qu'on vous
céda ?....

Tome II.   N

LE MARQUIS.

Grace au Ciel, mon cœur est pur ; je ne
suis qu'un insensé, je n'ai abusé que moi-
même. Vous le voulez, écoutez donc le triste
récit de ma foiblesse & de mes égaremens. Ce
n'est point un secret que vous m'arrachez ; depuis plus de six mois je suis décidé à changer de
conduite. Mon projet étoit de vous parler & de
vous amener ici .... mais je ne voulois me
déclarer que la veille de mon départ, & le
vôtre a été si imprévu & si précipité, que je
n'ai pu exécuter ce dessein. J'avois choisi dans
ma famille vous & Clarice pour cette étrange
confidence.... Hélas ! que vais-je vous apprendre ! ......

ARISTE.

Parlez, parlez, tirez-moi d'une incertitude
qui me fait mourir.

LE MARQUIS.

Entre toutes les liaisons de ma jeunesse, il en
est une dont peut-être vous ne vous ressouvenez
pas :.... vous rappelez-vous le nom de Dorival?

ARISTE.

Je n'en ai qu'une confufe idée ; mais n'a-t-il pas été forcé de s'expatrier pour une affaire malheureufe, & n'eft-il pas mort depuis ?.....

LE MARQUIS.

Du moins, c'eft l'opinion commune. Le ha-fard me le fit connoître, & une conformité fingulière d'efprits & de caractères forma bien-tôt entre nous une amitié qui devoit durer tou-jours. Il étoit d'une famille diftinguée dans la Robe; mais la médiocrité de fa fortune, fon goût pour la retraite, la différence de nos états élevoient entre nous des barrières qui nous fépa-roient dans le grand monde. Entraîné dans le tourbillon, livré à l'ambition, à la Cour, tout devoit m'éloigner de lui; nous n'avions ni les mêmes fociétés, ni les mêmes occupations. Ce-pendant, rapprochés par un attrait plus fort que toutes les convenances, nous trouvions le moyen de nous voir fouvent, & je lui donnois tous mes momens de loifir & de liberté. Ses malheurs augmentèrent encore une amitié fi vive & fi tendre. Sa femme mourut, & il perdit

N ij

son père, qui se trouva ruiné : alors, réduit à la plus extrême médiocrité, il se retira dans une petite terre à dix lieues de Paris, avec une fille âgée de trois ans, le seul bien que le Ciel lui eût conservé pour adoucir tant de peines. Quelque temps après, obligé de faire un voyage à Paris, il eut cette malheureuse affaire dont vous avez entendu parler; il se battit, il tua son adversaire. La publicité du duel, le rang, le crédit du mort, mirent le comble à toutes ses infortunes; proscrit, persécuté, il n'eut plus d'autre parti à prendre que celui d'une prompte fuite. Ce fut alors qu'il me donna la preuve la plus touchante de son estime, de sa confiance & de sa tendresse, preuve à jamais précieuse & chère, & qui m'inspira d'autant plus de reconnoissance, que Dorival, avec les qualités les plus estimables & les plus brillantes, étoit naturellement défiant & soupçonneux; malheureux défaut que l'infortune augmente encore!...

A R I S T E.

Il vous donna sa fille !.....

LE MARQUIS.

C'est cette même enfant, c'est cette même Zélie, intéressant objet de tant de soins & de tant d'opinions diverses.

ARISTE.

Mais qui put vous engager à choisir un genre d'éducation? .....

LE MARQUIS.

Je ne formai pas d'abord le dessein bizarre que j'ai suivi depuis... mais j'y fus amené insensiblement par un intérêt que chaque jour accroissoit d'avantage; confiée à la garde d'une Gouvernante, elle fut les deux premières années, à-peu-près élevée comme tous les enfans de son âge; ensuite réfléchissant sur les dangers d'une éducation commune, ne recevant point de nouvelles de son père, ayant de fortes raisons de le croire mort, je vis que j'étois vraisemblablement chargé pour toujours de ce dépôt précieux; il m'en devint plus cher..... Je n'avois que deux partis à prendre, celui de la mettre dans un Couvent, ou de l'élever moi-même.

Ne croyant pas remplir mon devoir en m'arrê-
tant au premier, je le rejetai; le fecond m'offroit
de grandes difficultés; je vis bien que l'exécu-
tion n'en étoit pas poffible à Paris..... c'eût
été m'expofer à la curiofité, aux vaines con-
jectures du Public, & à des queftions auxquelles
je ne voulois pas répondre; il falloit donc la cacher, la fouftraire à tous les yeux..... Mais,
quels feroient fes Maîtres? quelles inftructions
recevroit-t-elle?.... L'intérêt furnaturel qu'elle
m'infpiroit, ou, pour mieux dire, ma deftinée,
fut vaincre tous les obftacles; je me chargeai
moi-même entièrement de fon éducation, & du
moins, à cet égard, j'ai rempli tous les devoirs
que je m'étois impofés......

A R I S T E.

Mais, quels projets formiez-vous alors pour
la fuite de fa deftinée?...

L E M A R Q U I S.

Celui de cultiver fon efprit & fon cœur, de
l'aimer comme ma fille, de l'adopter pour telle,
& de lui affurer un fort heureux & indépen-

dant, lorfqu'elle auroit atteint l'âge de la raifon.
Tels étoient les deffeins que m'infpiroient alors
l'amitié, l'honneur & la vertu..... Un penchant
irréfiftible, une paffion fatale a depuis boule-
verfé mes idées, anéanti mes réfolutions, &
j'ai vu avec effroi, mais trop tard, que né pour
la protéger, pour lui fervir de père, des motifs
fi purs, des titres fi refpectables, n'étoient plus
faits pour moi. Trop foible pour me vaincre,
affez vertueux encore pour me condamner, je
ne me fuis point déguifé l'excès de ma folie. La
différence de nos âges, de nos fortunes, de nos
états, vos deffeins fur moi, tout élevoit entre
nous d'éternelles barrières : en cédant à ma
paffion, je m'attirois l'indignation de ma famille, je perdois peut-être, fans retour, vos
bontés, votre tendreffe ; & je n'étois aux yeux
du monde, qu'un vil féducteur, ou qu'un infenfé : cependant, vous l'avouerai-je, une raifon plus forte encore, m'a retenu.... Je ne
puis me flatter d'être aimé, ou du moins, je
n'en fuis pas fûr. Accoutumée à ne connoître,
à ne voir que moi, elle me prodigue tous les té-

moignages innocens du fentiment le plus tendre ; mais la reconnoiffance & l'amitié ne pouvoient fuffire à mon cœur ; prêt à lui tout facrifier , je voulois de l'amour , je voulois , pour fon bon- heur & pour le mien , une paffion qui répondît à la mienne .... Eh! comment l'efpérer , comment m'en affurer, tant que je ferois le feul objet qu'elle connût, & qui, par conféquent, lui parût ai- mable & fenfible : Ces dernières réflexions l'ont emporté ; l'aimant, l'adorant plus que jamais, je renonce au bonheur chimérique dont je me fuis tant de fois fait une fi délicieufe idée : je vais lui rendre la liberté qu'elle n'a jamais ni regrettée, ni connue : je refte ici trois mois en- core, elle y vivra comme ma fille , comme ma fœur ; Clarice y paffera ce temps, elle lui fer- vira de compagne & d'amie ; elle l'inftruira des ufages qu'elle ignore , & des vaines bienféances dont elle n'a nulle idée...... Sur la fin de l'Au- tomne, nous partirons tous, je la conduirai à Paris , un Couvent fera fon afyle ; alors, je la laifferai maîtreffe d'elle-même, & je fuis fûr que vous ne défapprouverez pas l'intention où je fuis de lui affurer un fort honnête & convenable à fon état & à fa naiffance.

A R I S T E.

Je ne puis revenir de l'étonnement où vous m'avez plongé.... Quel bizarre enchaînement d'événemens extraordinaires..... Mais je n'ai rien à vous dire, vous m'avez répondu d'avance en vous condamnant vous-même.... Je ne puis qu'approuver vos dernières réfolutions. Je confens de toute mon ame à tout ce que vous ferez pour elle comme père, comme bienfaiteur; voilà les droits qu'on vous a donné & les titres qui vous conviennent. J'avouerai même que le deftin de cette jeune infortunée m'attendrit & m'intéreffe vivement. Le fort qui l'a mife entre vos mains, vous a fait fon protecteur; rempliffez dans toute fon étendue un devoir fi doux & fi facré, & triomphez d'une foibleffe qui vous aviliroit fans pouvoir vous rendre heureux; d'ailleurs, vous favez les projets que je formois pour vous; vous n'ignorez pas toutes les peines que je me fuis données, depuis un an fur-tout, pour vous procurer l'établiffement le plus bril-

lant & le plus avantageux ; enfin, graces à mes
foins, toutes les difficultés font applanies; n'aurois-je travaillé que pour un ingrat, & me
refuferez-vous la fatisfaction, dans les derniers
momens de ma carrière, de vous voir, par une
alliance illuftre , porter votre Maifon au plus
haut degré d'élévation & de gloire?

LE MARQUIS.

Maître de mes actions, de ma conduite , je
ne puis l'être de mon cœur.... Mais, venez,
mon Oncle, fuivez-moi ; venez voir Zélie ! ....
fa vue peut-être me juftifiera, venez.

ARISTE.

Je brûle de la voir & de la connoître ; mais
ne faudroit-il pas que vous la prévinfiez ?

LE MARQUIS.

Non ; venez, je lui parlerai devant vous.
(*Ils fortent.*)

Fin du premier Acte.

ACTE II.

SCÈNE PREMIÈRE.

ZÉLIE, LE MARQUIS.

ZÉLIE *doit être vêtue d'un habit blanc, avec une ceinture de couleur, les cheveux à moitié flottans & renoués avec un ruban assorti à sa ceinture.*

LE MARQUIS, *la tenant par la main.*

VENEZ, ma chère Zélie, rassurez - vous ; je veux vous parler sans témoin pour la dernière fois.... Eh quoi, vous pleurez ?

ZÉLIE.

Pourquoi m'arracher de ma retraite ? Je devois, disiez-vous, y demeurer tant qu'elle me seroit chère, tant que je vous aimerois : ah ! je croyois y rester toujours.

LE MARQUIS.

Cessez de vous affliger, je vous en conjure ;

écoutez - moi : je vous ai souftrait au monde pendant un temps, pour l'employer, loin du tumulte & de la diffipation, à former votre cœur, votre efprit ; à vous donner des talens agréables & des connoiffances folides. Vous avez furpaffé mon attente ; je veux jouir de mon ouvrage ; je veux qu'on vous connoiffe : nous fommes faits pour la fociété, & vous ferez l'ornement de celle que vous choifirez.

Z É L I E.

Je ne fais pas fi j'y plairai ; mais je fuis bien fûre de m'y déplaire. . . .

LE MARQUIS.

Et par quelle raifon ?

Z É L I E.

Je ne vous y verrai plus comme autrefois.... Entourée de vifages nouveaux, de gens inconnus, il faudra m'occuper d'autres chofes que de vous, & c'eft une étude pénible à laquelle je ne m'accoutumerai jamais.

LE MARQUIS.

Mille liaifons agréables s'offriront à vous ;

on cherchera tous les moyens de vous plaire ;
on vous amusera d'abord , on finira bientôt
par vous intéresser.

Z É L I E.

Ce n'est pas le langage que vous me teniez
autrefois.... Ah , je suis mécontente de tout.....
de vous-même.

LE MARQUIS.

Quels sont mes torts ? ....

Z É L I E.

Vous avez l'air embarrassé, contraint....., vos
discours, vos regards ont changé ; votre main-
tien m'attriste , m'en impose ; & j'éprouve en
vous écoutant je ne sais quelle amertume que
je n'ai jamais ressentie.

LE MARQUIS.

Non, je ne suis point changé.... Ah ! Zélie.....
je serai toujours votre ami , votre père. . . .

Z É L I E.

Et vous êtes le seul objet que j'aime , le seul
que je puisse jamais aimer. . . .

LE MARQUIS.

Ne le promettez pas.... peut-être un autre plus aimable....

ZÉLIE.

N'achevez pas, je ne puis foutenir de vous voir une idée fi cruelle.... Vous alliez dans le monde.... & je me croyois aimée par vous de préférence à l'univers entier..... Quand j'y ferai, pourquoi n'auriez-vous pas la même certitude?.... Ah! je fuis plus jufte, & peut-être plus fenfible que vous.

LE MARQUIS.

Je ne douterai jamais de votre fincérité; mais vous n'avez nulle expérience; vous n'avez jamais rien vu, rien connu que moi.

ZÉLIE.

Ah, mon ami!.... pourquoi donc me fortir de l'heureufe obfcurité qui m'étoit fi douce & fi chère; je ne voulois vivre que pour vous.... Mais, n'en parlons plus; vous l'exigez, je dois vous obéir, je m'y foumets.... Dites-moi feulement quelle fera ma conduite dans ce monde inconnu où vous m'ordonnez de paroître. Vous m'avez souvent parlé de ses écueils , de ses dangers; du moins vous y serez mon guide , mon protecteur, mon père; mon ami ne m'abandonnera jamais.

LE MARQUIS.

Ah ! Zélie, vous ignorez à quel point je vous aime. . . .

ZÉLIE.

Qui, moi !....quand je tiens tout de vous , quand vous avez tout fait pour moi..... hélas ! je vous dois tout, jusqu'au bonheur d'être sensible; je pense, j'aime, je suis heureuse, & c'est votre ouvrage. Ah ! de tous vos bienfaits, le plus cher à mon cœur , c'est ce sentiment impossible à peindre que vous m'inspirez..... Non, je ne pourrai jamais vous faire comprendre l'excès de sa vivacité; vous ne m'avez point appris de nom, d'expression, qui puisse rendre ce que j'éprouve.

LE MARQUIS, *à part.*

Quel langage séducteur!.... & comment ne

pas se livrer.... Mais, hélas ! ce n'est sans doute
que celui de la reconnoissance....

ZÉLIE.

Vous paroissez agité.... que dites-vous ?....

LE MARQUIS.

Vous me demandez des conseils, ma chère
Zélie, il en est d'importans à vous donner,
mais qui vous paroîtront frivoles ; cependant
je me flatte que vous daignerez me croire & les
suivre. Vous allez fixer tous les yeux ; la politesse
& la bienséance exigent que vous paroissiez
occupée des différens objets qui vont vous en-
tourer : sans cesser d'être vraie, il faut renfermer vos sentimens au fond de votre cœur, &
ne point parler de cette amitié si tendre & si
pure, qui ne peut intéresser que nous deux.
Par exemple, il faut changer devant le monde
le nom si doux que vous me donnez.

ZÉLIE.

Comment, je vous appellerai comme un
étranger ; mais, *mon Ami*, c'est votre nom pour
moi, & l'on m'en feroit un crime ?....

LE MARQUIS.

Tel est l'usage ; s'y soustraire seroit un ridicule, & c'est ce que le monde pardonne le moins.

ZÉLIE.

Que vous me le faites haïr.... & qu'importe le ridicule ; je ne crains que le blâme fait pour le vice, & ....

LE MARQUIS.

Vous m'avez promis de me croire.

ZÉLIE.

Je me tais, mais je ne vous comprends pas.

LE MARQUIS.

Je vous recommande sur-tout, ma chère Zélie, de mettre tous vos soins à gagner l'amitié de mon Oncle.... je le regarde comme un père.

ZÉLIE.

Il deviendra le mien.... Hélas ! vous m'avez tant de fois parlé de l'objet malheureux à qui je dois la vie.... vous avez si bien gravé dans mon ame tous les devoirs qu'un titre si cher impofe.... Ah! croyez que je conçois facilement le refpect, la tendreffe qu'on éprouve pour un père....

LE MARQUIS.

Je vous ai parlé de Clarice; je defire vivement qu'elle puiffe vous plaire, & qu'elle devienne votre amie.

ZÉLIE.

Mon amie!.... Je ne puis vous le promettre; un ami fuffit à mon cœur; &, vous le favez, fon choix eft fait.

LE MARQUIS.

Vous verrez encore ici un jeune homme, qu'on appelle le Chevalier de Villers: je ne vous preferis rien pour lui; je le connois fuperficiellement; & d'ailleurs....

ZÉLIE.

A propos de jeune homme, j'avois oublié de vous dire....

LE MARQUIS.

Quoi donc?....

Z É L I E.

Occupée du bonheur de vous revoir, jufqu'ici je n'ai penfé qu'à vous.... mais vous venez de me rappeler ....

LE MARQUIS.

Eh bien....

Z É L I E.

Une aventure fingulière..... d'un jeune homme.

LE MARQUIS.

Comment, que dites-vous ?

Z É L I E.

Oui, un jeune homme m'a vue, m'a écrit, &....

LE MARQUIS.

De grace, expliquez-vous ....

Z É L I E.

C'étoit hier.

LE MARQUIS.

J'ai reçu en chemin une lettre de vous, & vous ne m'en difiez rien.

Z É L I E,

Z É L I E.

Je n'ai pas jugé ce détail affez intéreffant pour vous en entretenir, il ne pouvoit l'être que par fa fingularité ; & j'avois tant d'autres chofes à vous dire, que j'ai craint de vous fatiguer par une trop longue lettre....

LE MARQUIS.

Il eſt vrai.... mais enfin pourfuivez....

Z É L I E.

Eh bien : hier au foir je me promenois feule dans le petit bois, je côtoyois le mur , tout-à-coup j'ai entendu une voix inconnue qui prononçoit mon nom ; elle fembloit venir du haut des airs ; j'ai levé la tête & j'ai vu, mais avec une furprife extrême, un homme fur le mur ; l'étonnement & la frayeur m'ont rendue immobile..... il m'a crié de me raffurer : j'ai bien pu, m'a-t-il dit, parvenir ici à l'aide des machines que j'ai fait préparer de l'autre côté du mur ; mais vous voyez bien, a-t-il ajouté, que n'ayant de celui-ci aucun fecours, il eſt impoſſible que je puiſſe franchir la diſtance qui nous fépare. Un peu remife de mon trouble, je lui ai demandé quel étoit fon deffein. Il m'a répondu qu'il ne vouloit que me voir. Je n'ai pas compris cela ; & il y avoit dans fa manière de s'exprimer & dans fa phyfionomie, un air d'égarement & de folie qui m'a rendu ma première frayeur ; j'ai voulu m'éloigner : dans ce moment il m'a jeté un papier, en me con-jurant de le ramaffer : pour le fatisfaire, je l'ai mis dans ma poche, & j'ai promptement re-gagné ma chambre.

LE MARQUIS.

Et le billet ?....

ZÉLIE.

Je l'ai lu, mais je n'y comprends rien. Tenez, jugez-en vous-même, le voici. (*Elle le tire de fa poche & le lui donne.*)

LE MARQUIS, *à demi voix.*

Se peut-il qu'on ait la barbarie de cacher à tous les yeux l'objet le plus charmant, le plus digne d'être adoré !.... Mais apprenez, belle Zélie, qu'il n'eft point de retraite où l'Amour ne puiffe pénétrer.... L'espérance de vous voir m'a fait tout oser, tout entreprendre ; daignez autoriser une passion aussi pure qu'elle est extrême, & croyez qu'elle saura m'inspirer les moyens de vous tirer de l'indigne esclavage où l'on vous retient. Cachez cette aventure & ce billet au Tyran jaloux qui vous obsède ; & pensez que l'Amant le plus tendre & le plus passionné va travailler avec ardeur à votre délivrance. (*Lui rendant le billet.*) Que pensez-vous de cette lettre ?

ZÉLIE.

Qu'elle est d'un fou. . . . mais c'est une folie bien singulière, n'est-ce pas ?

LE MARQUIS, *à part.*

Qui pourroit.... Il me vient un soupçon....

ZÉLIE, *tenant la lettre & lisant.*

Mais apprenez, belle Zélie, qu'il n'est point de retraite où l'Amour ne puisse pénétrer. Que peut signifier-là l'amour ? On dit bien l'amour de la vertu, l'amour de ses devoirs; mais l'amour tout seul, cela n'a point de sens : & puis *le Tyran jaloux qui vous obsède,* de qui veut - il parler ?

LE MARQUIS.

C'eſt de moi.

ZÉLIE, *en riant.*

De vous ? Ah ! je ne l'aurois jamais deviné....: Mais vous ſavez peut-être auſſi ce que c'eſt qu'un *Amant ?* Il dit l'Amant le plus paſſionné ; tenez, liſez, je ne connois pas ce mot-là..... Vous riez.... ah, vous êtes en défaut, convenez que vous n'en ſavez rien.

LE MARQUIS.

En vérité, je ne puis me charger d'être ſon interprête. Mais, dites-moi, ſi vous revoyiez ce jeune homme, ſi le haſard vous le faiſoit rencontrer, le reconnoîtriez-vous ?....

ZÉLIE.

Oui, je le crois....

LE MARQUIS.

Sa figure vous a donc frappée ?.... ſans doute elle eſt agréable ? ....

ZÉLIE.

Oui ; elle m'a paru fort agréable, quoiqu'il

ait dans les traits quelque chose d'égaré, comme je vous l'ai déjà dit.

LE MARQUIS.

Je vois que ce qui vous prévient le plus contre lui, c'est cette folie que vous lui supposez ; & s'il parvenoit à vous ôter cette idée, je crois entrevoir qu'il ne vous déplairoit pas.

ZÉLIE.

A quoi bon toutes ces questions ?

LE MARQUIS.

A rien…. en effet.

ZÉLIE.

Vous paroissez rêveur….

LE MARQUIS.

Moi, point du tout…. Mais, ma chère Zélie, l'heure s'avance ; voici bientôt celle où tout le monde va s'assembler ici, il faut songer à vous aller habiller.

ZÉLIE.

Quoi ! ne le suis-je pas ?

LE MARQUIS.

Cet habit fimple & commode, malgré la grace qu'il reçoit de vous, feroit ridicule dans le monde.

ZÉLIE.

Il faut auffi le changer?..... Le monde eft donc bien minutieux; dans quels petits détails il faut entrer, pour éviter ce que vous appelez un ridicule !

LE MARQUIS.

Quelqu'un vient.....

ZÉLIE.

Ah, c'eft ma Bonne.

SCÈNE II.

Madame BERRARD, LE MARQUIS, ZÉLIE.

LE MARQUIS.

EH bien, Madame Berrard, avez-vous fait préparer le nouvel appartement de votre Maîtreffe?

Madame BERRARD.

Oui, Monfieur; j'ai fuivi vos ordres.

ZÉLIE.

Ah, ma Bonne, ne regrettez-vous pas celui que nous quittons ? (*Au Marquis.*) Du moins accordez-moi la liberté d'y retourner chaque jour une fois; mon cœur fe ferre en penfant que je ne verrai plus un lieu fi cher, où j'ai paffé fans doute les plus doux momens de ma vie : Ah! mon Ami. ... je ne fais ce qui fe paffe au fond de mon ame, mais elle eft bien trifte.... (*Elle met fa main devant fes yeux pour cacher fes pleurs.*)

LE MARQUIS.

Zélie ! ma chère enfant.... que cette fenfibilité fi touchante a de charmes pour moi; ah, croyez que votre bonheur m'eft plus cher que ma vie !

ZÉLIE.

Dites-moi donc que vous m'aimez, répétez-le moi fouvent.... auffi fouvent qu'autrefois....

Le Marquis.

Ah ! Zélie, n'en doutez pas, vous êtes tout
pour moi ; un sentiment si doux, nourri depuis
si long-temps, absorbe en moi tous les autres,
& ne pourra jamais s'affoiblir un moment ;
objet de tous mes soins, de tous mes projets,
de toutes mes pensées, rien ne peut me distraire
de vous ; tout ce qui n'est pas vous m'est insi-
pide, importun, & je préfère à tous les biens
du monde, le bonheur inexprimable de vous
voir, de vous entendre, & d'être aimé de
vous.

Z É L I E, *avec transport.*

Je vous retrouve enfin, oui, c'est vous qui
venez de parler ; c'est mon ami, c'est.... Ah !
c'est tout ce que j'aime : ma tristesse est dissipée,
mes noires idées sont évanouies ; un discours si
tendre, des paroles si chères m'ont rendu mon
bonheur ; disposez de moi, de ma destinée, je
me soumets à tout avec joie ; je ne regrette
plus ni ma retraite, ni mon obscurité ; vous
m'aimez de même, il suffit ; que me faut-il de
plus ? & qu'importe le reste !

LE MARQUIS, *à part.*

Quels charmes ! quels transports j'éprouve
en l'écoutant !.... (*haut.*) Allez, ma chère Zélie ;
dans un moment j'irai vous retrouver, allez....
(*à part.*) Que mon trouble est extrême !.... il
est égal à ma foiblesse.

ZÉLIE.

Je vous quitte pour un instant.... Mais qu'un
instant est long sans vous. Je l'employerai du
moins à me rappeler les conseils que vous venez
de me donner, & croyez que je les suivrai
tous, il m'est si doux de vous obéir....

LE MARQUIS.

Ah ! Zélie....

ZÉLIE.

Eh bien.... parlez ; vous paroissez avoir
quelque chose à me dire encore....

LE MARQUIS.

Ah !.... si j'en croyois mon cœur......
N'entends-je pas du bruit ? on vient, éloignez-
vous, ma chère Zélie..... allez, je vous en
conjure.

Z É L I E.

Je n'entends rien ; mais, vous le voulez, je vous laiffe. Allons, ma Bonne : que j'ai de peine à m'arracher d'ici ! (*Elles fortent.*)

***

SCÈNE III.

LE MARQUIS, *feul.*

JE ne pouvois plus me contenir..... Ému, troublé jufqu'au fond de l'ame, j'allois tomber à fes pieds, lui dévoiler, lui dire dans un langage qu'elle ignore, le fecret fatal de ma vie. Eh quoi, j'ai eu la force de cacher, de renfermer cette paffion depuis plus de trois ans ; & un inftant m'alloit ravir peut-être & mon courage & ma vertu. Quatre mois d'abfence n'ont donc fait qu'irriter ce fentiment qui me domine.... Ah ! c'en eft fait, je ne fuis plus digne de garder un dépôt fi précieux ; malheureux ! & quel eft mon efpoir.... celui d'être aimé.... Non, je ne l'ai même pas ; en vain elle me prodigue toutes les preuves de la tendreffe la plus touchante : quand je l'entends, quand je la vois, séduit, égaré, tout concourt à m'abuser ; mais absent d'elle, bientôt de cruelles réflexions viennent détruire une illusion si dangereuse.... Ce jeune homme dont elle m'a parlé.... quel est-il?.... Je trouve ici le Chevalier de Villers.... si c'étoit lui.... Mais il aime Clarice, ils doivent s'unir.... Ce jour va détruire ou confirmer mes soupçons.... O Ciel ! il me manquoit le tourment de la jalousie.... On vient, cachons, s'il est possible, le trouble affreux qui me surmonte.

SCÈNE IV.

CLARICE, LE MARQUIS.

CLARICE.

JE l'ai vue, je l'ai vue ; qu'elle est charmante !

LE MARQUIS.

Quoi donc ?

CLARICE.

Eh, Zélie.... Je l'ai rencontrée comme on la

conduifoit à fon appartement, & j'y fuis entrée avec elle.

LE MARQUIS.

Dites-moi naturellement comment vous la trouvez.

CLARICE.

La tête m'en tourne; fa figure, fes manières, jufqu'au fon de fa voix, tout en elle me charme. D'abord elle m'a reçue avec une froideur mêlée d'embarras; elle a voulu favoir mon nom...... & puis, après avoir rêvé un moment, elle m'a dit, avec une grace que je ne puis rendre, qu'elle defiroit mon amitié, & qu'elle me demanderoit les moyens de l'obtenir. Je l'ai embraffée mille fois; j'ai préfidé moi - même à fa toilette, pour laquelle fon goût ne m'a pas encore paru développé; & c'eft un point de fon éducation que vous avez infiniment négligé.....

LE MARQUIS.

En effet, j'ai ce reproche à me faire.

CLARICE.

Ne badinez pas, c'eft un tort; mais je me

charge du foin de le réparer.... Vous auriez ri
de fa furprife en voyant des diamans, du rouge,
& fur-tout un panier.... Vous penfez fans doute
que *l'art n'eſt point fait pour elle ;* mais vous
verrez comme il l'embellit; vous ne la recon-
noîtriez pas.

LE MARQUIS.

Elle ne peut que perdre à changer.

CLARICE.

Voilà bien le langage d'un amant.

LE MARQUIS.

Ah ! ne me donnez point ce nom, il me ren-
droit trop coupable, trop infenfé.

CLARICE.

Vous avez beau dire, il eſt impoſſible que
vous ne l'aimiez pas à la folie ; & fi fon cœur
répond au vôtre, n'êtes - vous pas maître de
votre deſtinée & de la fienne ?......

LE MARQUIS.

Songez - vous que j'ai trente-huit ans, &
qu'elle en a dix-fept ?

CLARICE.

CLARICE.

Qu'importe : en vérité, votre âge n'est pas écrit sur votre figure ; & , sans flatterie, on peut vous donner l'espoir de plaire & d'être aimé.

LE MARQUIS.

Je ne le recevrois pas.

CLARICE.

Vous êtes naturellement défiant ; oui, vous l'êtes.... & cette modestie, que chacun vante en vous, au fond ne tient qu'à ce défaut ; il peut causer votre malheur, prenez-y garde.

LE MARQUIS.

Un conseil a rarement corrigé d'un vice.

CLARICE.

On vient nous interrompre, j'en suis fâchée ; car j'avois là-dessus mille choses à vous dire encore.

LE MARQUIS.

C'est le Chevalier, je vous laisse.... Du moins vous conviendrez que je suis discret, & que je fais me retirer à propos.

Tome II. P

CLARICE,

Si vous voulez être témoin d'une querelle, vous pouvez rester.

LE MARQUIS.

Quoi ! vous en êtes mécontente ? ....

CLARICE.

Paix : le voici.

LE MARQUIS.

Adieu donc..... (*A part, en s'en allant.*) Elle m'inquiète plus qu'elle ne pense. (*Il sort.*)

SCÈNE V.

LE CHEVALIER, CLARICE.

LE CHEVALIER.

A LA FIN, je vous trouve donc seule, & je puis vous parler sans témoin. C'est un terrible homme que cet Ariste ; à la manière dont il vous obsède, je suis tenté de croire qu'il est amoureux de vous.

CLARICE.

Mais je ne suis point du tout venue ici pour vous, je vous le déclare ; & vous pourriez sans doute m'en dire autant. . . .

LE CHEVALIER.

Du moins laissez-moi m'applaudir du hasard qui nous y rassemble.

CLARICE.

Ce hasard-là est bien singulier , il faut en convenir : vous partez, me dites – vous, pour votre Régiment, qui est en Gascogne, & je vous trouve en Normandie ; assurément vous êtes égaré.....

LE CHEVALIER.

S'il faut vous l'avouer, je savois le voyage que vous deviez faire ici , j'ai demandé un congé, & je suis venu vous y attendre.

CLARICE.

Et l'aventure de la chaise cassée n'est donc qu'une ruse ?

LE CHEVALIER.

Si j'en conviens me le pardonnerez-vous?

CLARICE.

A condition que vous conviendrez encore que la jalousie seule vous a conduit ici ?

LE CHEVALIER.

Eh bien ! j'en rougis, je m'en accuse à regret ; mais rien n'est plus vrai. Les soins redoublés de Sainville, votre amitié pour lui, le projet de ce voyage, tout cela m'a tourné la tête.

CLARICE.

Cette franchise me plaît.... Eh bien......
je ne crois pas un mot de toute cette histoire.

LE CHEVALIER.

Comment ?

CLARICE.

Vous savez mentir avec beaucoup d'assurance ; mais votre récit manque absolument de vraisemblance & d'adresse. Premièrement vous êtes parti plus de trois semaines avant moi ; en second lieu, le Marquis ne m'a proposé de le suivre que deux jours avant notre départ ; comment accordez-vous cela ?

Le Chevalier.

Je favois avant vous la prière qu'il devoit vous faire, & qu'il ne doutoit pas de votre confentement.

Clarice.

En vérité, je vous croyois plus de reffources dans l'efprit ... vous devez fentir vous-même que vos raifons n'ont pas le fens commun......
Et d'ailleurs, qu'êtes-vous devenu pendant ces trois femaines que vous avez paffé à m'attendre?

Le Chevalier.

J'étois à dix lieues d'ici, chez un de mes amis.

Clarice.

Peut-on favoir fon nom ?

Le Chevalier.

C'eft.... vous ne le connoiffez pas.

Clarice.

Dites toujours.....

Le Chevalier.

Le Baron de Verneuil.

CLARICE.

Je l'ai laissé à Paris.

LE CHEVALIER.

C'est son frère.

CLARICE.

Je suis persuadée qu'il n'en eut jamais ; mais qu'importe, cessez de vous tourmenter, je ne vous ferai plus de questions.

LE CHEVALIER.

Enfin, Madame, qu'imaginez-vous donc, & pour qui voulez-vous ? ....

CLARICE.

J'ignore vos desseins ; mais je vois votre embarras : votre air, votre conduite, vos discours, tout vous trahit & décèle quelque projet extraordinaire ; je mettrai tous mes soins à le découvrir, & j'y parviendrai sûrement.

LE CHEVALIER.

Par exemple, je ne m'attendois pas à cette scène-ci ; & voilà un caprice aussi surprenant....

CLARICE.

Vous triomphez ; vous êtes charmé de l'inquiétude que je témoigne ; mais c'est la curiosité seule qui la cause.

LE CHEVALIER.

J'en suis fâché, même pour vous ; car il n'y
a qu'un sentiment très-vif, qu'une passion, qui
puisse excuser votre bizarrerie : je ne trouve
rien de pis que d'être injuste de sang froid.

CLARICE.

Une passion.... méritez-vous d'inspirer une
passion ?

LE CHEVALIER.

Il n'a tenu qu'à moi d'en être persuadé....

CLARICE.

Cela n'est que trop vrai ; mais réellement
vous n'en êtes pas digne.

LE CHEVALIER.

Mais, Madame, que pouvez-vous me reprocher ?

CLARICE.

Je ne puis former contre vous que des plain-

tes vagues; je ne puis rien prouver, je le fais;
& cet état est le plus fâcheux de tous.... Ne
pouvant pas vous convaincre, j'y perds le mérite & la douceur de vous pardonner.

LE CHEVALIER.

Voilà une idée bien délicate; vous voudriez
me trouver des torts, uniquement pour m'accorder ma grace; vous me donnez presque
l'envie de m'en supposer.

CLARICE.

Plus j'y pense, & plus je vois que nous ne
nous convenons ni l'un ni l'autre. Vous avez
bien tous mes défauts, mais il vous manque
une ame sensible qui les répare.

LE CHEVALIER.

Vous vous croyez plus sensible que moi ?....

CLARICE.

N'est-ce pas beaucoup dire? .... Nous sommes
tous les deux étourdis, dissipés, inconséquens;
mais moi du moins, je fais aimer.

LE CHEVALIER.

Vous voulez gronder aujourd'hui ; c'est une fantaisie qu'il faut vous passer.

CLARICE.

Cette douceur vous coûte peu.

LE CHEVALIER.

Pourquoi ? ....

CLARICE.

Si vous m'aimiez, je vous en ai dit assez pour vous mettre au désespoir.

LE CHEVALIER.

Que savez-vous ce qui se passe au fond de mon ame ?

CLARICE.

Je ne le fais que trop.

LE CHEVALIER.

De grace, Madame....

CLARICE.

Sortez, évitez ma présence ; il m'est impossible de me contenir davantage.

LE CHEVALIER.

Il faut vous obéir....

CLARICE.

Un moment; si vous sortez, si vous me laissez dans l'état où je suis, c'en est fait, tous les liens entre-nous sont rompus; ne m'abandonnez pas à la colère qui me domine, je suis prête à m'y livrer; craignez-en l'effet : mon parti pris une fois, je ne vous reverrai de ma vie; vous me réduisez au désespoir....

LE CHEVALIER.

O Ciel, quel emportement ! Ah ! Madame, daignez vous calmer & m'entendre.....

CLARICE.

Laissez-moi, laissez-moi....

LE CHEVALIER.

Hélas ! que faut-il faire ?....

CLARICE.

Je suis déraisonnable, bizarre, injuste, peut-être; mais je vous aime, je vous aime à l'excès

LE CHEVALIER.

Ah ! que ce retour si doux a de charmes pour moi.

CLARICE.

J'ai honte de la foiblesse que je viens de vous laisser voir ; j'ai besoin d'un peu de solitude, j'ai besoin d'être un instant seule avec moi-même, allez....

LE CHEVALIER.

Du moins assurez-moi que ces nuages cruels sont dissipés....

CLARICE.

Ah ! je me condamne moi-même plus que vous ne pensez ; de grace, laissez-moi, je vous en conjure.

LE CHEVALIER.

Vous le voulez, je ne puis résister à vos ordres, quoiqu'il puisse m'en coûter. (*Il lui baise la main.*)

CLARICE.

Je vous sais gré de cette complaisance.

LE CHEVALIER.

En vérité, vous le devez. (*à part, en s'en allant.*) Me voilà quitte d'un cruel entretien ; allons chercher Zélie. (*Il sort.*)

SCÈNE VI.

CLARICE, *seule.*

JE ne puis retenir mes larmes...... ah ! j'ai raison d'en répandre..... est-ce là être aimée.... quelle indifférence, quelle froideur.... Depuis qu'il est sûr de mes sentimens, voilà ce que j'éprouve.... & je n'ai pu m'en détacher, je ne le pourrai même jamais..... Inconcevable foiblesse ! quoi ! c'est moi qui m'afflige..... qui me désespère !... à quel point je suis changée !... Eh bien, s'il me trahit, une autre conquête plus brillante peut-être consolera ma vanité...... je verrai reparoître une foule d'adorateurs que l'amour avoit éloignés...... Mais mon cœur sera-t-il satisfait, ou seulement occupé ? Non , non, cessons de m'abuser. La coquetterie peut-elle remplacer le sentiment que j'éprouve !..... elle

auroit pu m'en préferver; mais qu'elle paroît
infipide après l'amour..... Ce voyage ..... quel
peut en être le but ? .... Que m'importe d'être
trompée, fi je ne fuis pas aimée? ne dois-je pas
m'attendre à tout? Allons le retrouver, je veux
l'interroger encore..... Oh Dieu ! que je fuis
devenue différente de moi-même. (*Elle fort.*)

Fin du fecond Aîle.

ACTE III.

SCÈNE PREMIÈRE.

LE MARQUIS, ARISTE.

ARISTE.

Si jamais un égarement fut excusable, c'est sans doute le vôtre. Oui, Zélie est charmante ; mais enfin ce n'est, après tout, qu'un enfant ; & sans parler du peu de convenance qu'il y a entre vous, si la raison ne triomphe pas du penchant qui vous entraîne vers elle, dans quels malheurs.....

LE MARQUIS.

Ah ! mon Oncle, croyez que je me suis dit à moi-même tout ce qui peut détruire une passion si funeste..... je la combats depuis plus d'un jour .... mais je ne crains pas de vous l'avouer & de vous le répéter, si je pouvois me croire aimé, il n'y a point de sacrifice que je ne fusse prêt à lui faire : le plus grand sans doute seroit de m'expofer à perdre vos bontés ; mais telle est ma foibleffe, & je ne puis vous tromper là-deffus.

A R I S T E.

On se persuade aifément ce qu'on desire avec ardeur, ainsi je vois à quoi je dois m'attendre.

L e M a r q u i s.

Vous me connoiffez mal ; jamais l'espoir ne fut plus loin de mon cœur ; pour l'y ramener, il me faudroit des preuves si fortes, si convaincantes de sa tendreffe, qu'il est presqu'impossible que le hafard les produise telles que je les desire. Je suis le seul appui qui lui reste sur la terre ; les soins si tendres que j'ai pris d'elle, l'habitude de ne voir, de ne connoître que moi, tant de raisons ont sans doute formé dans son cœur, naturellement senfible, une reconnoiffance si vive, que tout autre que moi auroit pu peut-être s'y méprendre... Si Zélie pouvoit penser à préfent qu'il lui feroit poffible d'aimer un autre objet plus qu'elle ne n'aime, il faudroit

qu'elle fût la plus ingrate de toutes les créatu-
res, & son ame est honnête autant qu'elle est
tendre & passionnée. Elle ne connoît encore
que l'amitié, & elle l'éprouve avec toute la
vivacité d'un cœur innocent & pur. Voilà les
réflexions qui viennent sans cesse s'offrir à mon
esprit; elles me préserveront du malheur que
vous craignez; vous devez me croire & vous
rassurer.

A R I S T E.

Quoi! si Zélie cédoit à l'impression d'un nouveau sentiment, vous auriez la générosité de
ne point apporter d'obstacles à ses desirs?....

L E M A R Q U I S.

Qui? moi, m'opposer à son bonheur? Ah!
je fus son père avant d'être son amant.......
Qu'elle fasse un choix digne d'elle, & j'aurai
le courage d'étouffer à jamais une passion malheureuse; je connois l'étendue de mes devoirs
envers elle, je les remplirai tous, en dussai-je
mourir.

A R I S T E.

Mélange étonnant de vertus & de foiblesses....

sans

fans cette paffion fatale, que n'auriez-vous
point été ?...... Elle a détruit votre activité,
votre ardeur pour la gloire; & fait pour vous
diftinguer, pour parcourir une carrière illuftre &
brillante, toute la force de votre ame s'épuife
& fe confume dans les vains combats d'un
amour infenfé : voilà donc où fe réduit ce courage, cet empire fur vous-même, qui, tourné
vers d'autres objets, eût pu faire de vous un
homme fi diftingué! Avec tant de qualités, avec
une ame fi peu commune, ne gémiffez-vous
pas du rôle que vous avez pris, quand vous
fongez à tous les avantages qu'il vous fait ou
négliger ou perdre ?

LE MARQUIS.

Pour un cœur livré à l'amour, quelle paffion froide & ftérile que celle de l'ambition !....
Ah! fi jamais j'en eus quelques étincelles, elles
font à préfent éteintes fans retour.

ARISTE.

J'entends Zélie..... je vous laiffe avec elle;
fouvenez-vous de vos projets, de vos réfolu-

tions, & fongez qu'en les oubliant vous feriez le malheur de ma vie. Je pourrois vous parler là-deffus avec l'autorité d'un père ; mais je ne fuis pour vous qu'un ami fenfible autant qu'indulgent.

LE MARQUIS.

Ah, pour combattre ma foibleffe, n'employez jamais d'autres armes.... l'excès de votre bonté, en aggravant mes fautes, en augmente auffi le repentir.

ARISTE.

Zélie s'avance.... adieu.... (_à part, en s'en allant._) Allons fonger aux moyens d'achever de lui ravir un refte d'efpérance. (_Il fort._)

SCÈNE II.

ZÉLIE, LE MARQUIS.

ZÉLIE, *extrêmement parée.*

JE viens d'éprouver une frayeur extrême.....

LE MARQUIS.

Comment donc ?

ZÉLIE.

Cet extravagant, ce jeune homme dont je vous ai parlé.... il est ici, ou je suis bien trompée. En traversant la Cour, j'ai cru l'appercevoir ; il s'avançoit vers moi, mais en voyant ma Bonne qui me suivoit, il a pris la fuite ; il m'a fait peur, & j'en conserve encore un battement de cœur d'une force étrange.

LE MARQUIS.

En effet, vous avez l'air bien émue......
(*A part.*) Ce n'est pas-là de la frayeur.... c'est un trouble dont elle ignore & le nom & la cause.

Q ij

ZÉLIE.

Il m'a paru fort bien mis, & sa physionomie est douce & intéressante; mais je trouve bien étonnant qu'avec un tel dérangement dans l'esprit, on le laisse ainsi livré à lui-même, & ....

LE MARQUIS, *à part.*

Il n'en faut plus douter, c'est le Chevalier de Villers. (*Haut.*) Pourriez - vous me dire de quelle couleur est son habit.

ZÉLIE.

Gris & argent.

LE MARQUIS, *à part.*

C'est lui-même.... (*Haut.*) Écoutez-moi, ma chère Zélie; vous verrez aujourd'hui ce même jeune homme; il est ici : je vous ai parlé du Chevalier de Villers....

ZÉLIE.

Eh bien ?....

LE MARQUIS.

Eh bien .... c'est votre inconnu.

ZÉLIE.

Ma furprife eft extrême !.... Comment peut-on recevoir dans la fociété ?....

LE MARQUIS.

Si vous vous trouvez feule avec lui, vous pourrez lui dire ce que vous penfez, & les fentimens, tels qu'ils foient, que fa conduite & fes difcours vous infpireront; je ne vous preferis rien là-deffus..... feulement je vous préviens..... parce que je le dois, que fa tête eft légère, qu'il eft étourdi, inconféquent & vain; que fon caractère eft dangereux, & que fes principes ne font pas auffi purs que les vôtres....

ZÉLIE.

Cette connoiffance m'eft inutile; je le fuirai, parce que je le crains.

LE MARQUIS.

Vous le craignez ?.... eft-ce qu'il vous déplaît ?

ZÉLIE.

Non; fon extérieur prévient, & n'offre rien

Q iij

que d'agréable ; mais fa folie m'effraye.......

LE MARQUIS, *à part.*

Elle en eft déjà charmée..... je le vois claire-ment.

ZÉLIE.

Ne parlez-vous pas ?....

LE MARQUIS.

Vous m'avez interrompu.... Je voulois vous dire.... que je vous demande en grace d'avoir l'air devant le monde de ne le pas connoître, de ne témoigner ni furprife, ni embarras, & de ne confier à perfonne ce que vous m'avez dit de lui.

ZÉLIE.

J'entends ; vous craignez que cette hiftoire ne lui faffe tort, & que.....

LE MARQUIS.

Sans doute ; me le promettez-vous ?....

ZÉLIE.

Vous y pouvez compter...... Moi-même je ferois fâchée de lui nuire, en vérité....

LE MARQUIS.

Ah ! je le crois.... (*à part.*) Cet entretien me tue.

ZÉLIE.

On vient.... Ah ! je ne puis à présent être un instant seule avec vous.

LE MARQUIS.

C'est Clarice.... je vous laisse. ...

ZÉLIE.

Quoi ! vous me quittez déjà ?....

LE MARQUIS.

Il le faut....

ZÉLIE.

Ne puis-je vous suivre ?.....

LE MARQUIS.

Cela n'est pas possible , de grace , restez.... (*A part, en s'en allant.*) Que je suis agité, troublé & mécontent de moi-même. (*Il sort.*)

SCÈNE III.

CLARICE, ZÉLIE.

CLARICE.

EH quoi, je fais fuir le Marquis?.... Mais, que vois-je, qu'avez-vous, ma chère Zélie?

ZÉLIE.

Ah! Madame.

CLARICE.

Parlez - moi avec confiance, je vous en conjure.

ZÉLIE.

Non, je ne le puis. ... Je dois renfermer au fond de mon cœur les peines qui l'affligent, on m'en a fait une loi.

CLARICE.

Ce n'est pas avec moi que vous la devez suivre ; vous m'avez demandé mon amitié, & cette réserve.....

ZÉLIE.

Hélas ! Madame, je suis bien malheureuse.

CLARICE.

Vous ; est-il possible ?.... Et comment ?....

ZÉLIE.

Mon sort est changé, & je ne pouvois qu'y perdre.

CLARICE.

On vous a rendu la liberté, le plus précieux de tous les biens.....

ZÉLIE.

La liberté !.... je sais qu'on la chérit, qu'on la vante ; mais je n'en connois pas le prix....

CLARICE.

Que pouvez-vous regretter ?

ZÉLIE.

Le bonheur inexprimable de voir à toute heure, & sans contrainte, le seul objet que j'aime ; oui, Madame, j'ai perdu cette félicité si douce, & rien ne peut m'en dédommager.

CLARICE.

Mais, comment supportiez-vous son absence ? Seule, sans distractions, la douleur & l'ennui devoient vous consumer.

Z É L I E.

Ah ! Madame, toute diſtraction m'eût été odieuſe ; je chériſſois la ſolitude avec lui ; & ſans lui elle ſeule me convenoit : ſon ſouvenir, ſes lettres me préſervoient du déſeſpoir ; & les talens qu'il m'a donnés, en occupant mes loiſirs, en me rappelant ſes ſoins & ſes bienfaits, m'arrachoient à l'ennui.

CLARICE.

Mais dans votre ſolitude vous étiez ignorée ; ſi belle & ſi jeune, ſe peut-il que le deſir de paroître avec éclat dans le monde, ne ſe ſoit jamais offert à votre eſprit ?

Z É L I E.

Hélas ! qu'avois-je à ſouhaiter ? & comment une curioſité ſi vaine auroit-elle pu ? . . . .

CLARICE.

Vous ne concevez donc pas le plaiſir d'être louée, admirée ?....

Z É L I E.

Eh ! n'ai-je pas joui de ce bonheur ſi doux de plaire à ce qu'on aime ?....

C L A R I C E.

Tout autre éloge vous est donc indifférent?....

Z É L I E.

Cette question m'étonne; existeroit-il, Madame, une personne assez bizarre pour rechercher ce qui ne la touche point? vouloir plaire n'est-ce pas aimer? & sans un cœur sensible à quoi pourroit servir ce frivole avantage?

C L A R I C E, *à part.*

Quelle ame sensible & pure! & l'ingrat ne la connoit pas.... (*Haut.*) Ma chère enfant, que vous m'intéressez; mais puisque vous êtes aimée, comment n'êtes-vous pas heureuse?

Z É L I E.

Il n'est plus le même pour moi; triste, rêveur, distrait, ses discours, ses regards, en lui tout est changé; il a l'air inquiet, & je ne suis plus l'objet qui l'occupe uniquement.

C L A R I C E.

Quoi, connoîtriez-vous déjà les tourmens de la jalousie?

ZÉLIE.

De la jaloufie ? je ne fais ce que c'eft.

CLARICE.

Comment, ce mot vous feroit inconnu ?

ZÉLIE.

Pardonnez-moi ; fouvent dans nos lectures j'ai vu des rivaux de gloire & d'ambition animés par la jaloufie ; mais je ne lui connois pas d'autre fignification.

CLARICE.

Cette ignorance me furprend ; vous avez beaucoup lu, comment fe peut-il ? . . . . .

ZÉLIE.

J'ai très-peu lu de livres : pour m'épargner du travail & de l'ennui, il s'impofoit la peine de me faire des extraits fur l'hiftoire & la morale, & prefque toute ma bibliothèque eft écrite de fa main.

CLARICE, *à part.*

Quelle précaution !.... (*Haut.*) Croyez-vous,

ma chère Zélie, qu'il y ait beaucoup d'exemples de l'éducation que vous avez reçue?

ZÉLIE.

Ah! Madame, je sens que ma reconnoissance doit être sans bornes; il ne m'étoit rien, il a fait pour moi tout ce que le père le plus tendre.....

CLARICE.

Quoi! vous imaginez qu'un père vous auroit dû ces soins qu'il a pris de vous?....

ZÉLIE.

Il me l'a dit lui-même; mais un père eût rempli ses devoirs, & lui....

CLARICE.

Sainville vous a dit que le devoir d'un père étoit de se consacrer ainsi à l'éducation de ses enfans, d'y rapporter tous ses soins, toutes ses pensées, de s'en occuper uniquement?

ZÉLIE.

Oui, Madame, il me l'a répété mille fois.

CLARICE.

Eh bien, voilà la seule chose sur laquelle il

vous ait trompée : le père le plus tendre confie à des mains étrangères l'éducation de ses enfans ; il se contente d'y présider, & des gens indifférens & payés, leur donnent ces talens que vous devez à la tendresse de votre généreux ami.

ZÉLIE.

Il a donc plus fait pour moi, que si j'étois sa fille..... ô Dieu ! quel sentiment pourra donc jamais m'acquitter ? Ah ! Madame....

CLARICE.

Jugez de sa tendresse, & voyez s'il vous est permis de vous plaindre.

ZÉLIE.

O mon cher protecteur, pourquoi m'avez-vous caché ce nouveau sujet de reconnoissance! il surpasse encore, s'il est possible, tous les autres. Ah! que n'êtes-vous là ; que ne puis-je, à vos pieds, vous dire.....

CLARICE.

On vient ; modérez des transports si naturels & si touchans..... Vous êtes aimée, ma chère

Zélie, vous êtes aimée..... à l'excès. Ah! du moins, connoissez toute l'étendue de votre bonheur.

ZÉLIE.

Madame, laissez-moi l'aller chercher.

CLARICE.

Non, restez avec moi; sans doute il va revenir.... Mais je vois le Chevalier.

ZÉLIE, *à part.*

O Ciel! que je crains sa présence.

SCÈNE IV.

CLARICE, ZÉLIE, LE CHEVALIER.

LE CHEVALIER, *à part, en entrant.*

CLARICE est encore avec elle.... n'importe....' (*Haut.*) Madame, je suis chargé d'une commission de la part de Sainville, que j'ai rencontré dans le parterre; il vous conjure de l'aller trouver, il voudroit vous parler un moment.

CLARICE.

J'y vas; aussi-bien j'ai beaucoup de choses

à lui dire. (*A Zélie.*) Vous voudrez bien m'attendre ici ?

ZÉLIE, *effrayée, à demi-bas.*

Quoi! Madame, vous me laissez seule ? Ah! permettez que je vous suive.

CLARICE.

Pour votre bonheur, mon enfant , croyez qu'il n'est pas inutile que je puisse parler à Sainville, avant que vous le revoyez ; d'ailleurs, j'ai fait une indiscrétion, & je veux m'en excuser.

ZÉLIE.

Ah, Madame, ne me laissez pas seule.

CLARICE, *riant.*

Le Chevalier vous fait peur ; mais je vais vous envoyer votre Bonne, & dans un instant je reviendrai vous rejoindre.... (*Elle l'embrasse.*) Vous y consentez, n'est-ce pas ?....

ZÉLIE.

Je ne puis vous rien refuser.... (*Bas.*) Mais de grace, ma Bonne....

CLARICE.

Vous allez l'avoir. (*Elle sort.*)

SCÈNE

SCÈNE V.

LE CHEVALIER, ZÉLIE.

LE CHEVALIER, *après un moment de silence:*

EH quoi! charmante Zélie, c'est moi qui vous cause une frayeur si vive? Ah! de grace, daignez vous rassurer, daignez lever vers moi ces yeux si beaux, qui pourroient d'un seul regard me rendre le plus heureux des hommes.

ZÉLIE.

Ma Bonne ne vient point.

LE CHEVALIER.

Que craignez-vous? Hélas! si je vous déplaîs, ordonnez, je vais m'éloigner.....

ZÉLIE, à part.

Il est doux dans sa folie.... (*Haut.*) Que me voulez-vous?

LE CHEVALIER.

Je ne veux que vous voir, qu'être souffert

Tome II.   R

par vous ; ah, du moins, je ne mérite pas votre haine.

Z É L I E.

Mais je ne vous hais point.

LE CHEVALIER.

Eh bien, voilà tout ce que je desire..... & me permettrez-vous de vous aimer uniquement ?

Z É L I E, *en souriant.*

Vous m'aimez uniquement ?

LE CHEVALIER.

Vous riez. . . .

Z É L I E.

Mais, en effet . . . . l'assurance est assez comique.

LE CHEVALIER.

Cruelle, vous en doutez....

Z É L I E.

Eh mon Dieu, ne vous fâchez pas.

LE CHEVALIER.

Et cette flamme si pure ne vous touchera-t-elle jamais ?.....

ZÉLIE, *à part.*

Une flamme si pure ! Voici du nouveau... :
Mais, où prend-il tout cela ?

LE CHEVALIER.

Vous gardez le silence ; ingrate Zélie, voulez-vous me désespérer ?

ZÉLIE, *à part.*

Ingrate, cruelle ; il me dit des injures à présent ; il va devenir furieux..... si je pouvois
m'échapper....

LE CHEVALIER.

Vous vous troublez..... Ah ! quelle seroit
ma félicité, si j'osois interpréter cette émotion
en ma faveur.....

ZÉLIE.

Interprétez-la comme il vous plaira, je ne
demande pas mieux.

LE CHEVALIER, *se jetant à ses pieds.*

Ah ! Zélie.... que cet instant est précieux
pour moi ; recevez l'hommage d'un cœur qui
se donne à vous pour la vie.

ZÉLIE.

Que faites-vous? . . . . . que me demandez-vous? . . . . .

LE CHEVALIER.

Que vous partagiez les sentimens que vous m'inspirez, ou que du moins vous m'en donniez l'espoir.

ZÉLIE.

Relevez-vous donc, je vous en conjure.

LE CHEVALIER.

Où puis-je être mieux qu'à vos pieds.

ZÉLIE, *à part.*

Le voilà dans le plus fort de son accès. . . . . , & ma Bonne ne vient point.

LE CHEVALIER. (*Il se relève.*)

Vous paroissez inquiète, agitée. . . . & quoi, ne bannirez-vous point cette injurieuse frayeur? C'est moi qui dois trembler devant vous, vous êtes l'arbitre de ma destinée. . . .

ZÉLIE.

Calmez-vous, je vous en prie.

LE CHEVALIER,

Les momens nous font chers; promettez-moi donc de ne point m'éviter, de ne point me fuir, & moi je vous jure la plus parfaite & la plus entière foumiffion.

ZÉLIE.

Je vous le promets.

LE CHEVALIER,

Ah ! Zélie. . . . vous me raviffez.

ZÉLIE.

Je fuis charmée que vous foyez content.

LE CHEVALIER.

Vous me rendez heureux au-delà de toute expreffion ; mais cachons à tous les yeux cette heureufe intelligence.

ZÉLIE.

Ah, vous pouvez compter fur le fecret. . . . . (*A part.*) Le pauvre homme ! il faut qu'il fente fa folie, cela fait pitié.

R iij

LE CHEVALIER.

J'entends quelqu'un ; je vais renfermer au fond de mon ame ma joie & mes transports.

Z É L I E, *à part.*

Ah ! grace au Ciel, c'est ma Bonne.

SCÈNE VI.

LE CHEVALIER, ZÉLIE, Mme BERRARD.

Madame BERRARD.

MADEMOISELLE, M. le Marquis vous demande.

ZÉLIE.

Allons, ma Bonne, conduifez-moi vers lui ; allons.

LE CHEVALIER, *bas à Zélie.*

Souvenez-vous de vos promeffes.

ZÉLIE.

Ne craignez pas que je les oublie. Allons, ma Bonne. (*Elles fortent.*)

SCÈNE VII.

LE CHEVALIER, *seul.*

Assurément, sans fatuité, je puis me flatter du bonheur de lui plaire ; jamais conquête ne m'aura moins coûté. . . . . Si Zélie étoit moins belle, tant de facilité pourroit bien me rendre cette aventure infiniment moins piquante. . . . . Je n'en doute plus, elle est fille de Sainville ; Ariste & Clarice sont dans la confidence : sans doute elle est le fruit d'un mariage secret ; les égards d'Ariste, les soins de Clarice, tout le prouve. Le bon Oncle, gagné par Sainville, & cette affaire rendue publique, Zélie devient un des meilleurs partis de France : & son Père, l'aimant uniquement, ne la donnera qu'à celui qui saura mériter son cœur... Mais Clarice..... quel déchaînement, quels éclats il faut redouter.... J'aurai pour mon excuse les graces, la beauté, la tendresse de Zélie.... Une grande fortune & Zélie, voilà d'assez puissans motifs

R iv

pour me faire tout entreprendre, & sans doute
le succès couronnera mes desirs, & les vœux
réunis de l'ambition & de l'amour. (*Il sort.*)

Fin du troisième Acte.

ACTE IV.

SCÈNE PREMIÈRE.
CLARICE, LE MARQUIS.

CLARICE.

Quoi, malgré tout ce que je vous ai dit, malgré l'entretien secret que vous venez d'avoir avec Zélie; votre injuste prévention dure encore, & vous doutez d'un cœur qui vous aime avec une passion peut-être plus vive que la vôtre?

LE MARQUIS.

Vos dangereux discours n'avoient que trop égaré ma raison; mais j'ai vu Zélie, & ce dernier entretien m'a rendu des idées funestes, que rien ne peut à présent détruire.

CLARICE.

O Ciel, que dites-vous, & comment puis-je croire?.......

LE MARQUIS.

Ne me preſſez point de m'expliquer, je ne le puis.

CLARICE.

Quoi, votre cœur auſſi ſe ferme à l'amitié?...

LE MARQUIS.

Éloignez-vous d'ici..... abandonnez un mal-heureux à ſa cruelle deſtinée.

CLARICE.

O Ciel ; qu'eſt-il donc arrivé, qu'avez-vous appris.

LE MARQUIS.

Je n'ai fait qu'acquérir la certitude des ſoupçons qui déchiroient mon cœur.... & j'a-vois déjà pénétré....

CLARICE.

Quels ſoupçons...... de grace, expliquez-vous.

LE MARQUIS.

Encore une fois, toutes vos queſtions ſont vaines; il m'eſt impoſſible d'y répondre.

CLARICE.

Je ne vous suis plus utile, vous me conseillez de partir..... je dois m'y décider, recevez mes adieux.

LE MARQUIS.

Ah ! Madame, que vous seriez injuste, si vous accusiez mon cœur,..... fatal voyage, hélas ! que ne résistiez-vous à mes instances, je serois moins à plaindre.

CLARICE.

Eh quoi, ma présence à ce point vous devient odieuse ?.....

LE MARQUIS.

Ah ! vous ne m'entendez pas.

CLARICE.

Le désordre de votre ame se peint dans vos discours, tant d'égarement, tant de trouble & de mystère, excite ma pitié , & l'intérêt le plus vif & le plus tendre ; cédez-y, je vous en conjure par tous les droits que l'amitié peut donner..... parlez, ou vous rompez pour jamais tous ces liens si chers qui m'attachent à vous.

LE MARQUIS.

Qu'exigez-vous, grand Dieu...... non, je ne le puis. ... craignez plutôt de me voir rompre un silence que l'amitié même m'impose.

CLARICE.

Qu'entens-je!..... & quel trait de lumière?.... mais quelle folle idée...... Ah! parlez, dissipez-vous-même le soupçon extravagant que vous venez de me donner.

LE MARQUIS.

J'apperçois mon Oncle, il m'a fait demander à m'entretenir sans témoins, il faut. ...

CLARICE.

Avant de m'éloigner, dites-moi seulement un mot; le Chevalier de Villers.....

LE MARQUIS.

Ah! Madame, qu'allez-vous me demander?

CLARICE.

Il suffit; tout s'éclaircit pour moi. Je vous entends. Je vais m'enfermer dans ma chambre; quand vous serez libre, venez m'y rejoindre, & songez si j'ai besoin de vous parler. (*Elle sort.*)

SCÈNE II.

ARISTE, LE MARQUIS.

ARISTE, *après un moment de silence.*

J'AI des choses importantes à vous dire, &
j'hésite à vous les apprendre.

LE MARQUIS.

Et par quelle raison?

ARISTE.

Je crains votre foiblesse.

LE MARQUIS.

Il s'agit donc de Zélie?

ARISTE.

Il est vrai.

LE MARQUIS.

O Ciel, qu'allez-vous me dire!.... Mais,
achevez, je suis préparé à tout.

ARISTE.

Savez-vous la passion du Chevalier de
Villers?....

LE MARQUIS.

Oui, j'en fuis inftruit par Zélie elle-même, & j'ai de fortes raifons de penfer qu'elle n'y eft pas indifférente.

ARISTE.

Et moi j'en fuis certain.

LE MARQUIS.

Qui vous l'a dit?

ARISTE.

Son amant lui-même.

LE MARQUIS.

Il peut s'abufer.

ARISTE.

Et Zélie me l'a confirmé.

LE MARQUIS.

Eft-il poffible!.... hélas! au fond du cœur j'en doutois encore; ah mon Oncle!.... mais achevez ce cruel récit, ne me cachez aucune circonftance, & comptez fur mon courage.

ARISTE.

Vous n'ignorez pas le premier entretien de Zélie & du Chevalier?.....

Le Marquis.

Il l'a donc encore vue depuis?....

Ariste.

Oui, tout-à-l'heure, Zélie se promenoit seule dans le parterre qui donne sous mes fenêtres; j'étois chez moi, je pouvois la voir & l'entendre sans en être apperçu; elle paroissoit rêver, & tous ses mouvemens déceloient l'agitation de son ame; le Chevalier s'est montré, d'abord elle a voulu le fuir; mais il l'a facilement arrêtée en lui rappelant la promesse qu'elle lui avoit faite de ne jamais l'éviter; il s'est jeté à ses genoux, en la pressant de lui dire qu'il est aimé.... Alors je suis descendu de mon cabinet, dans le dessein d'aller les trouver, & je suis arrivé près d'eux au moment où le Chevalier désespéré tiroit son épée & paroissoit vouloir attenter à sa vie; Zélie hors d'elle-même à cette vue, s'est précipitée sur son épée, & je l'ai vue tomber évanouie dans ses bras.....

Le Marquis.

O Ciel !

A R I S T E.

Nous nous fommes empreffés de la fecourir ;
enfin , elle a repris l'ufage de fes fens.... J'ai
queftionné le Chevalier, il m'a dit qu'il l'ado-
roit ; qu'elle avoit daigné lui donner beaucoup
d'efpérance ; mais qu'elle s'obftinoit à lui refufer l'aveu de fon bonheur, & que le défefpoir
l'avoit emporté.....

L e M a r q u i s.

Et qu'a dit Zélie ?....

A r i s t e.

Elle le regardoit tendrement, elle foupiroit ;
fes yeux étoient baignés de pleurs.... Enfin, le
Chevalier s'eft tourné vers elle, fi vous ne m'aimez point, a-t-il dit, la vie m'eft odieufe, je
n'ai plus qu'à mourir , prononcez...... Alors
Zélie s'eft écriée, avec un tranfport que je ne
puis vous peindre.... ah! vivez, vivez : le Chevalier n'a pas cru devoir en demander davantage..... & au comble de fes vœux....

LE

LE MARQUIS.

C'eſt aſſèz , épargnez-moi le reſte ; elle
l'aime..... elle le connoît depuis deux jours,
& l'ingrate le préfère à l'univers entier , &
moi, & moi..... après tant de ſacrifices , après
tant de bienfaits, voilà donc ma récompenſe ;
ah ! je veux du moins qu'elle apprenne à quels
maux affreux elle me livre.... je veux lui reprocher..... quoi ?..... de n'avoir pu lui plaire ?
inſenſé que je ſuis !.... Ah ! mon Oncle, du
moins me plaignez-vous ? que dis-je ? hélas !
dois-je l'eſpérer ? Tous vos deſirs ſont ſatiſ-
faits.... mais ne vous flattez pas que je donne
à l'ambition un cœur livré au déſeſpoir ; ma
carrière eſt remplie, mon ſort eſt décidé ; j'attendrai loin du monde, de la Cour, de ma
famille, de vous enfin , le terme d'une vie
odieuſe & déplorable ; ne me reprochez point
une foibleſſe dont je connois aſſèz toute l'étendue ; je ne ſuis en état ni de ſuivre, ni même
d'écouter vos conſeils ; daignez me les épargner,
ils me ſeroient inutiles.... Je vais me fixer ici....
dans ces lieux jadis ſi chers ; tout m'y retracera

le fouvenir amer de mes beaux jours paffés, &
je pourrai m'y livrer, fans contrainte, à ma
douleur & à des regrets éternels.

A R I S T E.

Plaignez - vous , gémiffez ; mais du moins
laiffez - moi tout attendre du temps & de la
raifon.....

L E M A R Q U I S.

La raifon !... ah je l'ai perdue pour toujours...
Le temps détruit l'égarement paffager d'une
tête vive & légère ; mais il rend plus profonde
encore la bleffure d'un cœur tel que le mien....
Quand on fe voit ravir à trente-huit ans l'efpoir
du bonheur de fa vie ; quand on a placé dans
un feul objet tous fes defirs , fes projets, toute
fa félicité ; quand on perd à la fois le fruit de
tous fes foins , fes bienfaits, fon ouvrage, quel
bien , quelle confolation peut-on goûter encore ?
Une ame commune triomphe de fa foibleffe
par fa foibleffe même ; elle oublie fans peine
& fans combats ; mais une ame forte & paf-
fionnée la conferve jufqu'au tombeau.

ARISTE.

Ainfi donc les paffions ne feroient dangereufes que pour les ames fufceptibles de courage
& de vertu ?.... Je pardonne à la vôtre cet
étrange fyftême.... que votre raifon fans doute
défavoue.... Mais pour terminer un entretien
qui nous afflige tous deux, dites-moi quelles
font vos dernières réfolutions pour Zélie ; elle
m'intéreffe, &.....

LE MARQUIS.

Ah! banniffez cette crainte injurieufe.... on
peut s'en rapporter à moi du foin de fon bonheur ; je dois difpofer d'elle, c'eft un droit que
perfonne au monde ne peut me ravir : elle aime,
il fuffit.... Comme père, comme ami, je blâme
& défaprouve fon choix ; je veux qu'elle le
fache, & n'en puis dire les raifons qu'à elle. Je
lui parlerai ; fi elle perfifte, je la rends fa maîtreffe ; & ne ceffant point de la regarder & de
l'adopter pour ma fille, je lui affurerai toute la
fortune dont je peux difpofer. Voilà, mon
Oncle, ma dernière & irrévocable réfolution....

Je vois la furprife qu'elle vous caufe; mais foyez bien fûr que rien ne peut la changer.

A R I S T E.

Quoi, pour une étrangère, pour une perfonne qui fait le malheur de votre vie, vous voulez vous dépouiller, & ....

L E M A R Q U I S.

Je vous le répéte, je renonce à toute fortune, à tout établiffement. Le Chevalier de Villers n'a rien; s'il l'époufe je lui donne la moitié de mon bien, & le refte après ma mort; telle eft ma volonté.

A R I S T E.

Il eft poffible d'affurer à Zélie un fort honnête; moi - même j'y contribuerai volontiers; mais la folie dont vous parlez n'eft pas concevable...... & je ne puis me perfuader....

L E M A R Q U I S.

Non, mon Oncle, je ne vous demande rien, & je veux feul affurer fon fort. Mon parti eft pris, croyez qu'il eft inutile de le combattre.... & voyez à préfent par ce dernier facrifice, le moindre, à mes yeux, que je lui puisse faire, voyez ce que je gagne à n'être point aimé. Je vous arrache les dernières espérances que vous donnoit mon malheur; il m'en coûte de vous affliger, mais du moins je ne vous verrai pas vous applaudir en secret du tourment de ma vie. Adieu; il faut que je vous quitte. Plaignez-moi à présent, vous le pourrez peut-être. (*Il sort.*)

SCÈNE III.

ARISTE, *seul.*

JE demeure pétrifié..... l'excès de mon étonnement me rend immobile.... Je viens, rempli de joie, lui ravir un reste d'espérance; j'exagère un récit qui devoit si bien porter au comble son dépit & sa jalousie; je le vois ému, furieux, désespéré, & c'est dans cet instant qu'il se décide à tout sacrifier au fatal objet de tant de peines.... Non, tant de générosité n'est pas dans la nature; il a voulu détruire le plaisir que me causoit l'événement qui l'accable.... Mais quand

il verra Zélie lui préférer le Chevalier, lui dire qu'elle l'aime.... Quand il fera témoin de leurs tranfports, de leur bonheur.... il fentira lui-même l'extravagance de fes projets, s'il eft vrai qu'il ait pu les former de bonne-foi. Mais Zélie elle-même a-t-elle pour le Chevalier cette paffion fi vive que je lui fuppofe ? Son ame innocente & fimple n'a peut-être éprouvé que les mouvemens de la pitié & de la frayeur, & fon Amant aura pu s'y méprendre en les attribuant à l'amour.... Je veux la voir & lui parler ; un cœur tel que le fien eft facile à connoître......
Allons la chercher.... Mais le hafard l'amène ici, faififfons cet inftant favorable, & fachons enfin à quoi je dois m'attendre.

SCÈNE IV.

ZÉLIE, ARISTE.

ARISTE.

APPROCHEZ, Mademoifelle, j'allois vous chercher, &....

ZÉLIE.

On m'avoit dit que M. de Sainville étoit ici.

ARISTE.

Il est, je crois, chez Clarice.

ZÉLIE.

Je vais l'y retrouver.

ARISTE.

Non, vous le géneriez; vous savez qu'ils aiment à être seuls ensemble.

ZÉLIE.

Je ne craindrai jamais de lui être importune.

ARISTE.

Restez, il faut que je vous parle d'un objet plus important pour vous.... & c'est.....

ZÉLIE.

En est-il ? ....

ARISTE.

Ouvrez - moi votre cœur, dites - moi avec franchise, que pensez - vous du Chevalier de Villers ?

Z É L I E.

Hélas! Monsieur, vous devez bien l'imaginer, & je ne suis pas encore remise du trouble affreux qu'il m'a causé. En vérité, je le plains de toute mon ame; il est bien triste à son âge d'être atteint d'un mal si violent & si singulier; & je ne puis comprendre qu'on n'en avertisse pas sa famille....

A R I S T E.

De quel mal parlez-vous, & que voulez-vous dire ?

Z É L I E.

Pouvez-vous me le demander, après la scène horrible dont vous avez été témoin ?

A R I S T E.

Quoi ! c'est-là ce qui vous étonne ? mais, Zélie, ignorez-vous le pouvoir de l'amour ?

Z É L I E.

Oui, l'amour; voilà ce qu'il répète dans ses accès.... & c'est donc le nom de sa folie ?

A R I S T E.

Comment ! lui-même ne vous l'a pas expliqué ?

ZÉLIE.

Oh, je n'ai garde de lui faire des queſtions, je crains trop de l'irriter en le contrariant.

ARISTE, *à part.*

En voici bien d'une autre..... en vérité je crois rêver.

ZÉLIE.

Vous paroiſſez ſurpris.

ARISTE.

Je dois l'être, en effet ; mais je vais rendre votre étonnement égal au mien.

ZÉLIE.

Comment ?....

ARISTE.

En vous apprenant que ce que vous appelez folie dans le Chevalier de Villers, n'en eſt point une.

ZÉLIE.

Cela n'eſt pas poſſible.

ARISTE.

Rien n'eſt plus vrai. Il exiſte un ſentiment

plus fort que l'amitié, plus vif, plus tendre que la reconnoissance, & ce sentiment s'appelle de l'amour. Il domine sur tous les autres, il occupe, il remplit le cœur uniquement; il exige une préférence exclusive; il veut un retour égal, accompagné de peines & de charmes; il maîtrise impérieusement celui qui s'y livre, & lui fait éprouver tour-à-tour les douceurs de l'espérance & les inquiétudes de la jalousie. Enfin, quelquefois bizarre dans son choix, il naît & se déclare souvent à la première vue.... La sympathie seule le décide, & cette passion violente & dangereuse ne fut jamais l'ouvrage de l'estime & de la raison.

Z É L I E.

Ma surprise est extrême!...... J'avois cru d'abord vous comprendre; mais aux derniers traits dont vous peignez l'amour, je vois qu'il m'étoit inconnu.

A R I S T E.

Je vous l'ai peint tel qu'il existe communément; mais si la raison ne le fait pas naître, elle a pu quelquefois approuver & rendre plus durable l'union de deux cœurs sensibles & vertueux.

Z É L I E.

Oui, je comprends un sentiment plus vif & plus tendre que tous les autres, & je conçois qu'on a dû, pour le distinguer, imaginer un nom pour lui. Mais aimer avec cette violence un objet inconnu, vouloir lui tout sacrifier, jusqu'à sa vie, voilà ce qu'il m'est impossible de comprendre, & cet amour-là me paroîtra toujours une folie.

A R I S T E.

Ainsi donc, le Chevalier de Villers ne doit pas se flatter de vous voir partager?....

Z É L I E.

Qui? moi, j'aurois pour lui le plus tendre de tous les sentimens? O Ciel! pourriez-vous le croire? Ah! si, par mon ignorance, j'ai pu lui donner lieu de le penser un moment, que je me le reproche, & que j'ai d'impatience de le défabuser! Moi! l'aimer de préférence......

il me semble que c'est m'accuser d'un crime ; je ne puis supporter cette idée..... Ah ! Monsieur que vous connoissez peu mon cœur !

ARISTE.

Quel est donc cet objet qui l'occupe tout entier?

ZÉLIE.

Vous savez l'histoire de ma vie, & vous le demandez ; l'amitié, la reconnoissance, l'amour enfin, vous me l'avez appris ; tous ces sentimens réunis m'attachent à jamais au plus généreux, au plus aimable de tous les hommes.

ARISTE.

Ecoutez-moi, Zélie, pour la dernière fois ; la raison, la vérité, vont vous parler par ma bouche : si votre ame est sensible & vertueuse, je vais vous toucher, vous convaincre, & j'obtiendrai de vous le sacrifice d'une passion insensée.

ZÉLIE.

Vous me faites frémir..... qu'allez-vous m'apprendre ?

ARISTE.

Le sentiment que vous éprouvez ne peut devenir légitime qu'en unissant votre destinée à celle de Sainville.....

ZÉLIE.

Il est libre, je le suis.....

ARISTE.

Il est son maître, j'en conviens; mais moi qui lui tiens lieu de père, moi qui le suis par la tendresse & les bienfaits, dois-je perdre mes droits, & peut-il disposer de son sort sans mon aveu?

ZÉLIE.

Et s'il m'aime, s'il trouve son bonheur à me choisir, à me préférer, ne devez-vous pas ?.....

ARISTE.

Non, cessez de vous abuser; vous n'êtes pas nés l'un pour l'autre; la fortune, la différence d'âges, tout vous sépare : voudriez-vous, Zélie, être accusée d'un vil & bas intérêt, en épousant Sainville ? Voilà l'odieuse opinion que le monde prendra de vous ; & peut-être, en secret, Sainville lui-même livrera son cœur à ce soupçon cruel ; en lui cédant, vous perdrez son estime, vous ternirez sa gloire & la vôtre. Prenez des sentimens plus élevés, plus dignes de vous, cachez-lui votre amour, il surmontera le sien ; & la vertu saura vous récompenser d'un si beau sacrifice.

Z É L I E.

Qu'entends-je ? ô Ciel ! est-ce vous qui venez de parler ? vous le père de Sainville, vous que je dois respecter & chérir !... Ah ! sans des titres si sacrés, je l'avoue, j'aurois peine à contenir l'excès de ma surprise & de mon indignation : & qu'importe la fortune au bonheur ?.... Quoi ! si volontairement je m'impose le devoir d'aimer à jamais l'objet à qui je me donne, on pourroit croire ?.... & Sainville lui-même.... quelle horreur !.... Est-il un cœur assez cruel, assez bas, pour oser soupçonner ce qu'il aime, du comble de l'infamie ?.... Lui, grand Dieu !.... à quel point vous l'outragez... ah ! Monsieur,

vous ne le connoissez pas; du moins, que ma
confiance le justifie. Oui, je jure, je proteste de
n'être jamais qu'à lui; c'est à vous que j'en fais
le serment. J'accepterai avec transport tous les
sacrifices qu'il daignera me faire; ma gloire est
dans le bonheur de ce que j'aime, je n'en connois point d'autre; je consulte mon cœur, seul
il sera mon guide, & doit être écouté.

ARISTE.

Je gémis des malheurs que vous vous pré-
parez.... Voilà donc votre dernière résolution?
Apprenez la mienne : Si Sainville vous épouse,
il cesse d'être mon fils; il n'est plus à mes yeux
que le vil esclave d'une passion coupable; &
vous, qu'un fatal objet de discorde, & la seule
cause du malheur de ma vie. Adieu. Pensez-y
bien, & choisissez entre ma haine ou mon
estime. (*Il sort.*)

SCÈNE V.

ZÉLIE, *seule.*

QUELLE ame infensible & cruelle !.... Mais chaffons les funeftes idées dont il a voulu noircir mon imagination. O Sainville ! cher objet de toute la tendreffe de mon ame !..... J'ai donc appris le nom du fentiment fi vif qui m'entraîne vers vous; qu'il me fera doux de vous le dire. Ah ! mon cœur s'en doutoit, & le vôtre a dû le deviner..... Mais pourquoi me laifler dans une ignorance qui me raviffoit la moitié de mon bonheur. ... je ne le comprends pas.... J'entends du bruit, on vient ... fi c'étoit lui.... Quel étranger s'avance, un autre inconnu le fuit : courons chercher Sainville.

SCÈNE

SCÈNE VI.

ZÉLIE. *Un homme vêtu d'un vieil habit de soldat ; un Payfan le fuit. Le Soldat s'avance du côté de Zélie & la retient.*

LE SOLDAT.

DE grace, Mademoifelle, daignez vous arrêter, & me dire où je pourrois trouver Zélie ?

ZÉLIE.

C'eft moi. ...

LE SOLDAT.

Ah ! je l'avois deviné.... (*A part en confidé- rant Zélie.*) Quels traits ;..... quel fouvenir ils me rappellent..... & quel moment pour moi....., (*Haut.*) Quoi ! vous êtes Zélie ?

ZÉLIE.

Oui ; que me voulez-vous ?

LE SOLDAT, *au Payfan.*

Reftez à cette porte, & fi quelqu'un vient, vous m'avertirez, je fortirai par l'autre.

ZÉLIE.

Qu'avez-vous à me dire, & que signifient toutes ces précautions ?....

LE SOLDAT.

Ah! laissez-moi respirer un moment. (*Il s'appuie contre une chaise, & dit à part.*) Que mon trouble est extrême! cachons-le, s'il est possible.

ZÉLIE.

Vous m'effrayez..... Parlez donc.

LE SOLDAT.

Rassurez-vous, ah! ce n'est pas de la frayeur que je devrois vous inspirer..... (*A part.*) Je suis prêt à me trahir.

ZÉLIE, *à part.*

Sa figure m'intéresse..... son habit, son extérieur, tout annonce la pauvreté. ... Ah! s'il est malheureux, il faut le secourir.....(*Haut.*) Qui vous fait m'aborder avec tant de mystère ! quel est cet homme qui vous suivoit, & que vous avez écarté ?.....

LE SOLDAT.

Je voulois vous parler en secret ; cet homme qui m'a conduit vers vous, est un honnête Fermier connu dans la maison : sans lui, je ne pouvois y pénétrer...... il a dit que je desirois obtenir une grace de Sainville, & qu'il vous cherchoit pour vous engager......

ZÉLIE.

Ah! si vous êtes malheureux, ce titre vous suffit auprès de M. de Sainville ; sa bienfaisance & sa bonté.....

LE SOLDAT.

Oui, je suis malheureux.... pauvre, proscrit, persécuté, oublié sans doute de l'Univers entier..... & des objets les plus chers..... Je suis hélas, le plus infortuné de tous les hommes.

ZÉLIE.

Que vous m'attendrissiez !..... ah! venez, venez, je vais vous conduire.....

LE SOLDAT.

Non, je ne puis confier mes peines qu'à vous seule.

ZÉLIE.

Eh bien, parlez, que puis-je faire.... (*A part.*) N'oseroit-il me demander? Ah! je dois le pré- venir (*Elle tire de sa poche une bourse, & détache son collier de diamans & ses boucles.*) Voilà tout ce que je possède, je n'en saurois faire un plus digne usage..... Vous pleurez.....

LE SOLDAT.

Laissez, laissez couler des larmes si douces.... votre cœur est donc sensible?..... ah! mon sort est déjà moins à plaindre, gardez vos dons, je ne vous demande que de la compassion, de l'intérêt.

ZÉLIE.

Quoi! vous me refusez; ah! de grace.....

LE SOLDAT.

Non, je ne puis accepter vos bienfaits: quand vous me connoîtrez, vous saurez qu'ils me sont inutiles.

ZÉLIE.

Mais, qui donc êtes-vous. Quel est votre nom, votre état, votre pays?

LE SOLDAT.

Mon nom eſt un ſecret d'où dépend la ſûreté de ma vie ..... Mon pays eſt le vôtre, mon
état a changé; jadis j'ai ſervi ma patrie en lui
conſacrant mes veilles; depuis, j'ai pour elle
verſé mon ſang dans des pays éloignés; & ré-
compenſé par la gloire, elle a pu quelquefois me dédommager des injuſtices de la fortune.

ZÉLIE.

Chaque mot qu'il me dit pénètre juſqu'au
fond de mon ame..... & quoi, ſi vertueux,
vous avez pu connoître le malheur..... Ah !
l'obſcurité, la pauvreté devoient-elles être votre
partage; vous avez ſervi votre patrie, vous
avez combattu pour elle, & vous languiſſez
dans l'oubli ?.....

LE SOLDAT.

Souvent la vertu ne fait que des ingrats.....

ZÉLIE.

J'aurois cru que le bonheur n'étoit fait que
pour elle...... mais, achevez de m'inſtruire.

T üj

LE SOLDAT.

Je ne le puis dans cet inftant : & je ne puis vous révéler mon fort, que fous la condition d'un fecret inviolable ; il faut même qu'on ignore tout ce que je viens de vous dire, je vous le demande, je l'exige de vous : je reviendrai ce foir dans ce lieu même, & je vous apprendrai qui je fuis, & ce que vous pouvez faire pour moi. Je vous enverrai mon guide dans deux heures, & vous lui fixerez le moment où je pourrai vous voir fans témoin. Adieu, fongez qu'un fecret confié eft un dépôt refpectable : en trahiffant le mien, vous mettriez le comble à toutes mes infortunes.

ZÉLIE.

Moi, les aggraver ! Ah ! Ciel, ne le craignez pas : allez & foyez fûr d'une difcrétion égale à l'intérêt, au refpect que vous m'infpirez.

LE SOLDAT.

J'y compte.... adieu, je vous reverrai ce foir. (*A part en s'en allant.*) Quelle douce efpérance je remporte...... (*Il fort.*)

S C È N E V I I.

Z É L I E, *feule.*

Qu'il eſt touchant !... que je ſuis attendrie'.. je n'imaginois pas que la pitié dût être auſſi tendre. ... je ne la croyois que douloureuſe ; mais elle a donc auſſi ſes charmes!.....Il a ſuſpendu pour un moment tous les autres ſen- timens de mon cœur..... J'avois peine à me perſuader, en l'écoutant, qu'il me fut inconnu ; je ne ſais quelle idée confuſe me rappeloit ſes traits..... Quelle aventure extraordinaire?.... ah! je n'abuſerai point de ſa confiance, ce ſecret n'eſt pas le mien, Sainville même l'igno- rera. Allons le chercher, rien ne s'oppoſe plus à mon impatience ;.... & jamais je n'eus tant de deſir de lui parler & de le voir,

ACTE V.

SCÈNE PREMIÈRE.
ZÉLIE, LE MARQUIS.

LE MARQUIS.

AVANT de vous entendre, ma chère Zélie, je vous demande en grace de m'écouter sans m'interrompre. C'est une complaisance que j'exige.

ZÉLIE.

Vous m'étonnez..... l'altération de votre voix, la sévérité de vos regards me troublent & m'effrayent; vous refusez de m'écouter, & moi, je crains de vous entendre, je ne sais pourquoi... mais, je tremble; hélas! je venois vous ouvrir mon cœur; & pour la première fois, mon ami n'est pas impatient d'y lire!..... Il n'est que trop vrai, je ne vous connois plus..... Dieu! si ce que je dois vous découvrir alloit vous dé-

plaire!.... O Ciel! se pourroit-il que nos sentimens ne fussent pas semblables?..... Ce doute
affreux déchire mon ame; il me fait éprouver
une peine dont jamais je n'eus d'idée !.....

LE MARQUIS.

Je vous entends..... Je sais ce que vous
avez à me dire......

ZÉLIE.

Ah! si vous le savez, mon arrêt est écrit
dans vos yeux, je n'y vois qu'une cruelle aus-
térité. Ciel ! devois - je m'attendre!..... Ah!
Sainville, que vous avez trompé mon cœur!...

LE MARQUIS.

Rassurez-vous. ... Zélie, cette crainte est
un outrage. .... vous allez me connoître. ...

ZÉLIE.

Hélas, pardonnez-moi..... Je ne sais que penser .... mais le ton dont vous me parlez, m'interdit & me glace......

LE MARQUIS.

Encore une fois, daignez m'entendre, sans

m'interrompre, ma chère Zélie; puis-je enfin
y compter.

ZÉLIE.

Quelle dure loi vous m'impofez; n'importe,
je m'y foumets; parlez, je vous promets de me
taire. (*Ils s'aſſeyent tous deux.*)

LE MARQUIS.

Souvenez-vous de cette promeſſe, & gardez-
la, je vous en conjure. Je vous ai tenu lieu de
père, dans l'âge où votre fenfibilité ne pouvoit
encore me récompenfer de mes foins: vous étiez
déjà pour moi un objet intéreſſant & cher:
depuis, je vous ai confacré ma vie, vous le
favez; & fi je vous le répéte, c'eſt moins pour
vous rappeler mes droits, que pour vous faire
comprendre la fituation où je me trouve: je
vous ai donné des talens, j'ai cultivé votre
efprit, & développé les vertus dont vous aviez
le germe heureux; mais, à beaucoup d'égards,
je vous ai élevé dans une ignorance, dont à
votre âge vous êtes peut-être le feul exemple;
mes motifs étoient purs, il faut vous en rendre

raison ; il existe des passions ; il en est une, sur-
tout, dont je vous ai soigneusement caché
jusqu'au nom. J'ai craint que, dans une solitude
aussi profonde que celle où vous avez vécu, la
vivacité de votre imagination ne put, par la
suite, produire dans votre cœur des illusions
dangereuses : en vous peignant l'amour, ses at-
traits, sa violence, j'ai craint de vous exposer
à prendre vous-même l'amitié douce & tranquille, pour cette impression si profonde & si
différente.... Vous ne voyiez alors, vous ne con-
noissiez que moi ; dans ce cas, je devenois né-
cessairement l'objet de votre erreur ; ainsi, en
vous abusant, & en supposant que l'amour eût
égaré mon ame, je ne pouvois qu'y gagner ;
mais trop délicat, trop généreux, enfin trop
sensible pour vouloir vous séduire, je me suis
oublié moi-même.... Les temps sont changés,
un homme audacieux & léger vous a fait connoître & partager son amour ; je suis instruit
des derniers détails que vous croyez peut-être
que j'ignore, & dont, sans doute, vous êtes
disposée à me faire part. Je puis donc enfin par-

ler, & je le puis sans blesser aucun des devoirs
que je m'étois imposés.... Depuis quatre ans,
je nourris en secret pour vous, la passion la plus
tendre & la plus violente ; vous auriez fait mon
bonheur en y répondant ; mais, je ne m'en suis
jamais flatté ; & songez que je ne la déclare
qu'au moment où je la sacrifie.... Votre cœur
s'est expliqué pour un autre, c'en est fait, je ne
prétends plus à vous, je vous aurois même
épargné l'embarras de cet aveu, s'il n'étoit nécessaire pour justifier ma conduite : le Chevalier
de Villers n'est pas digne de vous, vous devez
m'en croire, & je n'imagine pas que vous dou-
tiez de ma sincérité.... Je n'approuve pas votre
choix ; cependant je vous rends votre maîtresse.
Disposez vous-même de votre sort.... Vous êtes
ma fille, ma fortune devient la vôtre ; & le seul
droit que je me réserve, est celui d'en disposer
pour vous, en vous unissant à l'objet que vous
préférez : maintenant, après l'aveu que je viens
de vous faire, vous devez comprendre qu'il me
faut encore renoncer au bonheur de vous voir
& de vivre avec vous. Ce sacrifice est affreux,

je vous l'annonce avec peine, je fens ce qu'il doit vous coûter; mais mon repos, votre gloire & la mienne nous en font une indifpenfable loi. A préfent, ma chère Zélie, vous pouvez me répondre, je fuis prêt à vous écouter.

ZÉLIE.

Qu'ai-je entendu ? L'excès de ma furprife a pu feul, en glaçant mes fens, m'empêcher mille fois de vous interrompre. Quoi ! ce n'eft donc point affez de m'accufer, de ne connoître ni mes fentimens, ni mon cœur, vous m'ofez outrager.... Vous.... Sainville... tout, jufqu'à votre générofité, m'irrite & m'avilit.... Ces bienfaits dont vous me parlez, je les puis accepter avec tranfport de l'objet que j'aime uniquement; mais vous préférer un étranger, un inconnu; devenir, par un choix indigne, la caufe du malheur de votre vie, & vous dépouiller, recevoir vos dons en vous perçant le cœur, voilà donc ce que vous attendiez de moi.... Cruel, à quel point vous m'offenfez!... Affectez moins de grandeur & de modération, & foyez moins injufte & moins ingrat.

LE MARQUIS.

Que me dites-vous ? Ah, Zélie ! quel espoir vient enivrer mon cœur ? .... Ah ! daignez vous expliquer mieux , daignez....

ZÉLIE.

Non , vous m'avez trop outragée.... la colère , le défefpoir , ont rempli mon ame.... Vous m'avez méprifée , méconnue; vous m'avez fait rougir de vos bienfaits , de vos offres inju- rieufes.... Me propofer de vous quitter, de vous abandonner!... Me fupppofer à la fois de la barbarie, de la baffeffe , la plus noire ingrati- tude!... Qu'ai-je donc fait pour mériter un traitement fi cruel ?

LE MARQUIS.

Voyez mon repentir... fongez à mon amour... Zélie, encore un mot , achevez d'éclaircir mon fort....

ZÉLIE.

Ingrat !... Quoi même en cet inftant vous ne le favez pas ?

LE MARQUIS, *se jetant à ses pieds.*

Ah, Zélie! Ah, comment expier mon fatal aveuglement? Hélas! dans ce moment si doux, mes regrets, mes remords égalent mon bonheur..... achevez d'y mettre le comble, dites-moi que vous me pardonnez.

ZÉLIE.

Ah! l'excès de ma félicité me fait oublier & vos injustices & mes peines....

LE MARQUIS.

Quoi! Zélie, vous m'aimez, vous partagez mon amour..... Que j'entende pour la première fois, ce mot si cher sortir de votre bouche!... Hélas! il fut si long-temps renfermé dans mon ame!

ZÉLIE.

Oui, je vous aime; oui, mon amour est égal au vôtre: depuis que je me connois, vous remplissez, vous occupez mon cœur uniquement; ce sentiment fait le bonheur, le charme de ma vie; je m'y livrois sans le connoître; lui seul me faisoit chérir ma solitude & mon fort. Si

quelque revers imprévu m'arrachoit d'auprès
de vous, je ne pourrois furvivre à ce malheur
affreux, heureufement impoffible. Rien ne
pourra jamais nous féparer, j'en fuis bien fûre
à préfent, je vous fuivrai par-tout ; mais répétez-
le moi fans ceffe, je ne puis me laffer de vous
l'entendre dire.

Le Marquis.

Oui, Zélie, ma chère Zélie, un lien indif-
foluble & facré, va nous unir pour jamais ;
quoi, je fuis aimé de Zélie, je fuis à fes pieds,
j'ofe lui peindre l'excès de ma paffion ; elle m'entend, elle connoît mon amour & le partage !....
Zélie eft à moi.. O Dorival, ami trop malheureux, dans ce jour de félicité, que mon cœur
vous regrette! Votre joie eût égalé la nôtre, &
s'il eft poffible, en eût encore redoublé les tranfports.

Zélie.

Ah ! que je partage un fentiment fi tendre!
il vous rend encore plus cher à mes yeux....

Le Marquis.

Ma chère Zélie, il faut que je vous quitte,

je

je vais trouver Clarice, & l'inftruire d'un événement plus intéreffant pour elle, que vous ne pouvez penfer. Adieu, dans l'ivreffe, dans le trouble où je fuis, loin de pouvoir exprimer tout ce que j'éprouve, tout ce que je reffens, à peine puis-je le comprendre moi-même. (*Il fort.*)

SCÈNE II.

ZÉLIE, *feule.*

ME voilà donc au comble du bonheur!......
que je l'aime! que fon ame eft noble & fenfible!.... il a tout fait pour mon Père, pour moi!.... Ah! mon Père.... que ne vit-il, qu'il me feroit doux de le voir partager ma reconnoiffance, de l'augmenter à chaque inftant, par le détail de tous fes bienfaits..... Je ne fais pourquoi, quand Sainville m'a parlé de lui, le fouvenir de cet étranger eft venu me troubler.... Hélas! comme mon Père, il eft, dit-il, proferit, perfécuté;..... ah! fon fort m'en intéreffe d'avantage.... on vient.... c'eft lui peut-être.... oui, j'apperçois fon guide. (*Elle va au-devant de lui.*)

SCÈNE III.

ZÉLIE, LE PAYSAN, *s'avançant.*

LE PAYSAN.

JE viens favoir......

ZÉLIE.

Il peut entrer, allez le chercher, & pendant notre entretien, veillez toujours à cette porte. (*Le Payfan fort, Zélie continue.*) D'où vient donc le trouble que j'éprouve : la pitié que m'infpire cet inconnu, fes malheurs, le myftère de cette aventure, tout répand dans mon cœur je ne fais quelle crainte, quelle terreur que je ne puis comprendre.... Je defire de le revoir.... & je tremble ; chaque inftant accroît mon émotion.... J'entends du bruit, Ah ! je le vois..... qu'il a l'air trifte & fombre.

SCENE IV.

LE SOLDAT, ZÉLIE.

LE SOLDAT, *après un moment de silence.*

CET entretien va donc décider de mon sort....
Je vais le remettre en vos mains, je vous en
rends l'arbitre..... Vous allez me connoître......
Hélas !.....

ZÉLIE.

Vous paroissez tremblant, agité; eh quoi!
craignez-vous de m'ouvrir votre cœur ? .....

LE SOLDAT.

Je vais vous rappeler un souvenir douloureux.....

ZÉLIE.

A moi.......

LE SOLDAT.

Avez-vous conservé quelque idée de l'objet
malheureux qui vous donna la vie ?....

ZÉLIE.

Mon Père, ô Ciel! l'auriez-vous connu ?....

V ij

LE SOLDAT.

On vous a donc parlé de lui ?

ZÉLIE.

Ah! fa mémoire m'eft à jamais précieufe & chère..... j'ai mille fois, de mes pleurs, arrofé fon portrait, le feul bien qu'il m'ait pu laiffer.... Mais répondez..... auriez-vous été témoin de fa fin déplorable ? Hélas ! je favois fa mort, j'en ignorois les détails ; ne craignez pas de m'en inftruire, vous m'en avez trop dit pour ne pas achever.

LE SOLDAT.

Et s'il vivoit ?....

ZÉLIE.

S'il vivoit..... Dieu !.... vous pâliffez ; vos yeux fe rempliffent de larmes...... aurois-je pu méconnoître un inftant ?.... (*Il fe regardent en filence ; le Soldat lui tend les bras, Zélie, en s'y précipitant :*) Ah ! j'en crois mon cœur, il ne peut me tromper.

LE SOLDAT.

O ma fille !....

ZÉLIE.

Je succombe à l'excès de ma joie ; mon père !..... quoi ! vous êtes mon père ? (*Elle tombe à ses genoux.*) Cher auteur de mes jours, par quel miracle, par quel prodige m'êtes-vous rendu ?..... Que va devenir Sainville ? Ah ! courons le chercher.

DORIVAL, *la relevant.*

Zélie, unique & triste objet de toute ma tendresse.... dans quel état, hélas ! vous retrouvez votre malheureux père ; sans fortune, sans soutien, sans appui.....

ZÉLIE.

Vous m'en êtes plus cher..... votre sort va changer..... Sainville, l'heureux Sainville..... pourra.... mais venez dans ses bras, qu'il apprenne lui-même.....

DORIVAL.

Ah ! ma fille...... moi-même, que vais-je vous dire ?.... je pénètre facilement vos sentimens secrets..... je sais que Sainville vous adore, je vois que vous l'aimez.....

ZÉLIE.

Ce jour même, un lien facré doit nous unir pour toujours... mon père... vous feul manquiez à ma félicité..... à préfent mon cœur n'y peut fuffire...... & Sainville l'ignore ; ah ! venez, daignez me fuivre ; pourquoi retarder fon bonheur ?...... Hélas ! que fignifie ce morne & profond filence ?

DORIVAL.

Ecoutez-moi, Zélie....... je vais déchirer votre ame, je vais l'accabler du coup le plus mortel......

ZÉLIE.

Que dites-vous ?.... je vous retrouve, & j'aurois à gémir encore !

DORIVAL.

Mais, ma fille, ignorez-vous toute l'horreur de ma deftinée ? ignorez-vous l'arrêt injufte qui profcrit mes jours ?.... Sainville ayant dû croire mon fort terminé, abandonna le foin inutile d'affoupir cette malheureufe affaire. Cependant, mes ennemis font devenus plus puiffans que jamais...... leur crédit à la Cour, leur rage cruelle que le temps n'a pu détruire, leur haine même pour Sainville, tout ici menace ma vie ; & prononcer mon nom, feroit m'envoyer à la mort.

Z É L I E.

O Ciel ! vous me faites frémir..... mais les confeils, les foins de Sainville, n'en doutez pas.....

D O R I V A L.

Non, ma fille, ceffez de vous abufer ; je dois à jamais renoncer à ma patrie ; pourquoi reverrois-je Sainville ? j'affligerois fon cœur, j'y rouvrirois des bleffures que le temps feul a pu fermer ; ah ! s'il a pleuré ma mort, quelles larmes verferoit-il fur ma vie déplorable ?...... Il ne peut rien pour moi.... je veux m'épargner la peine affreufe de lui dire un fecond adieu, plus cruel encore que le premier...... & vous, ma fille, vous ne me verriez point ici, fi j'avois pu connoître, avant d'y revenir, les fecrets fentimens de votre ame....

V iv

ZÉLIE.

Eh quoi ! mon père, doutez-vous de ma
tendreffe ?.....

DORIVAL.

Connoiffez, ma chère Zélie, toute l'étendue
de mon malheur ; j'ai traverfé les mers, j'ai
bravé tous les périls, tous les dangers que je
dois craindre dans des lieux où je fuis profcrit ;
j'ai quitté un afyle sûr & paifible, pour venir
peut-être me livrer à la rage de mes ennemis ;
je ne m'en repens pas, c'étoit pour vous.......
mais j'arrivois avec l'efpérance de retrouver
ma fille, & de ne plus la perdre. Plaignez mon
erreur, ô Zélie ! je me fuis flatté qu'un père
malheureux vous tiendroit lieu de l'univers entier ; & qu'en le fuivant, en partageant fon
fort.....

ZÉLIE.

Arrêtez.... ô mon père ! que me faites-vous
entrevoir ?.... de quels traits mortels venez-
vous de percer mon cœur ?....

DORIVAL.

Raſſurez-vous, ma fille, raſſurez-vous; je ne vous preſcris, je n'exige rien; en me ſuivant, vous euſſiez fait mon bonheur: ſans fortune, ſans appui, ſans amis, vous m'euſſiez dédommagé de mes longues infortunes; mais, grand Dieu! ai-je pu me flatter un moment d'une félicité ſi douce?....

ZÉLIE.

Je donnerois ma vie pour vous, oui, mon père; chaque mot que vous prononcez ſe grave au fond de mon ame, & la remplit de déſeſpoir.... à quoi me réduiſez-vous?..... il faut le fuir, ou vous abandonner.....

DORIVAL.

Vous laiſſeriez Sainville au milieu de ſes amis, de ſa famille, tranquille enfin dans ſa patrie; & tôt ou tard, conſolé par la fortune & l'ambition......

ZÉLIE.

Ah! ne le croyez pas; s'il me perdoit....

DORIVAL.

Encore une fois, ma fille, raſſurez-vous.... je vois quel eſt mon ſort, je m'y ſoumets..... vivez contente, ſoyez heureuſe, oubliez-moi, s'il eſt poſſible, & recevez mes éternels adieux.....

ZÉLIE, *tombant dans les bras de Dorival.*

Je me meurs !.... prenez pitié de l'état où je ſuis...... mon père, vous me donnez la mort....

DORIVAL, *à part.*

Elle balance, elle eſt à moi..... (*Haut.*) Ma fille, ma chère fille..... il faut nous ſéparer.

ZÉLIE.

Ma vie n'eſt rien, je la ſacrifierai ſans re-gret..... mais abandonner Sainville après des ſoins ſi tendres, quand vous lui devez tout!... car enfin, ſi je vis, ſi j'exiſte, ſi je penſe, ſi je vous revois, mon père, c'eſt ſon ouvrage, & c'eſt par ſes bienfaits!..... Le quitter pour toujours.... pour toujours.... ah! mon pre-mier devoir eſt la reconnoiſſance.

DORIVAL.

Mais, ma fille, quelle eſt votre injuſtice ?
hélas ! je ſuis loin d'exiger un ſacrifice ſi cruel....
Sans murmurer & ſans me plaindre, je retourne
dans mon déſert ; je vous ai vue, je vous ai
trouvée ſenſible ; ma fille a pleuré dans mes
bras..... Ce ſouvenir répandra quelques charmes ſur le peu de jours qui me reſtent.....

ZÉLIE.

Non, je n'aurai point la barbarie de vous
abandonner, non, mon père..... (*Elle ſe jette
à ſes pieds.*) je vous reſte ſeule dans la nature....
je dois vous immoler mon bonheur & ma vie.....
c'eſt à vos pieds que j'en fais le ſerment..... votre
malheureuſe fille mourante, déſeſpérée, vous
ſuivra au bout de l'univers...... que dis-je ? je
vivrai pour adoucir vos peines.... oui, je vous
le promets......

DORIVAL.

Qu'entends-je ?.... ah ! ma fille, craignez
de me donner une fauſſe eſpérance...... craignez......

ZÉLIE, *avec fermeté.*

Non, c'en est fait.... je vous suivrai....:
mais comment annoncer cette nouvelle à Sainville ?......

DORIVAL.

Je pars ce soir même...... une indiscrétion,
le plus léger éclat, peut empêcher ma fuite, &
me perdre à jamais. Sainville instruit par vous,
au désespoir, hors de lui-même..... sera-t-il
maître de cacher ses transports ?... & d'ailleurs,
ne devez-vous pas plutôt vous-même éviter un
spectacle si douloureux ?.....

ZÉLIE.

Ah ! je verrois couler ses larmes, j'y mêlerois
les miennes...... ce dernier instant de bonheur
du moins me resteroit encore.....

DORIVAL

Je vous ai rendue la maitresse du secret de
ma vie, vous pouvez en disposer, je m'en re-
pose sur vous.

ZÉLIE.

Il suffit..... Mon arrêt est donc prononcé.....

& tout se réunit pour le rendre plus acca-
blant..... je pars..... ce soir même j'abandonne Sainville...... mon bienfaiteur, mon
protecteur, mon amant..... je m'éloigne de
lui pour ne jamais le revoir..... & sans l'instruire, sans le consoler, sans pleurer avec lui....
mais si je lui parlois, si lui-même vouloit partager votre destinée..... nous suivre.... Ah !
sans doute il le voudra ; mon père, je le connois, croyez.......

DORIVAL.

Hélas ! quelle vaine idée vient vous séduire !
Obscurs l'un & l'autre dans notre asyle, nous
y vivrons en paix ; mais le rang, la naissance,
les parens de Sainville, répandroient bientôt sur
notre fort une lumière fatale. Croyez-vous que
sa famille puisse ignorer long-temps le lieu de
sa retraite ? que leurs soins, leur vigilance.......

ZÉLIE.

Tout espoir m'est donc ravi !... Allons, il
faut subir son fort..... Non, je ne le verrai
point.... Et qu'importe, après tout, quand on

facrifie fa vie, la vaine confolation d'un moment ?......

DORIVAL.

Si vous vous repentez, ma fille, vous n'avez
rien promis ; je vous rends vos fermens, vous
êtes libre encore.

ZÉLIE.

Ah! mon père, fouffrez du moins des regrets
fi juftes.... Souffrez des larmes que rien ne tarira
jamais.... que je puifle fans contrainte les répandre dans vos bras..... ne me raviffez pas le
feul bien qui me refte.

DORIVAL.

O ma fille! tu déchires mon cœur.... Hélas,
n'achéve pas un fi grand facrifice! S'il doit faire
à jamais ton malheur, pourrois-je efpérer d'en
recueillir le fruit ?

ZÉLIE.

En vous abandonnant, je ferois plus coupable & plus infortunée.....

DORIVAL.

Le temps s'avance, les momens nous font

chers..... O ma chère Zélie! ranime ton courage;
confulte ton cœur; & pour la dernière fois....
parle & prononce l'arrêt de notre deftinée.....

ZÉLIE.

Mon père.... j'ai parlé, j'ai promis.... en
duffai-je mourir, je tiendrai mes fermens.

DORIVAL.

C'eft donc à moi de tomber à tes pieds; je
retrouve ma fille.... Ah! le temps & mon bonheur confoleront ton ame....

ZÉLIE.

Ah, mon père! O Ciel! modérez-vous, on
vient ...

DORIVAL.

Adieu.... Dans une heure je ferai à la petite
porte du parc; j'en ai deux clefs.... (*Il lui en*
donne une.) Voilà celle que je vous deftinois. ....
(*Zélie la prend.*) Mon guide s'avance.... Adieu....
(*A part, en s'en allant.*) Fut-il jamais un père
plus heureux. (*Il fort par l'autre porte, fon guide*
le fuit.)

SCÈNE V.

ZÉLIE, *seule.*

DANS une heure.... je frémis.... Qu'ai-je fait ? qu'ai-je promis ? grand Dieu !.... je succombe à tant de peines; un froid mortel glace mon cœur.... ma force m'abandonne.... Hélas ! que ne puis-je mourir....... (*Elle s'appuye contre une table.*)

SCÈNE VI.

CLARICE, ZÉLIE.

CLARICE.

ZÉLIE, ma chère Zélie, je vous cherchois; le Marquis vient de m'instruire.... O Ciel ! que vois-je ? quelle pâleur effrayante couvre votre visage ? ....

ZÉLIE.

Ce n'est rien.... Souffrez que je vous quitte....

CLARICE

CLARICE.

Vous avez aujourd'hui éprouvé des se-
cousses si violentes que je ne suis pas surprise....

ZÉLIE.

Ah ! sans doute.... Mais, Madame, que fait
Sainville ?....

CLARICE.

Sainville, au comble de ses vœux, s'occupe
des préparatifs de son bonheur. Enivré, trans-
porté, il ne voit, n'entend rien, & ne pense
qu'à vous.... Déjà le Notaire est mandé ; déjà
l'Église est préparée pour vous recevoir & vous
unir l'un & l'autre pour jamais.... Tout le Château retentit de cette heureuse nouvelle....
Les portes sont ouvertes, on entre en tumulte ;
on répète, on célèbre le nom de Zélie ; on crie,
on s'embrasse ; & la joie de Sainville passe dans
tous les cœurs....

ZÉLIE, *à part.*

Ah ! malheureuse !....

CLARICE.

Le seul Ariste, farouche & sombre, s'est renfermé dans son appartement ; mais je viens de laisser Samville à ses pieds, & sans doute il le fléchira ; croyez....

ZÉLIE.

Ah ! Madame !.... mon cœur ne peut suffire aux mouvemens qu'il éprouve..... ils sont trop violens.... permettez-moi....

CLARICE.

Allez, ma chère enfant, allez vous livrer sans contrainte à des transports si doux.... mais avant de me quitter embrassez-moi....

ZÉLIE, *l'embrassant.*

Adieu, Madame, adieu..... Quand vous le verrez dites-lui.... peignez-lui.... Adieu....

CLARICE.

Mais, ô Ciel, mon enfant, vous vous trouvez mal, vous chancelez !.... Asseyez-vous. (*Elle la met dans un fauteuil.*)

ZÉLIE.

C'est un étourdissement.... Il est passé.... (*Elle veut se lever.*)

CLARICE.

Pauvre petite ?.... N'entends-je pas Sainville ?

ZÉLIE.

Ah ! Dieu !....

CLARICE.

Non, c'est Ariste. Que nous veut-il ?

ZÉLIE, *à part.*

Allons, fuyons.

SCÈNE VII.

CLARICE, ZÉLIE, ARISTE.

ARISTE, *arrêtant Zélie.*

ARRÊTEZ, ma chère Zélie, arrêtez : ne voyez
plus en moi votre persécuteur, venez embrasser
le père de Sainville & le vôtre.

CLARICE.

Ah ! je l'avois prévu !....

ZÉLIE, *à part.*

Hélas !....

ARISTE.

Quoi, vous pleurez encore.

ZÉLIE.

Ah ! Monsieur, si vous pouviez lire dans mon ame.

CLARICE.

Heureuse Zélie ! ainsi donc dans ce jour rien ne manque plus à votre félicité ; & vous, Monsieur, en ne vous opposant plus au bonheur de Sainville, vous achevez de combler tous ses désirs, & vous le rendez le plus fortuné de tous les hommes.

ZÉLIE, *à part.*

Quel entretien !.... Eh quoi, ne pourrai-je m'échapper....

ARISTE.

Les prières, les pleurs, la tendresse de Sainville, ont vaincu ma résistance ; quel autre à ma place auroit pu ne pas céder !. ... Ah Zélie ! sachez du moins à quel excès vous êtes aimée, & ne l'oubliez jamais.......

ZÉLIE.

Moi, l'oublier, grand Dieu !...

ARISTE.

Oui, me difoit-il, en verfant un torrent de
larmes, elle eft à moi, rien ne peut nous défu-
nir ; mais, que je la tienne de vous, foyez fon
père comme vous fûtes le mien ; hélas ! elle n'en
a plus ; daignez lui en fervir, que conduite à
l'Autel par vous, une main fi chère nous uniffe
l'un & l'autre.... tels étoient fes difco···s....

ZÉLIE, *à part.*

De quels traits cruels il déchire mon cœur !....
mais le temps s'écoule !... (*Haut à Arifte.*) Sainville, où eft Sainville maintenant.

ARISTE.

Il eft avec le Notaire ; il viendra bien-tôt
vous rejoindre....

ZÉLIE, *à part.*

Arrachons-nous d'ici.... ô mon père. (*Haut
à Arifte.*) Je vais.... Souffrez.... J'ai befoin
d'être feule un moment.... Pardonnez à l'état
où je fuis.... Pénétrée de vos bontés, hélas !
fi je n'y puis répondre..... n'accufez point un

cœur.... qui n'eſt plus à lui-même.... (*à part
en s'en allant.*) C'en eſt donc fait, ô Ciel !... cet
inſtant me paroît le dernier de ma vie.

(*Elle ſort.*)

SCÈNE VIII.

ARISTE, CLARICE.

ARISTE.

COMME elle nous quitte ; quel déſordre inconcevable règne dans ſes diſcours !

CLARICE.

.C'eſt l'excès de la joie qui la rend égarée
& ſtupide : ſon ame eſt ſi paſſionnée !....

ARISTE.

L'acte doit être dreſſé maintenant, je vais
retrouver mon neveu....

CLARICE.

Vous reviendrez ici ?

ARISTE.

Oui, nous y ſignerons le contrat; auſſi-tôt
qu'il ſera fini, je vous l'apporterai.

CLARICE.

Je vous attends.

(*Arifte fort.*)

CLARICE, *feule.*

Que Zélie eft heureufe.... Quelle différence,
ô Ciel! de fon fort & du mien;... trahie,
abandonnée, méprifée, hélas! en fuis-je moins
fenfible.... Quelle indigne foibleffe, quel abaiffement honteux!... mais il ne l'a jamais aimée....
Non, je ne le puis croire, ou pour mieux dire,
en vain je cherche à m'abufer.... on vient ..
c'eft lui-même,.... écoutons-le du moins.....
voyons ce qu'il ofera dire.

SCENE IX.

LE CHEVALIER, CLARICE.

LE CHEVALIER, *à part, en entrant.*

JE la vois.... Allons, il faut ici de l'audace
& de l'adreffe. (*Il s'arrête.*)

CLARICE.

Approchez, approchez, ceffez de feindre un

X iv

embarras que vous n'éprouvez point. Pour rougir de ses torts, il faudroit les sentir, & votre cœur......

LE CHEVALIER.

Ah! Madame, j'attendois de vous plus de générosité!....

CLARICE.

Tout est donc éclairci.... & grace au Ciel, je suis vengée ; Zélie, Ariste & le Marquis ont enfin dévoilé vos intrigues secrettes.... Déjà vous êtes ici couvert des plus grands ridicules, & bien-tôt vous allez devenir la fable du monde entier.

LE CHEVALIER.

Je trouverai plus d'indulgence. Un égarement passager n'est pas un crime impardonnable. Sainville épouse Zélie; mais, croyez-vous qu'au fond du cœur, Zélie y consente avec joie.... & si j'en suis regretté, vous conviendrez que mon rôle est moins ridicule.

CLARICE.

S'il n'est qu'odieux, vous êtes consolé.....

En effet, les titres de parjure, de perfide &
d'ingrat, ne font qu'ajouter à la gloire d'un
homme à la mode; je l'avoue, vous avez raifon.... mais, fi Zélie, loin de vous regretter,
étoit dans ce moment au comble de fes
vœux?....

LE CHEVALIER.

Je veux le croire; d'ailleurs, je n'ai jamais
aimé Zélie: & en effet, l'on ne touche qu'autant qu'on eft fenfible.

CLARICE.

Ah! cela devroit être; mais cependant,
vous aviez féduit mon cœur....

LE CHEVALIER.

Et j'y conferve encore des droits, parce que
je fuis toujours le même.

CLARICE.

Vous, des droits....

LE CHEVALIER.

Oui, nous fommes nés l'un pour l'autre;
vous avez beau vous en défendre, la deftinée,
la fympathie, triompheront de votre colère.

CLARICE.

Mais je ne fuis point en colère; je vous vois
tel que vous êtes, un peu ridicule, affez aimable, très-amufant, & je vous affûre nullement
dangereux !

LE CHEVALIER.

En défigurant ainfi mon portrait, fongez
que vous faites votre critique autant que la
mienne.

CLARICE.

Pourquoi?

LE CHEVALIER.

Parce que vous m'aimez toujours.

CLARICE.

J'aime du moins votre fatuité; elle me di-
vertit beaucoup.

LE CHEVALIER.

Oui, la vanité trop fouvent m'égara, je
l'avoue; mais, dans cet inftant, l'amour feul
me fait efpérer un pardon fans lequel je ne puis
vivre..... & mon cœur n'ofe l'implorer que
parce qu'il fe fent digne de l'obtenir.

CLARICE.

Mais, qu'entends-je ! quel bruit !.....

LE CHEVALIER.

Quel tumulte !.....

CLARICE.

Ah ! courons, allons nous informer.....

SCÈNE X.

CLARICE, LE CHEVALIER, LE MARQUIS, ARISTE.

(Ariste tient le Marquis par le bras.)

LE MARQUIS.

ZÉLIE, Zélie est enlevée.....(*A Clarice.*) Ah ! Madame, Zélie a disparu; toute recherche est vaine..... (*Appercevant le Chevalier.*) Je sais qui j'en dois accuser, & la plus prompte vengeance.. (*Il tire son épée, Ariste le retient.*)

CLARICE.

O Ciel ! .....

L E M A R Q U I S , *se débattant.*

Laiffez-moi, laiffez-moi....

A R I S T E.

Non, vous ne m'échapperez pas. (*A Clarice.*)
Il eft vrai, Zélie a pris la fuite; mais on ne l'a
point enlevée. Avant de partir, elle a eu foin
d'eloigner fa Gouvernante; elle a laiffé fes
diamants, fon argent; enfin, on a trouvé une
clef en dedans de la petite porte du parc, par
où, fans doute, elle s'eft fauvée; ainfi tout
prouve que c'eft fans violence......

L E M A R Q U I S.

Je l'ai perdue; qu'importe qu'elle me foit
ravie par force ou par féduction; je veux
mourir ou me venger....

C L A R I C E , *au Chevalier.*

Perfide !.... fe pourroit-il ?....

L E C H E V A L I E R , *au Marquis.*

Quand on m'accufe, quand on m'outrage,
je ne fais qu'un moyen pour me juftifier.....
(*Il met la main fur la garde de fon épée.*)

LE MARQUIS, *s'arrachant des bras d'Arifte.*

Je l'accepte; défendez-vous.

(*Le Chevalier tire fon épée, Arifte & Clarice fe mettent entr'eux, en s'écriant :*)

O Ciel! quelle aveugle fureur !

(*Dans cet inflant, on entend derrière le Théâtre plufieurs voix qui s'écrient :*) Zélie eft revenue.

(*Cléante, Champagne, Madame Berrard, Victoire, arrivent tous en tumulte, en répétant :*)

Zélie, Zélie eft revenue.

(*Le Chevalier, Clarice, Arifte, font différens fignes de furprife ; le Marquis, laiffant tomber fon épée & courant vers la porte, dit :*)

Grand Dieu ! . . . .

(*Dans le moment la porte du fond s'ouvre, & l'on voit paroître Dorival avec un habit fuperbe, tenant Zélie par la main ; le Marquis s'arrête & paroît immobile d'étonnement.*)

SCÈNE XI.

CLARICE, LE CHEVALIER, LE MARQUIS,
ARISTE, ZÉLIE, DORIVAL.

DORIVAL.

C'EST moi qui suis le ravisseur..... Allez,
Zélie, allez, je vous rends & vous donne pour
jamais à votre amant.....

(Zélie s'avance vers le Marquis.)

LE MARQUIS.

Ah ! Zélie !.... où suis-je ?.... quelle voix ?....

ZÉLIE.

Ah ! pourriez-vous la méconnoître ?.....
*(Elle quitte le Marquis & va tomber aux genoux
de Dorival.)*

LE MARQUIS.

En croirai-je mes yeux ?.... c'est lui, c'est
Dorival..... ô mon ami !.... *(Zélie se relève,
court au Marquis, & tous les deux se jettent dans
les bras de Dorival qui s'avance pour les recevoir.)*

CLARICE.

Lui, Dorival ?....

ARISTE.

Le père de Zélie ?....

LE CHEVALIER.

Par quel prodige !....

LE MARQUIS.

Eſt-il poſſible ? ô Ciel !.... c'eſt de la main de Dorival que je reçois Zélie.... je retrouve à la fois tout ce que j'aime..... vous vivez..... je vous revois..... vous me rendez, vous me donnez Zélie.... ô mon cher Dorival !..... ah ! n'eſt-ce point un ſonge ?....

DORIVAL.

Je fais votre bonheur ! ah ! de cet inſtant ſeul je reviens à la vie.

LE MARQUIS.

Mais ce bonheur eſt-il pur & ſans mé-- lange ?... & puis-je, ſans effroi, vous revoir dans ces lieux ?....

DORIVAL.

Mes malheurs ſont finis..... l'arrêt injuſte

est revoqué, ma patrie m'est rendue; j'ai retrouvé mes droits..... je suis enfin heureux & libre.... Sous un nom inconnu, j'ai porté dans les Indes ma deltinée errante; j'y trouvai la guerre allumée; l'efpoir de mourir pour cette même patrie qui me profcrivoit, ranima mon courage; je fervis, je combattis pour elle; mon bonheur & quelques fuccès me tirèrent bientôt de la mifère & de l'obfcurité : enfin, un fecond mariage m'a rendu poffeffeur d'une fortune immenfe. Pour en jouir, je la donne à Zélie..... ô ma fille ! pourrai-je jamais m'acquitter envers toi, après le facrifice auquel ton cœur a pu fe réfoudre?.... & vous, Sainville, ami généreux & fidéle, vous qui m'avez confervé ce tréfor fi précieux, le bien, le feul bien qui m'attache à la vie ! vous enfin qui me rendez le plus fortuné de tous les pères, quelles preuves de ma reconnoiffance peuvent jamais égaler un tel bienfait !

LE MARQUIS.

La furprife.... la joie.... trop de mouvemens agitent mon ame, elle ne peut y fuffire.....

quoi!

quoi ! c'est vous que j'entends ; c'est Dorival, c'est cet ami si cher, c'est le père de Zélie ?....

DORIVAL.

Pardonnez-moi les peines que je vous ai causées dans ce jour ; je voulois éprouver ma fille ; elle a cru d'abord ne trouver dans son père qu'un malheureux fugitif, qu'un proscrit, qui n'offroit à sa jeunesse qu'un éternel exil. La pitié, l'humanité, la tendresse du sang l'ont emporté dans son cœur sur le bonheur de sa vie, sur l'amour même. Enfin, mourante, désespérée, elle me suivoit..... O moment délicieux, où je l'ai vue tremblante, inanimée, se jeter dans mes bras, & s'arracher en gémissant de ces lieux si chers !.... ô ma fille !....

ZÉLIE.

Ah ! mon bonheur surpasse, s'il est possible, l'excès des maux que j'ai soufferts......

LE MARQUIS.

Ah ! mon oncle !.... (*A Clarice.*) Et vous, Madame, concevez-vous l'excès de ma felicité ?....

ARISTE.

Croyez que nos cœurs la partagent.

Tome II.   Y

Pagination incorrecte — date incorrecte

NF Z 43-120-12

CLARICE, *se rapprochant de Zélie*
& l'embrassant.

Ma chère Zélie, qu'il m'est doux de vous voir un sort digne de vous!

LE MARQUIS, *au Chevalier.*

Mais, comment réparer mon injuste emportement ?.... parlez, Monsieur ; daignerez-vous oublier ?....

LE CHEVALIER.

Ce jour doit être un jour de grace..... & Clarice elle-même en peut donner l'exemple.....

LE MARQUIS.

Nous l'en conjurons tous.

CLARICE.

Mon cœur peut-être me parleroit encore mieux en sa faveur, si j'osois l'écouter ! mais il est des torts dont le temps seul peut obtenir le pardon ; mon cher Marquis, l'amour va faire votre bonheur, il s'accorde avec la raison ; hélas ! je ne le sens que trop, cet assemblage heureux peut seul assurer une félicité pure & durable.

F I N.

LE MÉCHANT
PAR AIR,

COMÉDIE
EN CINQ ACTES.

PERSONNAGES.

Le Baron DE LEURMONT.

HENRIETTE, Nièce du Baron.

La Marquise DE LURCÉ, Parente du Baron.

Le Chevalier DE SEMUR, amoureux
d'Henriette.

VOLSAIN, Amoureux d'Henriette.

La Comtesse DE NÉFLIZE.

DORVAL, Ami du Chevalier.

SAINVILLE, Ami du Chevalier.

FLAMAND, Valet du Chevalier.

CÉSARINE, Femme-de-chambre d'Henriette.

La Scène est à la Campagne, chez le Baron.

LE MÉCHANT PAR AIR,

COMÉDIE.

ACTE I.

SCÈNE PREMIÈRE.

Le Théâtre repréfente un Sallon.

CÉSARINE, FLAMAND.

FLAMAND.

ÉCOUTE donc, Céfarine.

CÉSARINE.

Oh, je n'ai pas le temps....

FLAMAND.

Un moment, je t'en prie.

Y iij

CÉSARINE.

Eh bien, M. Flamand, qu'avez-vous à me dire ?

FLAMAND.

M. Flamand ! ..... ce n'est pas ainsi que vous me parliez l'été dernier, *Mademoiselle Césarine....* Depuis que vous avez quitté la Province, & que votre Maîtresse est devenue une riche héritière, je ne vous reconnois plus ; vous avez pris des airs si graves ! pardi, vous ne faisiez pas tant la rencherie, quand vous étiez une franche campagnarde, habitante d'un vieux Château délabré ;...... mais l'Oncle de votre Maîtresse, M. le Baron de Leurmont vient d'hériter d'une grande fortune, & vous ne regardez plus vos anciens amis, cela est dans la règle.

CÉSARINE.

Avez-vous tout dit ?

FLAMAND.

Non, Mademoiselle Césarine ; non, pas encore. Lorsque mon Maître étoit en garnison à

deux lieues du fusdit Château ruiné, & que nous vous faisions l'honneur de vous aller voir, c'étoit une joie générale dans la maison : Mademoiselle Césarine aujourd'hui si fière, me faisoit placer à table à côté d'elle, m'invitoit chaque matin à partager avec elle le café à la crème préparé par ses mains ; & quand nous partions, que de pleurs, que de gémissèmens ! « Ah ! mon pau-
» vre Flamand, quand reviendras-tu ? mon petit
» Flamand, mon aimable Flamand..... Parlez
» à M. le Chevalier de ma Maîtresse, entretenez-
» le bien dans le desir qu'il a de l'épouser, &
» pensez à moi, cher Flamand. Vous avez ou-
» bliez tout cela, Mademoiselle la dédai-
gneuse; mais, niez-le si vous l'osez !

CÉSARINE.

Vous reste-t-il encore quelques impertinences à débiter ?

FLAMAND.

Oh ! oui, j'en ai un fond inépuisable ; mais, d'abord, répondez à ceci.....

Y iv

CÉSARINE.

Volontiers; vous me plaifiez alors, parce que je vous croyois un bon garçon; je m'intéreffois à votre Maître par la même raifon, & j'ai changé de fentiment, en découvrant que vous ne valez rien ni l'un ni l'autre......

FLAMAND.

Eh bien! voilà ce qui s'appelle s'expliquer fans détour..... Ainfi donc, mon Maître ne peut plus fe flatter d'être protégé par Mademoifelle Céfarine.

CÉSARINE.

Que voulez-vous? Tout le monde ici s'accorde à dire qu'il eft méchant; & moi, je vois clairement qu'il eft au moins très fat....

FLAMAND.

Méchant!.... on dit cela, parce qu'il a plus d'efprit qu'un autre....

CÉSARINE.

S'il a tant d'efprit, qu'il l'emploie donc à chercher les moyens de mériter une bonne réputation, ou je dirai moi, qu'il n'eſt qu'une bête.

FLAMAND.

Écoute, Céſarine, il y a dix ans que je le
ſers, & je puis t'aſſurer qu'il n'eſt pas méchant;
tout au contraire, il eſt humain, généreux, &
le meilleur Maître......

CÉSARINE.

Le meilleur Maître!..... l'autre jour juſte-
ment on lui parloit de toi, de ton attachement
pour lui, il répondoit : « bon, il eſt comme
» tout ceux de ſon eſpèce, un ſot & un fri-
» pon. » ....

FLAMAND, *riant.*

Ah, ah, ah, c'eſt comme ſi je l'entendois...;
& ne contoit-il pas auſſi qu'il me roue de
coups, qu'il m'aſſomme ?.....

CÉSARINE.

Préciſément....

FLAMAND, *riant.*

Le drôle de corps !.... Ah, ah, ah.....;

CÉSARINE.

Oh ! dès que vous trouvez cela plaiſant, il
a raiſon....

FLAMAND.

Mais, c'est qu'il n'y a pas un mot de vrai; il ne m'a jamais donné une chiquenaude....

CÉSARINE.

Et pourquoi donc mentir, & te calomnier de la sorte?

FLAMAND.

C'est pour se faire valoir......

CÉSARINE.

Avouer qu'on est violent & brutal, c'est pour se faire valoir!.... tu extravagues.

FLAMAND.

Je ne sais comment t'expliquer cela, mais c'est un fait. M. le Chevalier, j'en conviens, a cette manie, il veut passer pour un homme qui... là ..... un esprit fort, tu entends bien; devant le monde il me brusquera, fera le fier, & quand nous sommes seuls, il cause familièrement, amicalement, & il est doux comme un mouton. En toutes choses, c'est-là son caractère; il étoit naturellement très-sensible; eh bien, à l'entendre, il a le cœur plus dur qu'un rocher : tiens, il est amoureux comme un fou de Mademoiselle Henriette ta Maîtresse, il desire bien qu'elle en soit persuadée ; mais, il seroit au désespoir que les autres le pensassent ; il joue l'indifférent, l'ingrat même ; il prétend qu'il est vindicatif, haineux, & il n'a non plus de fiel qu'un enfant ; en un mot, il s'amuse à se décrier, à se noircir lui-même de gayeté de cœur, c'est-là son passe-temps favori.

C É S A R I N E.

Mais, dis-moi, quel profit trouve-t-il à cela ?.....

F L A M A N D.

Il veut être craint, considéré, & regardé comme un Philosophe, un homme sans préjugés, dit il....

C É S A R I N E.

Je veux mourir, si je comprends un mot à tout ce galimatias ;.... mais ce que je sais, c'est qu'il est impossible que ma Maîtresse puisse jamais épouser un semblable imbécille....

FLAMAND.

Elle l'aime pourtant......

CÉSARINE.

Oui, parce qu'elle ne le connoît pas......&
que dans le temps qu'elle a pris de l'inclination
pour lui, il se montroit tout différent de ce
qu'il est......

FLAMAND.

Mais, point du tout, il paroissoit alors ce
qu'il est en effet : les défauts dont je viens de te
parler, il ne les a pas : c'est une frime pour en
imposer au monde, une fanfaronade.... que
diantre, je t'ai expliqué cela pendant une
heure.....

CÉSARINE.

C'est trop fort pour moi, je m'y perds... mais
j'entends ma Maîtresse.

FLAMAND.

Ah ça, nous causerons encore aujourdhui ?...

CÉSARINE.

Oui, oui.... vas-t'en, voici Mademoiselle
Henriette. (*Flamand sort.*)

SCÈNE II.

HENRIETTE, CÉSARINE.

HENRIETTE.

CÉSARINE..... Vous étiez avec Flamand, je crois.

CÉSARINE.

Oui, Mademoiselle..... & nous parlions de son Maître.... il m'en disoit de jolies choses....

HENRIETTE.

Quoi donc ?

CÉSARINE.

Oh! j'en saurai ce soir davantage, & je vous en rendrai compte, Mademoiselle: Flamand est un bavard; je veux le questionner par exemple sur l'amie de son Maître, cette veuve si prude, si composée, qui met tant de blanc en disant toujours qu'elle n'a plus de prétensions.....

HENRIETTE, *souriant.*

Madame la Comtesse de Néflize?

CÉSARINE.

Juftement; M. le Chevalier, tout en fe mo-
quant d'elle, lui a fait faire connoiffance avec
Monfieur votre Oncle qui en raffole; mais
pour moi, je ne la puis fouffrir......

HENRIETTE.

Et par quelle raifon?

CÉSARINE.

On en dit tant de mal!.... & fur-tout de
fa liaifon avec M. le Chevalier .....

HENRIETTE.

Mais, fongez-vous que la Comtesse a trente-
cinq ans! ....

CÉSARINE.

Elle en a bien quarante, & c'est précisément
ce qui rend cela si vilain....

HENRIETTE.

Mais, quoi?

CÉSARINE.

Oh! je m'entends...... Je crois bien que
M. le Chevalier n'en est plus amoureux, &
qu'il vous trouve plus jolie qu'elle; mais on
dit qu'elle le gouverne entièrement, & qu'elle
est d'une méchanceté.....

HENRIETTE.

Faut-il croire, Césarine, tout ce qu'on dit?

CÉSARINE.

Mademoiselle, vous avez bien de l'esprit,
bien de la raison; cependant, vous ne seriez
pas la première fille prudente qu'un étourdi
eût attrapée; prenez garde à vous.... Tenez,
vous avez de la confiance en Madame la Marquise de Lurcé, elle vous aime, consultez-la;
je suis sûre qu'elle vous détournera d'un mariage
que tout le monde désapprouve..... Ah! justement, la voici....

HENRIETTE.

Allez, Césarine, laissez-nous.

CÉSARINE, *à part, en s'en allant.*

Ah, j'ai bien peur que l'amour ne l'emporte
sur la raison. (*Elle sort.*)

SCÈNE III.

HENRIETTE, LA MARQUISE.

LA MARQUISE.

JE vous cherchois, ma chère Henriette ; j'ai une nouvelle à vous apprendre : Volfain que vous eftimez, Volfain qui mériteroit un fentiment plus tendre, afpire à votre main, & vient de la demander à votre Oncle.....

HENRIETTE.

Grace au Ciel, je fuis fûre que mon Oncle ne me contraindra point.....

LA MARQUISE.

D'ailleurs, vous le favez, il penfe comme vous, & préfère le Chevalier de Semur à tout autre.

HENRIETTE.

Le Chevalier m'a recherchée dans un temps où j'étois abfolument fans fortune ; je ferois bien méprifable à mes propres yeux, fi l'événement

ment qui vient de changer mon fort pouvoit
affoiblir des fentimens d'autant plus chers à
mon cœur, qu'ils font fondés fur la reconnoiffance.

LA MARQUISE.

La reconnoiffance !.... & qui vous affure
que le Chevalier lui-même eût perfiflé dans fes
fentimens?.... Ses fermens?.... il en a trahi tant
d'autres !... Ses principes?... mais fa prétention eft de n'en point avoir.....

HENRIETTE.

Non, non, des accufations vagues & dé-
nuées de preuves ne détruiront point l'opinion
que m'a donnée de lui fa conduite.... Je l'ai vu
pendant fix mois tous les jours, & chaque inftant me découvroit en lui de nouvelles vertus....

LA MARQUISE.

Vous ne l'avez vu que dans une folitude, il
ne pouvoit y développer à vos yeux (d'ailleurs
trop prévenus pour être clairvoyans) les travers
& les vices qui le rendent indigne de vous.
Mais, examinez-le dans le grand monde ; afin

Pagination incorrecte — date incorrecte

NF Z 43-120-12

de diminuer la défiance que lui infpire votre
caractère, ayez l'air vous-même de perdre un
peu de cette délicateſſe qu'il a dû remarquer en
vous, paroiſſez moins auftère, il ceſſera bientôt de ſe contraindre, & vous pourrez apprendre à le connoître.

HENRIETTE.

J'ai déjà fuivi ce conſeil en plufieurs occa-
ſions, & je n'ai rien remarqué de nouveau.

LA MARQUISE.

Continuez, & vous verrez. Il faut peut-être,
pour le démaſquer entièrement, un peu de
temps & d'adreſſe ; il eſt fort imprudent, mais il
eſt bien conſeillé. La Comteſſe de Néſlize, cette
femme artificieuſe qui le gouverne ſi deſpoti-
quement, n'eſt ici que pour le conduire ; vous
voyez vous-même l'empire qu'elle a ſur lui :
par exemple, que dites-vous de cette liaiſon ?

HENRIETTE.

Quel qu'en ſoit le motif, elle ne peut m'alarmer ; elle étoit formée ſi long-temps avant que
je connuſſe le Chevalier.....

LA MARQUISE.

Cependant, vous n'ignorez pas que la Comtesse est aussi dangereuse que méprisable ; fausse, prude, intrigante, n'ayant nuls principes, parlant continuellement de la vertu ; n'aimant rien, & vantant sans cesse son extrême *sensibilité* ; sa conduite & ses discours, toujours en opposition, offrent éternellement le contraste le plus parfait & le plus révoltant.

HENRIETTE.

Le Chevalier, sans doute, s'abuse sur son caractère, & les égards qu'il conserve pour elle, lui donnent un droit de plus à mon estime....

LA MARQUISE.

Ah ! soyez sûre qu'il la connoît bien ; il ne l'aime point, il la méprise ; mais il la craint, il est foible, & se laisse maîtriser par elle.....

HENRIETTE.

Je suis frappée comme vous des défauts de la Comtesse ; j'ai d'ailleurs plusieurs raisons personnelles de me plaindre d'elle ; je vois clairement qu'elle me hait ; mais le Chevalier lui doit

Z ij

de la reconnoissance : vous êtes témoin de la manière active dont elle le sert, & cherche à le faire valoir ; elle a su gagner la confiance de mon Oncle, & c'est elle seule enfin qui a pu le déterminer entièrement en faveur du Chevalier.....

LA MARQUISE.

Oh ! je ne nierai pas qu'elle n'ait en effet toute l'activité que peut donner le goût le plus passionné pour l'intrigue..... Mais, à propos du Baron, avez-vous entendu parler de la chanson qu'on a faite sur lui?.....

HENRIETTE.

Sur mon Oncle? non.....

LA MARQUISE.

Elle est très-mordante.....

HENRIETTE.

Mais, que peut-on dire contre mon Oncle?

LA MARQUISE.

On ne peut attaquer sa probité ; mais on se moque de son ton, de ses manières, de sa crédulité ; on exagère l'enivrement que lui cause fa fortune; enfin, on le tourne en ridicule de la manière la plus piquante. J'ai des raifons de croire que cette méchanceté vient de la fociété du Chevalier; j'en foupçonne Dorval ou Sainville, fes amis intimes : mais, avant la fin du jour, je faurai à quoi m'en tenir. Qu'avez-vous, ma chère Henriette ? vous rêvez....

HENRIETTE.

Oui..... Je penfois qu'en vain on veut arracher de mon cœur un fentiment qu'il fe plaît à nourrir, & qu'il confervera toûjours.....

LA MARQUISE.

Je plains un aveuglement dont vous ferez la victime....

HENRIETTE.

Non; vous haïffez trop le Chevalier de Semur pour me perfuader..... tout-à-l'heure encore, vouloir me faire entendre qu'il a peut-être eu quelque part à cette méchanceté faite contre mon Oncle.....

LA MARQUISE.

Quoi ! cette Chanfon ? ...... Non, je ne crois

pas qu'il en foit l'auteur ; mais fi je l'apprenois, je n'en ferois point furprife....

HENRIETTE.

Ah ! c'en eft trop, Madame.

LA MARQUISE.

Je vois que j'ai pouffé trop loin le zèle ardent qu'infpire une amitié fincère. Adieu ; je vous laiffe à vos réflexions, & j'efpère qu'elles vous éclaireront fur votre injuftice & fur la pureté de mes motifs. (*Elle fort.*)

SCÈNE IV.

HENRIETTE, *feule.*

ELLE me quitte !.... J'aurois dû la retenir ; je connois fon amitié..... mais je ne pouvois fupporter un entretien fi pénible & fi cruel pour moi.... Dieu ! fi j'étois abufée par une aveugle & funefte prévention !.... S'il avoit en effet les vices, les travers qu'on lui attribue !.... Quelqu'un vient ; c'eft lui - même. Ah ! dans cet inftant, je ne fuis en état ni de lui parler, ni de l'entendre....

SCÈNE V.

HENRIETTE, LE CHEVALIER.

LE CHEVALIER.

EH quoi ! Mademoiselle, vous m'évitez ! ......

HENRIETTE.

Non.... mais.... j'ai besoin d'un peu de solitude.... & je vais la chercher.....

LE CHEVALIER.

Arrêtez.....

(La Comtesse paroît dans le fond du Théâtre.)

HENRIETTE.

Laissez-moi..... (*En voyant la Comtesse.*) D'ailleurs, quand je voudrois vous entretenir, je ne le pourrois en ce moment : la Comtesse vous cherche, & je crois que je ne serois pour vous deux qu'un tiers fort importun.... (*Elle sort.*)

LE CHEVALIER.

Que signifie ce caprice ?...... Il m'inquiète, malgré moi ; car je ne puis me dissimuler que je suis amoureux à perdre la tête ....

Z iv

SCÈNE VI.

LE CHEVALIER, LA COMTESSE.

LA COMTESSE.

EH bien ! que faites-vous donc là , Chevalier ?
& pourquoi cet air fombre & rêveur ? Vous
venez, j'imagine, de vous quereller avec Henriette ; elle paroiſſoit agitée en vous quittant.....

LE CHEVALIER.

Depuis quelque temps j'obſerve en elle un
changement viſible ; elle prend des caprices ,
de l'humeur ; elle ſe forme enfin....

LA COMTESSE, *ironiquement.*

Eh quoi ! n'auroit-elle plus pour vous cette
tendreſſe ſi délicate , dont ſes lettres vous ont
tant de fois répété l'aſſurance ?....

LE CHEVALIER.

A propos de ſes lettres, rendez-les moi
donc....

La Comtesse.

Elles font, je crois, auffi fûrement dans mes mains qu'entre les vôtres....

Le Chevalier.

Fort bien ; mais enfin elles s'adreffent à moi, & je n'aurois jamais dû peut-être fatisfaire à cet égard votre curiofité....

La Comtesse

Vous me faites beaucoup valoir une preuve de confiance que j'ai dû fur-tout à votre vanité.

Le Chevalier.

J'ai moins voulu vous montrer à quel point je fuis aimé, que vous faire connoître l'efprit, la délicateffe, & cette pureté d'ame fi rare & fi parfaite qu'Henriette, vous l'avouerez, poffède au fuprême degré....

La Comtesse.

Quel éloge !..... quelle exagération !..... & vous prétendez n'être point amoureux ?.....

Le Chevalier.

Oui...... mais je fuis jufte......

LA COMTESSE.

Premièrement, je soutiens qu'elle a très-peu d'esprit ; ses lettres sont d'une insipidité !.....
Enfin, ce soir je vous rendrai ce précieux tréfor !.....

SCÈNE VII.

LE CHEVALIER, LA COMTESSE, SAINVILLE, DORVAL : *ils entrent en riant.*

DORVAL.

AH ! charmant, charmant.

LE CHEVALIER.

Voici Dorval & Sainville en brillante disposition !....

SAINVILLE.

Très-gai, très-gai !.... (*Il chante :*

Va-t-en voir s'ils viennent, Jean,
Va-t-en voir s'ils viennent.)

LA COMTESSE.

Ah ! je fuis au fait ; vous chantez le couplet du Baron....

SAINVILLE.

Précisément ; Dorval ne le connoissoit pas,
& je viens de le lui apprendre.....

LA COMTESSE.

Il est fort drôle, il faut l'avouer.....

SAINVILLE.

Très-gai, très-gai..... &.... vous savez quel
en est l'auteur ?

LA COMTESSE.

Moi ! .... non.

SAINVILLE, *montrant le Chevalier.*

J'ai l'honneur de vous le présenter.

LA COMTESSE.

Comment ! le Chevalier ?

LE CHEVALIER.

Il est vrai, je me suis permis cette *petite
saillie de gaieté.*

LA COMTESSE.

Ah ! l'horreur !.....

LE CHEVALIER, *chantant.*

Va t'en voir s'ils viennent, Jean,
Va t'en voir s'ils viennent.

LA COMTESSE.

Non, ce procédé me révolte....... je ne puis
vous le dissimuler.

LE CHEVALIER, *chantant.*

Va t'en voir s'ils viennent, Jean,
Va t'en voir s'ils viennent.

DORVAL.

Ah, ah, ah .... il est véritablement charmant!....

SAINVILLE.

On n'est pas plus aimable que cela !....

LE CHEVALIER.

La Comtesse me boude, & très - sérieusement !....

LA COMTESSE.

Vous me surprenez toujours ....

LE CHEVALIER.

Quel conte ! Il y a si long-temps que nous

nous connoissions !... & je me montre tel que je suis : je ne condamne point ce qui me paroît au fond très-indifférent ; je n'affiche point une indignation que je n'éprouve pas ; je n'ai point l'air de tenir aux préjugés que j'ai secoués ; enfin, je n'ai dans le caractère aucune espèce de pruderie....

SAINVILLE, *à part à Dorval.*

Excellent, excellent ! ....

LE CHEVALIER, *à la Comtesse.*

Allons, allons, faisons la paix.... & quoique le Baron soit amoureux de vous, convenez que la Chanson le peint assez bien.

SAINVILLE.

Oh ! elle est ravissante !.... Mais, Chevalier, il n'est pas possible que ce soit-là votre coup d'essai ?....

DORVAL.

Il a de tout temps excellé dans ce genre......
Je connois de lui trente épigrammes, plus piquantes les unes que les autres.....

LE CHEVALIER.

Je vous assure aussi qu'on m'en a bien attribuées que je n'ai jamais faites.....

LA COMTESSE.

Mais celle qui courut l'année passée sur Dorimène?....

LE CHEVALIER.

Ah! elle étoit de moi.....

DORVAL.

Et le sonnet sur Cléon?....

LE CHEVALIER.

De moi encore....... Je ne sais comment tout cela s'est fait; car, au vrai, je ne suis pas méchant....

SAINVILLE, *en riant.*

Oh, pas le moins du monde.....

LE CHEVALIER.

Non, plaisanterie à part, je ne le suis point..... je n'ai guères fait d'épigrammes de gaieté de cœur, & ne m'en suis permis que contre les gens dont j'avois à me plaindre.....

SAINVILLE.

Que t'avoit donc fait Cléon ?.....

LE CHEVALIER.

Oh, pour celui-là, j'ai eu tort, j'en conviens ingénuement.....

LA COMTESSE.

Voilà une ingénuité bien touchante !....

LE CHEVALIER.

Oui, j'eus tort ; je ne le connoissois même pas de vue, & j'avoue que je l'accusai un peu légèrement d'être poltron & fripon au jeu ; cependant, cela étoit assez reçu, & je ne fis que confirmer l'opinion publique..... enfin, il en est mort, à ce qu'on prétend......

SAINVILLE.

Comment ! mort ?.....

LE CHEVALIER.

Il avoit le cœur tendre & l'esprit foible ; quand ce diable de sonnet parut, il étoit au moment d'épouser sa maîtresse, qui, ne cher-chant apparemment qu'un prétexte pour rom-

pre, se mit à croire tout ce que disoit le sonnet,
& chassa honteusement l'infortuné Cléon.
Après cet accident, il se retira du monde,
tomba en consomption, & mourut. C'est
prendre les choses au tragique, vous en conviendrez ; & l'on ne s'attend pas à trouver
un homme susceptible & pointilleux à cet excès..... je n'ai que ce seul tort à me reprocher.....
& peut-être l'épigramme contre Dorimène ; je
n'avois, il est vrai, nulle raison de la haïr ; mais
elle étoit alors livrée à une société que la nôtre
ne pouvoit souffrir ; & l'esprit de parti, vous le
savez, a de tout temps autorisé & suffisamment
motivé les injures les plus grossières & les plus
mauvais procédés......

SAINVILLE.

Et ce certain portrait en prose que vous
m'avez lu la semaine passée, & qui est si frap-
pant, si mordant....

DORVAL.

Oui, de Mondor avec qui nous vivons tous....

LE

'LE CHEVALIER.

Et même que j'aime beaucoup.... Véritablement je ne l'ai pas peint en beau, & je l'ai
montré tel qu'il est..... mais c'est un hommage
que j'ai cru devoir à la vérité.... Oui, *l'amour
du vrai* m'a emporté.... Tant de gens, tant d'Au-
teurs se sont avec succès servis de cette excuse
pour débiter tout ce qui leur passoit par la tête!...

LA COMTESSE.

Et cette dernière Chanson contre le Baron?...

LE CHEVALIER.

Oh, je fus entraîné par mon sujet....

DORVAL.

Grace, grace pour celle-là; car c'est sans
contredit ce qu'il a fait de meilleur.

LE CHEVALIER.

D'ailleurs, en vérité, je le loue, l'approuve
& le flatte assez depuis un an, pour avoir acquis
le droit de me moquer de lui un quart-d'heure
tout au plus que j'ai employé à faire ce couplet.

LA COMTESSE.

Mais favez-vous que s'il apprenoit que vous en êtes l'auteur, il ne vous le pardonneroit jamais.

DORVAL.

Bon, quand on le lui diroit.... à moins, Madame, que cet avertiffement ne vînt de vous, il ne pourroit le croire ; il eft fi perfuadé que le Chevalier eft un de fes plus grands admirateurs ! ....

LE CHEVALIER, *en riant..*

Et d'ailleurs, il connoît fi bien toute ma bonhommie ? .... Je ne plaifante point.... Il m'a étudié avec foin, & il a pénétré, ce que vous autres efprits fuperficiels n'avez pu découvrir ; en un mot, il voit clairement que je fuis trop bon, trop crédule, &.... même romanefque....

DORVAL.

Romanefque, me fait plaifir ! .....

SAINVILLE.

Oui..... romanefque eft *précieux* ! .....

LA COMTESSE.

Il est vrai qu'il se pique sur-tout *de se connoî-*
tre en hommes ; vous voyez combien cette prétention est fondée !.....

DORVAL.

Et celle de surprendre & la Ville & la
Cour par sa magnificence, ses manières, son
aisance !.....

LE CHEVALIER.

Oui, Messieurs, c'est un vieux Seigneur qui
a toute la galanterie & toute la politesse de
l'ancienne Cour, quoiqu'il n'y ait jamais vécu...

LA COMTESSE.

Le pauvre homme, il est bien ridicule ! ....
on se moque aussi de sa Nièce ; pour moi, j'ai
vu cent Provinciales plus remarquables.... Je
voudrois seulement qu'elle prît un Maître à
danser, car elle a une étrange façon de se présenter dans une chambre......

LE CHEVALIER.

Doucement, je vous prie ; respectez, s'il vous

plaît, *mon sentiment* pour elle, & songez que les grandes passions méritent toujours des ménagemens.....

SAINVILLE.

Plaisanterie à part, elle est fort agréable ; mais, a-t-elle de l'esprit ?......

DORVAL, *en riant.*

Je parie que le Chevalier nous dira cela tout aussi franchement que s'il n'étoit pas amoureux.......

SAINVILLE.

Oui, oui, je crois en effet que la passion ne l'aveugle point . . . .

LA COMTESSE.

Eh bien, Chevalier ?

LE CHEVALIER, *avec une fatuité de plaisanterie.*

Mais.... Henriette est une jeune personne d'un jugement sûr, d'un très-bon goût......

LA COMTESSE.

Ah ! sûrement ; puisqu'elle vous donne la préférence, elle a prouvé son discernement ; mais son esprit ? ....

LE CHEVALIER.

Vous me pouffez beaucoup....

DORVAL.

Que de façons !.... Réponds donc.

LE CHEVALIER.

Eh bien..... Henriette a des yeux fi expreffifs, une fraîcheur fi vive, un cœur fi tendre, qu'un Amant peut bien lui pardonner un petit défaut, fi commun d'ailleurs....

LA COMTESSE.

Celui de manquer d'efprit, n'eft - ce pas? Vous m'étonnez, Chevalier; il me femble qu'aujourd'hui même vous m'avez dit le contraire; vous avez changé d'opinion en bien peu de temps.... Mais il eft deux heures, & l'on nous attend fûrement pour dîner..... Venez-vous ? .....

LE CHEVALIER.

Je vous fuis....

(*La Comteffe fort.*)

A a iij

SAINVILLE.

Chevalier, allez-vous ce foir à Paris?

LE CHEVALIER.

J'ai promis de refter ici.... Mais, où foupez-
vous?

SAINVILLE.

A la Barrière blanche.

LE CHEVALIER.

Ah! comptez fur moi.....

DORVAL, *au Chevalier.*

Ne le promets donc pas....

SAINVILLE.

Dorval a raifon, & te connoît affez bien.....

LE CHEVALIER.

Oui, pas mal...... Allons dîner, allons.
(*Ils fortent.*)

Fin du premier Acte.

ACTE II.

SCÈNE PREMIÈRE.
LE BARON, HENRIETTE.

LE BARON.

Oui, Volfain m'a demandé votre main ; & j'ai répondu que je vous laiſſois maîtreſſe abſolue de votre ſort....

HENRIETTE.

Volfain a beaucoup de vertus ; mais je vous avoue, mon Oncle, que je n'ai pour lui nulle inclination.....

LE BARON.

J'ai étudié ſon caractère, & n'en ai pas une merveilleuſe opinion ; il eſt pédant & ſournois, ſur ma parole.... Mais, un bon enfant, c'eſt le Chevalier de Sémur, ſimple, ingénu ; la meilleure créature !.... D'ailleurs, la Comteſſe, qui le connoît depuis ſi long-temps, m'en a conté

A a iv

des traits charmans.... A propos de la Comtesse, je desirerois, Henriette, vous voir liée
davantage avec elle; c'est une femme d'un rare
mérite.....

HENRIETTE.

Elle me témoigne tant de froideur.....

LE BARON.

Non, soyez sûre qu'elle a beaucoup d'amitié
pour vous : elle en a une si véritable pour moi !
c'est une excellente femme, remplie de principes, de délicatesse..... & bien capable de
donner d'utiles conseils à une jeune personne
qui débute dans le monde..... De quoi riez-
vous ?....

HENRIETTE.

Mais.....

LE BARON.

Je parie qu'on vous a prévenue contre-elle ?

HENRIETTE.

Non, mon Oncle, je vous assûre.....

LE BARON.

Eh, mon Dieu ! on m'en a voulu dire du

mal à moi qui vous parle; on m'a fait entendre, par exemple, qu'elle est fauſſe; & il n'exiſte peut-être pas au monde une femme plus franche & plus naturelle: vous pouvez m'en croire, j'ai de bons yeux, & comme le dit fort bien la Comteſſe, il ne me faut pas beaucoup de temps pour connoître à fond les gens à qui j'ai affaire. Mais je vois Volſain, il vous cherche ſans doute; expliquez-vous librement avec lui, ma chère Henriette; & ſi votre cœur vous parle en faveur du Chevalier, écoutez-le ſans balancer; car vous ne pouvez faire un choix plus raiſonnable. (*Il ſort.*)

SCÈNE II.

HENRIETTE, VOLSAIN.

HENRIETTE, *à part.*

QUE ne puis-je éviter un ſi fâcheux entretien!

VOLSAIN.

Oſerois-je eſpérer, Mademoiſelle, que vous daignerez m'entendre un moment?

HENRIETTE.

Je fuis inftruite par mon Oncle de vos fentimens, ils m'honorent; mais je n'y puis répondre.....

VOLSAIN.

Eh quoi, le temps, une paffion fi vraie.....

HENRIETTE.

Non, Monfieur, je vous abuferois fi je vous
laiffois la plus légère efpérance....

VOLSAIN.

Une feule chofe peut me l'ôter.... Pardonnez,
Mademoifelle, une queftion peut-être indif-
crette....... Seroit-il vrai que le Chevalier de
Semur ?....

HENRIETTE.

Je vous eftime affez pour vous répondre avec
franchife. Le Chevalier de Semur a pour lui le
choix & l'amitié d'un Oncle à qui je dois tout....

VOLSAIN.

Ah..... c'eft m'en dire affez !..... Il fuffit.....
Puiffiez-vous être heureufe; puiffe l'Amant qui

m'eſt préféré, ſentir, comme il le doit, l'excès de ſa félicité !.....

HENRIETTE.

Je ſais qu'il a beaucoup d'ennemis, & qu'on le croit léger & peu ſenſible.... mais je le connois, & je ſuis ſans inquiétude....

VOLSAIN.

Que voulez-vous dire, Mademoiſelle ?.... penſez-vous que mon deſſein ſoit de lui nuire auprès de vous ?.... Ah ! ſans doute, il m'enlève toute eſpérance de bonheur : cependant ma douleur ne me rend point injuſte. Je l'ai connu jadis ; à notre entrée dans le monde nous étions même aſſez liés : il avoit de l'eſprit, un cœur excellent, & le germe heureux de mille vertus. Depuis j'ai voyagé ; & le trouvant à mon retour engagé dans de nouvelles ſociétés, j'ai ceſſé de le voir ; mais j'ai conſervé de lui un ſouvenir, qui, je dois l'avouer, ne juſtifie que trop à mes yeux & vos ſentimens & votre choix.

HENRIETTE, *avec attendriſſement.*

Ah ! Monſieur, que votre généroſité me

touche & me pénétre!.... combien elle accroît mon estime pour vous !....

VOLSAIN.

Pour la première fois, je parviens à vous plaire un moment; & ce bonheur si doux, je n'ai pu l'obtenir qu'en louant mon rival !..... Adieu, Mademoiselle; je ne veux pas vous importuner plus long-temps, & je pars dans l'instant pour Paris..... (*Il fait quelques pas pour s'en aller.*)

SCÈNE III.

HENRIETTE, VOLSAIN, LA MARQUISE.

LA MARQUISE.

Ou donc allez-vous, Volsain?

VOLSAIN.

A Paris.......

LA MARQUISE.

Comment ! à Paris? vous moquez-vous?

ne m'avez-vous pas promis de me ramener demain matin ?

VOLSAIN.

Il est vrai ; mais.....

LA MARQUISE.

Je ne vous dégage point du tout de votre promesse.....

VOLSAIN.

Je la tiendrai donc, Madame ; vous pouvez y compter. (*Il sort.*)

SCÈNE IV.

LA MARQUISE, HENRIETTE.

HENRIETTE.

IL étoit assez inutile de le retenir.....

LA MARQUISE.

Pourquoi ?.... il peut arriver tant de choses dans l'espace d'un jour !.... Ah ça, ma chère Henriette, depuis notre petite querelle, vous m'avez encore demandé de vous parler avec ma

franchife ordinaire ; je vous l'ai promis, l'occafion s'en préfente de nouveau ; voyez, faites
bien vos réflexions : ce que j'ai à vous dire vous
déplaira fûrement.....

HENRIETTE.

N'importe ; expliquez-vous, je vous en conjure.....

LA MARQUISE.

Vous allez vous fâcher, je parierois......

HENRIETTE.

Mais au fait......

LA MARQUISE.

Ce couplet fait fur votre Oncle.... Je fais à
préfent quel en eft l'auteur......

HENRIETTE, *avec ironie.*

Le Chevalier de Semur, fans doute......

LA MARQUISE.

En plaifantant, vous avez dit l'exacte vérité......

HENRIETTE.

Voilà bien la plus abominable & la plus
abfurde calomnie !......

LA MARQUISE, *en souriant.*

Si c'en est une, elle n'est point de moi......
mais je puis vous assurer, qu'une personne très-
digne de foi vient de me dire dans l'instant,
qu'elle avoit entendu le Chevalier de Semur
lui-même se vanter de cette gentillesse.......

HENRIETTE.

Cette personne vous a fait le mensonge le
plus noir & le plus dépourvu de vraisemblance.......

LA MARQUISE.

Ne vous emportez pas; &, de grace, écoutez-
moi jusqu'au bout..... Croiriez-vous le Chevalier de Semur, si lui-même vous faisoit cet
aveu?..... Vous hauffez les épaules; mais je
parle très-sérieusement : si vous suivez mes
conseils, si vous louez adroitement la chanson,
si vous piquez avec art l'amour propre de son
auteur, il se nommera, j'en suis sûre.......

HENRIETTE.

Est-il possible que vous puissiez vous persuader !.....

LA MARQUISE.

Mais, faites cette épreuve; fi elle ne réuffit pas comme je l'imagine, j'avouerai que la plus injufte prévention m'abufoit..... que rifquez-vous ? & pourquoi balancer ?.....

HENRIETTE.

Moi! j'y confens avec joie; je fuis trop sûre de l'événement, pour éprouver un feul inftant de crainte.

LA MARQUISE.

Je fuis fatisfaite....... Ah! juftement, le hafard nous l'envoye à propos.......

HENRIETTE, *troublée.*

Quoi! le Chevalier ?

LA MARQUISE.

Oui, le voici. Comment! vous tremblez!... mais, paix, il s'avance; fecondez-moi bien, prêtez-vous feulement aux rufes que je vais employer, c'eft tout ce que je vous demande: d'abord, ayons l'air de chanter le couplet à demi-bas..... (*Elle tire de fa poche un papier; & chante entre fes dents.*)

SCÈNE

SCÈNE V.

HENRIETTE, LA MARQUISE,
LE CHEVALIER, *dans le fond du
Théâtre.*

LE CHEVALIER.

ELLES lifent !.... Mais elles chantent, je
crois !.....

LA MARQUISE, *bas à Henriette.*

Chantez-donc auffi..... (*Elles chantent
enfemble.*)

> Va-t-en voir s'ils viennent, Jean,
> Va-t-en voir s'ils viennent.

LE CHEVALIER, *à part.*

Comment donc ! ma chanfon !.....

LA MARQUISE, *riant aux éclats.*

Ah, ah, ah, ah, qu'elle eft drôle !.... (*Bas.*)
Riez donc.

HENRIETTE, *bas.*

Oh, cela, je ne puis !.....

Tome II. Bb

LE CHEVALIER, *s'approchant.*

Eh mon Dieu ! Mefdames, quelle gaieté !.....

LA MARQUISE.

C'eft mon tour à préfent; mais fi vous étiez arrivé plus tôt, vous auriez vu Henriette faire des éclats de rire véritablement immodérés !....

HENRIETTE.

Il eft vrai....

LE CHEVALIER.

Et fi je devinois le fujet.....

LA MARQUISE.

Quoi, de notre gaieté ? oh ! je vous en défie...

LE CHEVALIER.

Mais enfin, fi j'y parviens.... en conviendrez-vous.

LA MARQUISE.

Tenez, vous embarraffez déjà Henriette, elle craint votre pénétration; voyez comme elle rougit.....

LE CHEVALIER.

Comment, douteroit-elle de ma difcrétion ?

LA MARQUISE.

Oh non, certainement...... elle vous le diroit
si je n'étois pas là ; ainsi, tout ce mystère n'a
pas le sens commun..... Quand vous êtes
arrivé, nous chantions un certain couplet, que
vous connoissez sûrement....

LE CHEVALIER, *en souriant.*

Oui..... un peu....

LA MARQUISE.

Au reste, il n'est point du tout méchant....

LE CHEVALIER.

Il n'est que gai.....

LA MARQUISE.

Il y a bien quinze ans qu'on n'a fait une
aussi jolie chanson..... (*bas à Henriette.*) Dites
donc quelque chose....

HENRIETTE.

Je la loue à regret ; mais, il m'est impossible
de ne pas convenir qu'elle est charmante.....

LA MARQUISE.

D'un ton excellent !.... Une tournure si
piquante, si spirituelle.....

HENRIETTE.

Une grace..... véritablement particulière....

LA MARQUISE.

On m'a dit qu'elle étoit de l'auteur de la pièce nouvelle qu'on donne aujourd'hui....

HENRIETTE.

Je n'en crois rien ; il n'a jamais rien fait dans ce genre....

LA MARQUISE.

Oh non, il n'a pas affez d'efprit pour cela...

LE CHEVALIER.

Au ton de la chanfon, je parierois que c'eft l'ouvrage d'un homme du monde....

HENRIETTE.

Fi donc, quelle idée ?....

LA MARQUISE.

Elle a raifon, les vers font trop bien faits..... trop exacts....

LE CHEVALIER.

Cependant....

LA MARQUISE.

Comment !.... quelle mine vous faites, Chevalier... Ah ! j'en suis sure, il connoît l'Auteur... A présent vous n'aurez pas un instant de repos que vous ne nous l'ayez nommé ; Henriette, joignez-vous à moi......

HENRIETTE.

Volontiers.......

LE CHEVALIER.

Mais quelle folie !..... en vérité.... j'ignore...

LA MARQUISE.

Non, non, vous êtes instruit, je le vois clairement.... parlez-nous franchement...... Entre nous, cette confidence ne peut être dangereuse ; d'ailleurs cette chanson n'est au fond qu'une plaisanterie fort innocente, ainsi vous ne compromettrez point l'auteur en le nommant...... Allons, allons, répondez nous, est-ce Dorval ?

LE CHEVALIER.

Dorval, faire des vers !.....

LA MARQUISE.

C'eſt donc Sainville.

LE CHEVALIER.

Pas davantage....

HENRIETTE, *à part.*

Ah ! que je crains que la Marquiſe n'ait eu raiſon !....

LA MARQUISE.

Enfin, c'eſt. . . .

LE CHEVALIER.

Écoutez , je vais ſatisfaire votre curioſité; mais il faut auparavant que Mademoiſelle n'aſſure que cet aveu ne lui donnera pas une opinion déſavantageuſe du caractère de l'Auteur.....

LA MARQUISE.

Mais, vous croyez donc qu'Henriette eſt bien prude, bien provinciale.

HENRIETTE, *à part.*

Je ſuis au ſupplice !

LA MARQUISE.

Avec toutes vos façons vous l'impatientez....

LE CHEVALIER.

Eh bien! qu'elle m'ordonne de parler?

HENRIETTE.

Moi, Monsieur?..... en vérité, je n'ai plus à cet égard la moindre curiosité.....

LA MARQUISE.

Vous l'entendez, elle est piquée.....

LE CHEVALIER.

Vous le voulez..... L'Auteur.

HENRIETTE, *faisant quelques pas pour s'en aller.*

Il suffit..... Je n'en veux pas entendre davantage......

LE CHEVALIER, *la retenant par sa robe.*

Arrêtez........

LA MARQUISE.

Elle est réellement fâchée... Aussi vous vous êtes trop fait prier.....

LE CHEVALIER.

Ah! j'allois le lui dire.....

LA MARQUISE.

Finiſſez donc..... (*Henriette fait un mou-*
vement.)

LA MARQUISE.

Elle va vous échapper encore.

LE CHEVALIER.

Eh! c'eſt moi, c'eſt moi...

HENRIETTE, *à part.*

Ah Dieu!

LA MARQUISE.

Réellement! l'Auteur de la chanſon?....

LE CHEVALIER.

C'eſt moi, c'eſt moi..... êtes-vous contente,
Mademoiſelle, & m'allez-vous bouder encore?..

HENRIETTE.

Quoi, ſe peut-il!.....

LA MARQUISE, *en riant.*

Comment, c'eſt vous!..... Ah! vous êtes
une charmante créature......

HENRIETTE, *à part.*

Je ſuis outrée!....

LE CHEVALIER.

Je me permis cette plaisanterie à un souper chez Sainville, entre gens sûrs... On fit des couplets, celui-ci m'échappa, & malgré moi cet impromptu s'est répandu, & a fait fortune ....

(*Un Laquais survenant au Chevalier.*)

M. le Baron vous demande, Monsieur, pour jouer au billard......

HENRIETTE.

Allez, Monsieur, ne le faites point attendre.

LE CHEVALIER, *à Henriette.*

Vous n'êtes plus, j'espère, fâchée contre moi.

HENRIETTE.

Pourriez-vous le croire? ....

LE CHEVALIER.

Ah! sûrement, lorsqu'on a votre esprit, on ne peut prendre un badinage pour une méchanceté.....

HENRIETTE.

Allez donc, Monsieur, retrouver mon Oncle.......

LE CHEVALIER.

J'y vais;.... mais de grace, que je puisse ce soir vous entretenir un instant.....

HENRIETTE.

Oui, oui, mais allez sans différer davantage.....

LE CHEVALIER.

J'obéis à vos ordres; cependant qu'ils sont durs lorsqu'ils m'éloignent de vous! (*Il lui baise la main & sort.*)

SCÈNE VI.

LA MARQUISE, HENRIETTE.

HENRIETTE.

LE monstre!....

LA MARQUISE.

Eh bien! vous avois-je trompée?......

HENRIETTE.

Vous venez de me rendre un bien grand service, car j'espère que vous me connoissez affez pour être certaine à préfent, que je le hais.... que du moins je le méprife trop pour ne pas abjurer à jamais tous les fentimens que j'eus pour lui.....

LA MARQUISE.

Ah!.... j'aimerois mieux vous voir une colère moins vive, une indignation plus tranquille....

HENRIETTE.

Je le détefte, vous dis-je...... oui..... un inftant de plus, & j'éclatois;.... mais je me fuis défiée de mon premier mouvement, j'ai voulu me donner le temps de réfléchir à la manière dont je dois me venger de tant de noirceur, de perfidie, de fatuité.... Pour la première fois de ma vie, j'ai compris que la vengeance pouvoit avoir des charmes !.....

LA MARQUISE.

Eh, ne vous vengez que par l'oubli !....

HENRIETTE.

Il eft forti fans fe douter feulement qu'il m'eût offenfée !...

LA MARQUISE.

Enivré de fon fuccès, & de fa prétendue gloire, il eft perfuadé, je vous affure, qu'il vient de s'acquérir un droit de plus à votre ten- dreffe.... Vous avez vu avec quelle facilité il a fait l'aveu qu'il fe perdoit auprès de vous ; aveu que j'aurois même obtenu plus tôt, fi vous m'euffiez mieux fecondée...

HENRIETTE.

Depuis une heure, que mon fort eft changé !... quelle douce illufion vous avez détruite !..... quel plaifir trouviez-vous à me défefpérer ?

LA MARQUISE.

Comment ?.....

HENRIETTE.

Mon erreur me rendoit heureufe ; pour- quoi me la ravir ?..... Vous deviez prévoir que vous ne pouviez que déchirer mon cœur, & non le guérir..... Penfez - vous même m'avoir entièrement défabufée ? Non, je ne le fuis point, je ne veux pas l'être...... (*Elle tombe fur une chaife*) Épargnez-moi vos confeils, abandonnez-moi à ma trifte deftinée.

LA MARQUISE.

O malheureufe Henriette ! voyez les pleurs que vous m'arrachez......

HENRIETTE.

Ah ! Madame..... quel excès de foibleffe je viens de vous laiffer voir !....

LA MARQUISE.

Une ame fi fenfible pourroit-elle fe refufer aux douces confolations que fait offrir l'amitié?...

HENRIETTE.

Hélas !.... penfez-vous que fon cœur foit entièrement corrompu ? ....

LA MARQUISE.

Il n'eft pas né méchant, on l'affure, & je le crois; mais à quoi peut fervir le feul inftinct d'un heureux naturel, lorfqu'on a l'efprit affez gâté pour n'ofer paroître fenfible & bon, & pour trouver la vertu ridicule?....,

HENRIETTE.

Eſt-il poſſible, ô Ciel, qu'un ſemblable caractère puiſſe exiſter !....

LA MARQUISE.

Et cependant, les méchans par air ſont auſſi communs aujourd'hui que l'étoient autrefois les faux dévots. . . .

HENRIETTE.

Je ne veux point chercher à diminuer les torts affreux du Chevalier de Sémur ; mais il eſt peut-être plus excuſable qu'un autre ; il eſt foible & facile, il forma des liaiſons dange-reuſes, & ſans parler de ſes deux amis, Dorval & Sainville, pouvoit-il conſerver tous ſes principes en s'attachant à la Comteſſe ?..... Plus il étoit ſincère & naturel, plus il devoit être choqué de tant d'affectation, excédé d'enten-dre répeter ſans ceſſe l'éloge de la *bienfaiſance*, de *la vertu*, & de la *ſenſibilité*, par une perſonne d'un caractère ſemblable ; le mépris de l'hypocriſie le fit tomber dans l'extrêmité con-traire ; égarement, j'en conviens, auſſi vicieux

& plus abfurde encore que celui qu'il vouloit
éviter ; mais qui du moins prenoit fa fource
dans cette noble averfion qu'une ame honnête
reffent toujours pour l'artifice & la fauffeté.

LA MARQUISE.

Tout cela eft vraifemblable ; mais enfin,
le mal eft fait, & fongez, Henriette, qu'il eft
peut-être moins difficile de déraciner les vices
du cœur, que de corriger les travers de l'efprit.

HENRIETTE.

Plus j'y penfe, plus je le trouve coupable
d'avoir fait cette chanfon ..... contre mon Oncle, contre une perfonne qui m'eft fi chère, &
qu'il paroît aimer !.... Cependant, il n'attaque,
de votre aveu même, ni fa réputation, ni.....
le fond de fon caractère ! ..... Cette action fûrement eft très-condamnable,..... elle eft crimi-
nelle à mes yeux ;..... mais elle n'eft pas atroce...
elle n'eft même pas noire..... Je fuis fûre qu'il
pardonneroit de tout fon cœur une femblable plaifanterie, & qu'il en riroit le premier...

LA MARQUISE.

Oui, si l'on n'attaquoit que son honneur ; mais pour un ridicule, il n'entendroit pas raillerie.....

HENRIETTE.

Enfin..... je vous l'avoue, je ne puis me persuader encore, qu'il soit impossible de le ramener de ses égaremens ......

LA MARQUISE.

Il n'est donc plus *un monstre ?* c'est ainsi, pourtant, que vous l'appelliez tout-à-l'heure....

HENRIETTE.

Il est foible, inconséquent, léger.... mais il est sensible..... Et, par exemple, je le crois incapable de faire une noirceur.... Au reste, je le connois assez maintenant pour être dans une juste défiance ; je vous promets de l'étudier, de l'observer & de l'éprouver encore ; & croyez que j'ai trop d'intérêt à ne pas m'abuser davantage, pour chercher à me faire illusion.

A

LA MARQUISE.

Je connois votre raison & votre délicatesse ;
& j'estimerai en vous jusqu'à la peine que vous
éprouverez en renonçant à un engagement
qu'on ne doit ni former avec facilité, ni rompre
légèrement. Mais allons retrouver votre Oncle ;
car voici l'heure de la promenade : venez, ma
chère Henriette....

HENRIETTE.

Allons, & cachons s'il se peut la cruelle agitation de mon ame.... (*Elles sortent.*)

Fin du second Acte.

ACTE III.

SCÈNE PREMIÈRE.
HENRIETTE, VOLSAIN.

VOLSAIN.

Non , Mademoiselle , ce n'eſt point mon intérêt perſonnel qui me fait deſirer un moment d'entretien , c'eſt le vôtre; je vois que vous êtes agitée, que vous ſouffrez.... & .... oſerois-je vous le dire ? je crois ſavoir ce qui vous afflige....

HENRIETTE.

Non , la Marquiſe ſeule auroit pu vous en inſtruire , vous ne l'avez point vue en particulier , depuis le dîner, puiſqu'elle ne m'a pas quittée ; ainſi.....

VOLSAIN.

Je ne ſais rien par elle, il eſt vrai ; mais la profonde triſteſſe où vous êtes plongée , m'a fait aiſément deviner la vérité..... Parlons ſans détour, j'ai appris aujourd'hui que quelques personnes ont accusé le Chevalier de Sémur d'avoir fait une méchanceté qui devroit en effet vous être bien sensible....

HENRIETTE.

Je vous avoue, Monsieur, qu'il me semble que vous deviez moins que tout autre me parler de cette histoire....

VOLSAIN.

Je ne vous en parle, Mademoiselle, que pour justifier mon rival.....

HENRIETTE.

Le justifier !.....

VOLSAIN.

Que m'importe de le servir en vous éclairant, si je puis dissiper votre peine, & du moins obtenir votre estime.....

HENRIETTE.

De grace, expliquez-vous, Monsieur.

VOLSAIN.

Ce Vaudeville que la calomnie attribue au Chevalier de Sémur.....

HENRIETTE.

Eh bien.....

VOLSAIN.

Il n'eſt point de lui....

HENRIETTE.

Si c'eſt-là, Monſieur, tout ce que vous aviez à me dire, nous pouvons terminer cette converſation.....

VOLSAIN.

Vous ne me croyez point ?... je n'imaginois pas que vous fuſliez prévenue à cet excès !.... Je vous le répéte, Mademoiſelle, le Chevalier de Sémur n'eſt point l'auteur de cette Chanſon, & j'en ai la preuve inconteſtable.....

HENRIETTE.

Cette prétendue preuve ne peut être que chimérique..... Ne me retenez plus je vous en prie.

VOLSAIN.

Un moment... quoi qu'il puiſſe m'en coûter, je dois vous déſabuſer..... Enfin, Mademoiſelle, cette Chanſon n'eſt point nouvelle; il y a plus

de trente ans qu'elle fut faite contre un certain Baron, dont le nom se trouve imprimé dans ce livre à la tête du couplet : tenez, lisez.....
(*Il tire un livre de sa poche & le lui donne.*)

HENRIETTE.

Seroit-il possible, ô Ciel !....

VOLSAIN.

Lisez, lisez, Mademoiselle, & calmez-vous..... On m'avoit dit hier que le Chevalier avoit fait ce couplet ; je n'en crus rien. Je priai un homme de lettres de mes amis de tâcher d'en découvrir l'auteur ; & il vient de m'envoyer ce Recueil de Chansons, qui est devenu assez rare ; & que, sans doute, le Chevalier ne connoit pas ; ainsi le hasard m'a fourni l'occasion de le justifier à vos yeux, mieux peut-être qu'il ne l'auroit pu lui-même.

HENRIETTE, *à part.*

Il est donc aussi fat, aussi menteur que méchant ! ah ! grand Dieu !..... (*Haut.*) Je n'oublierai de ma vie, Monsieur, la générosité que vous venez de me montrer ; & je souhaite, pour votre bonheur, que toutes les preuves que vous en pourrez donner encore à l'avenir, ne fassent jamais plus de tort à vos intérêts personnels......

VOLSAIN.

Que signifie ce discours & cette cruelle ironie ?......

HENRIETTE.

Le temps vous fera connoître que je ne parle que trop sérieusement ; mais j'apperçois la Comtesse : Adieu ; de grace ne me suivez point. (*Elle sort.*)

VOLSAIN.

Hélas !..... que dois-je penser ?.....

SCÈNE II.

VOLSAIN, LA COMTESSE.

LA COMTESSE.

EH mon Dieu! Volsain, que disiez-vous donc à Henriette ? elle a l'air bien attendrie, bien émue !.....

VOLSAIN, *rêvant toujours sans répondre*
à la Comtesse.

Allons la retrouver; il faut la faire expliquer; je ne puis supporter cette pénible incertitude!..... (*Il sort.*)

LA COMTESSE.

Elle pleurait ...... Volsain paroît hors de
lui .... certainement ils sont d'intelligence .....

SCÈNE III.

LA COMTESSE, LE CHEVALIER.

LA COMTESSE.

VENEZ, venez, Chevalier; j'ai une assez
plaisante nouvelle à vous apprendre : voyons
un peu comment vous la soutiendrez......

LE CHEVALIER.

De quoi s'agit-il?......

LA COMTESSE.

D'Henriette.

C iv

LE CHEVALIER.

Comment ?....

LA COMTESSE.

Eh mais !..... vous rougissez, je crois....?
Allons je me tairai......

LE CHEVALIER.

Ah ! de grace.....

LA COMTESSE.

Laissez-moi donc d'abord vous préparer.....?

LE CHEVALIER.

Enfin, Henriette.....

LA COMTESSE.

Eh bien, cette Henriette si sensible, si délicate, si tendre; Henriette ne vous aime plus.

LE CHEVALIER, *en riant.*

Vous croyez cela ?

LA COMTESSE.

Oh, je sais que vous avez un grand fonds
de confiance.

Le Chevalier, *malicieusement.*

Eh vous favez peut-être auffi que je ne fuis pas fi difficile à tromper que je le penfe ?..... Mais, revenons à ce que vous difiez : fur quoi jugez-vous donc qu'Henriette a ceffé de m'aimer ?.....

La Comtesse.

Plaifanterie à part, je crois que vous avez un rival que vous devez craindre ; c'eft un homme de mérite, plein de raifon, d'une excellente réputation.....

Le Chevalier.

Oh, ce portrait me raffûre ; je craindrois infiniment davantage une mauvaife tête ; les femmes n'aiment que les étourdis.

La Comtesse.

Dans ce cas, vous feriez fûr d'obtenir la préférence.....

Le Chevalier.

Je parie que ce rival redoutable, c'eft Volfain.....

LA COMTESSE.

Précisément......

LE CHEVALIER.

De bonne foi, penfez-vous qu'il puiffe m'alarmer? un pédant, le plus trifte mortel, le plus empefé!.....

LA COMTESSE.

Ce qu'il y a de sûr, c'eft qu'il eft amou- reux, qu'il eft écouté, qu'ici même tout-à- l'heure il entretenoit Henriette, qui, lorfque j'ai paru, s'eft éloignée précipitamment avec l'air fort embarraffé & des yeux remplis de larmes.....

LE CHEVALIER, *en riant.*

Des yeux remplis de larmes !.... quelle hif- toire..... Au refte, elle pleuroit peut-être d'en- nui, cela eft très-poffible.

LA COMTESSE.

Eh bien! moi, je vous prédis que cet homme, que vous méprifez tant, l'emportera fur vous, fi vous n'y prenez garde. Henriette au moins l'eſtime. Si le Baron découvre que vous avez fait une chanſon contre lui, certainement il vous donnera l'excluſion, & alors Volſain....

LE CHEVALIER.

Cela, par exemple, pourroit arriver..... d'ailleurs, Volſain eſt ici la ſeule perſonne qui puiſſe me nuire; ainſi, il faut le faire chaſſer.... vous vous chargerez de cette entrepriſe, par amitié pour moi, & par haine pour lui.....

LA COMTESSE.

Moi, je ne hais point Volſain.

LE CHEVALIER.

Volſain! l'ami de la Marquiſe que vous avez toujours déteſtée; Volſain que vous venez de louer dans l'inſtant pour m'inquiéter; mais avec qui vous m'avez fait rompre, il y a trois ans; Volſain, dont vous m'avez dit ſi ſouvent tant de mal, vous ne le haïſſez pas...... de grace, ayez donc un peu plus de mémoire, quand vous aurez la prétention de me tromper!......

LA COMTESSE.

Je ne l'aime point, il est vrai; mais je me plais à rendre justice aux gens même pour lesquels j'ai de l'aversion.....

LE CHEVALIER.

J'admirerai cette grandeur d'ame tant que vous voudrez, pourvu que vous le fassiez chasser...... vous avez tout pouvoir sur le Baron; ainsi, rien ne vous sera plus facile......

LA COMTESSE.

Au vrai, je n'ai nul talent pour nuire.....

LE CHEVALIER.

Bon! vous êtes trop modeste; vous ne connoissez pas vos forces..... Il me vient une idée très-gaie..... persuadez au Baron que Volsain est l'auteur de la chanson.....

LA COMTESSE.

Mais, songez-vous à ce que vous me proposez ?.....

LE CHEVALIER.

Oui, je vois bien ce que je perds, ce que je sacrifie..... n'importe, je m'y résous.....

LA COMTESSE.

De quel facrifice parlez-vous ?.....

LE CHEVALIER.

Mais, d'un très-grand ; celui de ma chanfon..... en l'attribuant à Volfain, je rifque, fi la nouvelle s'en répand, de lui faire un honneur très-fait pour le confoler.....

LA COMTESSE.

Et d'ailleurs, vous ne voyez dans cette action aucune apparence de méchanceté ? vous ne craignez pas ?.....

LE CHEVALIER.

Comment donc ! faire paffer un fot pour un homme d'efprit, appelez-vous cela une méchanceté ?......

LA COMTESSE.

Il eft certain que ce feroit un moyen prefque fûr de perdre Volfain auprès du Baron, & en même temps auprès d'Henriette ; mais....

LE CHEVALIER.

Ah ! il y a ici une petite difficulté ; c'eft qu'Henriette eft dans ma confidence.....

LA COMTESSE.

Comment ! Henriette fait que vous avez fait cette chanfon ?.....

LE CHEVALIER.

Affurément; je le lui ai dit, & elle en a été charmée....

LA COMTESSE.

Cela eft furprenant !.....

LE CHEVALIER.

Ainfi, vous voyez qu'il ne faut pas que le Baron en parle à fa Nièce, & qu'il renvoye Volfain fans en dire les raifons : voilà à peu près le plan de l'entreprife.

LA COMTESSE.

Il eft beau, & profond fur-tout. J'entends quelqu'un ; c'eft Dorval. Je vous laiffe avec lui, & vais fonger à vos affaires.

S C È N E IV.

LE CHEVALIER, DORVAL.

LE CHEVALIER.

JE dois m'en rapporter à elle pour conduire une intrigue; elle m'a prouvé qu'elle s'y entend mieux que perfonne.....

DORVAL.

Ah ! Chevalier, je te trouve à propos ; je viens t'avertir qu'il fe trame ici quelque chofe contre tes intérêts. Après m'être promené dans le parterre, je fuis entré dans le petit pavillon qui le termine, & j'y ai trouvé Henriette, la Marquife & Volfain ; ils ont été pétrifiés à ma vûe, d'autant plus qu'Henriette pleuroit....

LE CHEVALIER.

Comment, encore!.... Mais, à qui en a-t-elle donc ?....

DORVAL.

On veut, je le parierois, la déterminer en

faveur de Volsain ; & ces pleurs annoncent qu'elle te regrette ; mais qu'elle te sacrifie .....

LE CHEVALIER.

Non, je ne puis le croire .... Je veux l'aller chercher, & m'expliquer avec elle.....

DORVAL.

Tu ne la verrois point en particulier ; elle est toujours avec la Marquise, dans ce même pavillon où je les ai rencontrées : j'ai placé Flamand au bout de l'allée ; aussi-tôt qu'elles rentreront au Château, il viendra m'avertir ; alors tu iras la trouver..... Ce mariage est une très-bonne affaire, il ne faut pas le manquer.... La petite personne a du goût pour toi ; mais la Marquise la gouverne, & protège Volsain..... Aussi tu as fait une grande faute, il falloit te déclarer amoureux de la Marquise, afin de la brouiller avec Henriette....

LE CHEVALIER.

J'y ai pensé ; mais j'ai craint, je te l'avoue, l'ennui qui pouvoit résulter de cette facétie ;

car

car la Marquife eut fort bien pu la prendre fé-
rieufement ; je fuis même fondé à croire qu'elle
s'y feroit prêtée d'affez bonne grace....

D O R V A L.

Ah, ah, cette femme de bien !....

L E C H E V A L I E R.

Oui, oui, *femme de bien* : j'imagine qu'il
y a plus d'un jour que tu ne crois plus à cette
chimère-là.... Je t'affure que dans un autre
genre, la Marquife eft tout auffi prude que la
Comteffe.....

D O R V A L.

Ma foi, à ta place, j'aurois tenté l'aventure, d'autant mieux qu'elle eft encore jeune &
belle ; mais, à propos de la Comteffe, fais-
tu ce qu'on dit ici dans la maifon, à ce que
j'ai appris aujourd'hui ?

L E C H E V A L I E R.

Quoi donc ?

D O R V A L.

Qu'elle travaille auprès du Baron ; non,
pour toi, mais pour elle.....

Tome II.   D d

Le Chevalier.

Comment ? qu'elle veut l'époufer ?

Dorval.

Juftement..... le Baron eft riche , il a un beau nom, la Comteffe eft ambitieufe ; elle ne peut fouffrir Henriette ; elle ne feroit pas infenfible au plaifir de la fruftrer de cette grande fortune qu'elle attend de fon Oncle....

Le Chevalier.

Mais, l'idée me paroît lumineufe, il y auroit du génie dans ce projet..... Cependant, j'en fuis fûr, la Comteffe ne l'oferoit tenter ; il me feroit fi facile de la dévoiler aux yeux du Baron ! j'ai toutes fes lettres ; il eft vrai qu'elle s'y exprime avec toute la prudence que la défiance & la fauffeté peuvent donner ; mais le plus fage s'oublie quelquefois. (*Il tire un portefeuille de fa poche.*) Et par exemple, en voici une dans laquelle le Baron n'eft pas ménagé.... Tiens , lis...... La Comteffe croit bonnement que j'ai brûlé celle-ci, je le lui ai dit fi naturellement qu'elle en eft intimement perfuadée...

DORVAL, *lifant toujours.*

Un fot, un imbécile!....

LE CHEVALIER.

Oh! la lettre eft parfaite, d'un bout à l'autre...

DORVAL.

C'eft un excellent titre, & bon à conferver.... mais par quel hafard, Chevalier, portez-
vous tout ce fatras de lettres ? ....

LE CHEVALIER.

Par *fentiment* d'abord, & puis aufli parce
que j'ai quelque envie d'en faire un facrifice
pour peu qu'il foit defiré....

DORVAL

Tu crois qu'Henriette eft jaloufe ?

LE CHEVALIER.

Oh! fûrement, toutes les femmes s'amufent
à cela : un facrifice, une petite perfidie faite
pour elles, les enchantent.

DORVAL.

Oui, mais je t'en prie, dans le facrifice que

tu médites, ne comprends pas la lettre que je viens de lire.....

LE CHEVALIER.

Oh! non, il faut réserver celle-là pour le Baron, dans le cas où Madame la Comtesse auroit la tentation de l'épouser. Aussi n'est-elle pas dans le porte-feuillle.....

DORVAL.

Ma foi, je t'admire; la Comtesse qui se croit pourvue de tant de finesse, aura trouvé son maître; j'en suis comblé !.....

LE CHEVALIER.

L'orgueil ne me rend point ingrat, je me plais à convenir que je lui dois l'heureux développement des talens qui peut-être renverseront ses desseins.....

DORVAL.

Oh! tu avois de grandes dispositions!....
N'entends-je pas la voix d'Henriette?.....

LE CHEVALIER.

Oui, c'est elle en effet.....

DORVAL.

Elle est seule, tu pourras t'expliquer sans contrainte..... Elle s'avance ; adieu. (*Il sort.*)

LE CHEVALIER.

Ne négligeons rien pour dissiper ses inquiétudes, s'il est vrai qu'elle en puisse éprouver.

SCÈNE V.

LE CHEVALIER, HENRIETTE.

HENRIETTE, *à part.*

LE voici !..... je tremble !.....

LE CHEVALIER.

J'allois vous chercher, Mademoiselle.....

HENRIETTE.

Et moi-même, Monsieur, je desirois vous parler.....

LE CHEVALIER.

Quel air triste & sévère !.... Ah ! je ne le vois que trop, on veut vous prévenir contre moi, & ce que je n'aurois jamais cru..... Hélas ! on y parvient.....

HENRIETTE.

Je n'emploierai point de vains détours pour vous dissuader : oui, mon cœur est changé ; mais n'en accusez que vous seul....

LE CHEVALIER.

Votre cœur est changé !.... ces mots cruels peuvent sortir de votre bouche !..... Oh ciel ! eh qu'ai-je donc fait ?.....

HENRIETTE.

Cette question seule vous nuit plus auprès de moi , que toutes vos actions..... oui, du moins, si vous sentiez vos torts , j'oserois me flatter encore que le temps & la réflexion pour-roient vous rendre à la vertu....

LE CHEVALIER.

Vous m'étonnez, vous me causez la plus affreuse inquiétude !.... Eh bien ! s'il est vrai que je sois dépourvu de raison, l'amour me reste, il suffira pour m'éclairer ; dépeignez-moi mes fautes , & soyez sûre que je détesterai, que j'abjurerai tout ce qui peut vous déplaire.

HENRIETTE.

Il me feroit impoſſible de vous détailler tous les ſujets de plainte que vous m'avez donnés ; je puis vous condamner en ſecret, & former peut-être le deſſein de me détacher de vous ; mais je ne pourrois ſupporter votre confuſion, & j'aurois plutôt la force de rompre avec vous, que celle de vous faire rougir à mes yeux.....

LE CHEVALIER.

Quel langage !.... Eh! comment voulez-vous que je puiſſe me défendre, ſi vous me laiſſez ignorer....

HENRIETTE.

Interrogez votre cœur.... &, ſi vous l'oſez, queſtionnez-moi, je vous répondrai.

LE CHEVALIER.

Quand vous m'accuſez, je ſens que je dois être coupable..... C'en eſt donc fait, Henriette, vous m'abandonnez !.... Je puis m'être égaré, je puis être un inſenſé ; mais je vous adore, je méritois de l'indulgence..... je ſuis digne au

moins de votre pitié ; me la refuserez-vous ?...;
ce cœur, jadis si tendre pour moi, m'est-il fermé sans retour ?.... (*Il se jette à ses pieds.*) Non,
je ne puis le croire; je vous aime trop pour ne
pas oser espérer encore un pardon, sans lequel
la vie me seroit odieuse....

HENRIETTE.

Ah !.... si je pouvois compter sur vos promesses......

LE CHEVALIER.

Eh ! pourriez-vous douter de votre empire
sur moi? Ah ! parlez; qu'exigez-vous?....

HENRIETTE.

Renoncez donc aux faux airs, qui d'abord
ne rendent que ridicule, mais qui bientôt finissent par corrompre. Cessez de juger les hommes
& le monde d'après le cercle étroit où vous
avez vécu ; cessez de vouloir vous persuader
que la vertu n'est qu'une chimère : ah ! suivez
les nobles mouvemens qu'elle inspire, & vous ne
douterez plus de son existence. Le desir de briller & de faire admirer votre esprit, vous éloi-

gne d'elle ; & cependant, c'est par elle seule qu'on peut être véritablement distingué. Eh ! quoi donc, pensez-vous attirer les yeux & vous singularifer, en paroissant n'avoir aucuns principes ? Quelle est votre erreur ! vous ne faites que vous confondre dans la foule. La claffe la plus nombreuse, comme la plus méprifable, est celle dans laquelle vous vous êtes placé ; & c'est la vanité qui vous la fit choisir..... Ah ! fans un cœur droit & pur, l'amour propre ne peut que nous égarer & nous empêcher d'atteindre le but même qu'il se propose..... Ce difcours, je le vois, vous étonne & vous déplaît ; bleffer votre orgueil, c'est risquer peut-être d'anéantir à jamais tous les foibles droits que j'ai fur votre cœur.....

Le Chevalier.

Que dites-vous ?..... Non, la vérité dans votre bouche doit perdre tout ce qu'elle peut avoir de choquant & d'auftère..... je brûle du defir de fuivre les loix que vous daignerez m'impofer ; achevez de m'éclairer, je me foumets à tout.....

HENRIETTE.

Auriez-vous le courage de rompre entièrement des liaisons indignes de vous? pourriez-
vous enfin me sacrifier de prétendus amis ?......

LE CHEVALIER.

Vous voulez parler de Dorval & de Sainville?...

HENRIETTE.

Oui. Cessez de les voir.... & je suis satisfaite.

LE CHEVALIER.

Et.... vous n'exigez pas.... d'autre sacrifice ?

HENRIETTE.

Non..... ne craignez rien.....

LE CHEVALIER.

Je dois donc vous prévenir. (*Il tire de sa
poche le porte-feuille.*) Ce porte-feuille contient
un portrait, des lettres.....

HENRIETTE.

Eh bien ?.....

LE CHEVALIER.

Les remettre en vos mains, c'est vous assurer,
mieux que ne le pourroient faire tous mes discours, que jamais.....

HENRIETTE.

Eh ! qui vous demandoit un semblable sacrifice ?.....

LE CHEVALIER.

Il m'est encore plus doux de vous l'offrir,
que de vous l'accorder.

HENRIETTE.

Quoi !...... (*Elle s'arrête & dit, après un
moment de réflexions :*) Je l'accepte...... donnez..... (*Elle prend le porte-feuille.*)

LE CHEVALIER.

J'ose me flatter qu'il ne vous reste plus de
craintes.....

HENRIETTE.

Du moins..... je n'ai plus de doutes.... je
sais en effet à quoi m'en tenir..... Mais il est
temps de terminer enfin une si longue conversation ; permettez-moi de vous quitter, &
d'aller réfléchir en liberté sur tout ce que je
viens d'entendre.

SCÈNE VI.
LE CHEVALIER, *feul.*

JE demeure pétrifié.... de quel œil froid &
dédaigneux elle accepte un facrifice que j'imaginois devoir lui être fi agréable!..... eft-ce
artifice, diffimulation?..... je n'y comprends
rien; & quel caractère impérieux & décidé elle
m'a montré!.... comme elle m'a prêché, fer-
moné!.... c'en eft fait; fi je l'époufe, je fuis
fubjugué, perdu!.... plus j'y penfe & plus je
vois clairement que nous ne nous convenons ni
l'un ni l'autre...... cependant, je l'aime......
mais ce dernier entretien m'a donné pour elle
un certain fentiment de crainte que je ne puis
définir, & qui s'accorde mal avec l'amour.......
ah! quel parti dois-je prendre?.... que je fuis
agité, troublé, & peu d'accord avec moi-
même!.... Allons trouver le Baron; qu'il faffe
expliquer fa Nièce, & que du moins mon fort
foit décidé avant la fin du jour. (*Il fort.*)

Fin du troifième Acte.

ACTE IV.

SCÈNE PREMIÈRE.

HENRIETTE, LA MARQUISE.

LA MARQUISE.

Oui, c'est sa destinée de se perdre dans votre esprit, en croyant toujours s'y établir.... Il a cru, n'en doutez pas, en vous sacrifiant ces lettres, vous flatter, vous séduire & vous subjuguer à jamais.....

HENRIETTE.

Se peut-il qu'il n'ait pas remarqué l'horreur que m'inspiroit un procédé si révoltant?.... & j'ai pu l'aimer !..... En le quittant, j'ai été chercher mon Oncle ; dans mon premier mouvement, je voulois lui tout déclarer, & rompre à l'instant même un engagement si peu digne de moi......

LA MARQUISE.

Mais le Baron, m'a-t-on dit, est allé faire

une vifite dans le voifinage, & n'eft pas encore
rentré....

HENRIETTE.

Oui, ainfi, je n'ai pu lui parler!....

LA MARQUISE.

N'attendez-vous pas ici la Comteffe?....

HENRIETTE.

Je l'ai fait prier d'y venir; je veux l'entretenir un moment.

LA MARQUISE.

Je crois pénétrer votre deffein.....

HENRIETTE.

Je lui rendrai fes lettres.

LA MARQUISE.

Elles ne font donc dans vos mains, que
par une trahifon? j'approuve l'ufage que vous
en voulez faire;... mais, pourquoi ne pas les
envoyer à la Comteffe par une main inconnue?
Pourquoi les donner vous-même, & vous expofer au reffentiment d'une femme outragée?...

HENRIETTE.

Du caractère dont elle est, je ne doute pas que la colère ne la porte à dire ce qu'elle fait contre le Chevalier ; & , de cette manière, j'en découvrirai peut-être des torts qui me sont inconnus.....

LA MARQUISE.

Ah ! n'en savez-vous pas assez ?

HENRIETTE.

Mon parti est pris, soyez-en bien sûre.... il a rompu tous les liens si chers qui m'attachoient à lui... Et dans quel moment ! quand j'étois prête à tout pardonner, à tout oublier !.... Il me dévoile le caractère le plus vil, le plus noir !.... de sang froid, sans nécessité, il abuse de la confiance d'une femme, qui peut être méprisable à nos yeux ; mais, qui devoit du moins l'enchaîner à jamais par la reconnoissance ; & il me méprise assez, ou plutôt, il est assez ennivré par l'excès de sa fatuité, pour imaginer me plaire en me faisant cet odieux sacrifice !... Enfin, il ne m'est plus possible de m'abuser, je le méprise, je le dois......

LA MARQUISE.

Pourquoi donc ces larmes amères que vous ne pouvez retenir!.... Henriette, ma chère Henriette, vous l'aimez encore....

HENRIETTE.

Non, non, dans un cœur honnête, l'amour ne peut survivre à l'estime ; mais je regrette, je l'avoue, la perte d'un sentiment dont j'attendois le bonheur de ma vie ; & s'il faut ne vous rien dissimuler, en dépit de la colère & de l'indignation que j'éprouve, la pitié se fait encore entendre au fond de cette ame déchirée..... Ce sentiment me pèse & me trouble.... Je vous le répète, je renonce à lui pour toujours ; l'honneur & la raison m'en imposent la loi..... mais, malgré ses vices, ses travers, il m'aime ; il me regrettera.... cette idée me tourmente.... Je verrai couler ses larmes, je serai témoin de son désespoir..... Ah! pour m'affranchir d'un si cruel supplice, que ne peut-on me prouver qu'il n'eut jamais pour moi le sentiment que je lui suppose!.... Car enfin,

que

que lui répondrai-je s'il me dit : « J'avoue tous
» mes torts, ils sont affreux, mais je n'en ai
» point avec vous. Lorsque vous étiez sans
» fortune, je demandois votre main : vous
» m'assurâtes que la constance pourroit seule
» l'obtenir; je n'ai jamais cessé de vous aimer,
» & vous m'abandonnez; & pour prix de tant
» d'amour, vous faites le malheur éternel de
» ma vie !.... »

LA MARQUISE.

S'il parle ainsi, il obtiendra sa grace !

HENRIETTE.

Ah ! pourriez-vous croire !....

LA MARQUISE.

Mais comment est-il possible que vous res-
sentiez une compassion si tendre pour un objet
qui la mérite si peu; tandis que vous la refusez
à Volsain, si digne de vous intéresser par ses
vertus & sa passion....

HENRIETTE.

Ah ! de grace, ne me parlez jamais de Volsain.

LA MARQUISE.

Eh quoi donc, je vous ai vue aujourd'hui même le louer avec tant de plaisir ; vous me vantiez fa générosité....

HENRIETTE.

Ah ! je n'étois pas à plaindre alors autant que je le fuis maintenant !.... Le malheur quelquefois aigrit & rend injuste ; je l'éprouve & j'en conviens.... Les vertus de Volfain , loin de difpofer mon cœur à l'aimer , n'excitent en moi qu'un fentiment pénible mêlé d'amertume & d'envie..... Enfin , les avantages trop réels que je fuis forcée de lui reconnoître fur le Chevalier de Sémur , ne font qu'augmenter encore l'éloignement que j'ai pour lui.... qu'il ceffe donc de prétendre à ma main, il ne l'obtiendra jamais ; tout Amant déformais ne peut me paroître que ridicule autant qu'importun ; le nom feul de l'Amour me déplaît & me révolte.... Je méprife le monde , je hais tous les hommes, je n'afpire plus qu'à goûter une tranquillité qui, peut-être hélas ! n'eft pas mieux faite pour moi que le bonheur auquel j'ai renoncé.....

LA MARQUISE.

Le temps adoucira ces sentimens violens, & vous fera recueillir le fruit du noble sacrifice que vous faites à la raison..... Mais j'apperçois la Comtesse. Adieu, ma chère Henriette, je vous laisse à regret; car je redoute pour vous ce pénible & fâcheux entretien. (*Elle sort.*)

SCÈNE II.

HENRIETTE, LA COMTESSE.

HENRIETTE.

Elle s'approche!.... Que je me sens embarrassée!....

LA COMTESSE.

On m'a dit, Mademoiselle, que vous desiriez me parler.

HENRIETTE.

Oui, Madame, en effet....

LA COMTESSE.

Vous paroissez troublée!...... Je ne puis comprendre!.....

E e ij

HENRIETTE.

Je voulois, Madame .... vous voir feule.....
afin de vous donner.... un porte-feuille.....
que.... le hafard.... a mis entre mes mains....
le voici .... (*Elle le tire de fa poche.*)

LA COMTESSE.

Comment ? ....

HENRIETTE.

Vous l'aviez perdu , fans doute.... je l'ai
trouvé.... & je m'empreffe de vous le rendre....
(*Elle le lui donne.*)

LA COMTESSE, *le prenant.*

Que vois-je!.... (*à part.*) Le perfide.....
(*Haut.*) Je fens , comme je le dois , un tel fervice , & je me trouve véritablement heureufe,
Mademoifelle , de pouvoir fur le champ vous
en témoigner ma reconnoiffance..... *Le hafard*
m'a fervie , ainfi que vous, & me procure l'occafion de vous rendre ce que vous faites pour
moi....

HENRIETTE.

Eh bien , Madame.......

LA COMTESSE, *tirant de sa poche le porte-feuille qui contient les lettres d'Henriette.*

J'ai trouvé aussi ce porte-feuille, qui, je crois, vous appartient, & *je m'empresse de vous le rendre.* (*Elle le lui donne.*)

HENRIETTE, *à part.*

O Ciel !....

LA COMTESSE.

Il eût été bien affligeant pour moi, Mademoiselle, de me voir par vous surpassée en générosité ; mais, grace au Ciel, je puis me flatter de m'être acquittée.....

HENRIETTE.

Je l'avoue, Madame ; je reçois ces lettres avec plaisir ; je puis me repentir de les avoir écrites ; mais du moins, elles ne contiennent rien dont je doive rougir..... (*A part.*) Ah ! sortons ; allons cacher le trouble affreux qui me surmonte. (*Elle sort.*)

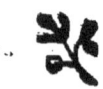

SCÈNE III.

LA COMTESSE, *seule.*

ELLE sort désespérée, elle ne m'a rendu ces lettres que pour me braver; mais enfin je me suis vengée & d'elle & de son amant...... Cependant, ce n'est point assez; je ne suis pas encore pleinement satisfaite..... Je n'ai plus rien à craindre du Chevalier.... j'ai toutes mes lettres..... mon portrait sur-tout qui m'inquiétoit, & que je n'osois redemander...... A présent, je pourrois tirer de tout ceci un assez bon parti.... il faudroit d'abord perdre Henriette dans l'esprit de son Oncle..... Le Baron est violent, crédule & borné..... il me sera facile.... mais le voici fort à propos; allons, ne perdons point de temps.... commençons à l'instant même....

SCENE IV.

LA COMTESSE, LE BARON.

LE BARON.

Est-il vrai, Madame, que vous m'ayez
cherché ?.....

LA COMTESSE.

Oui, Baron; & j'ai les chofes du monde les
plus importantes à vous dire..... Vous allez
connoître dans toute fon étendue l'intérêt.....
l'amitié fi tendre que vous m'infpirez..... On
vous trompe, on vous trahit..... & jugez de
ma fituation.... j'étois complice, fans le favoir,
des gens mêmes qui vous abufent..... Je vois
votre furprife.....

LE BARON.

Elle eft extrême, en effet....... On me
trompe, dites-vous; l'entreprife pourtant n'eft
pas facile..... j'ai quelque pénétration.....

LA COMTESSE.

Et voilà précifément ce qui m'a jetée dans

E e iv

un étonnement dont je ne suis pas encore revenue..... Qu'on m'abuse, moi, cela n'a rien de singulier; j'ai la simplicité d'un enfant.... mais vous, vous, Baron !.....

LE BARON.

Au reste, il seroit fort possible que j'eusse pénétré quelque chose de ce que vous voulez m'apprendre..... puisqu'il faut vous l'avouer, j'avois déjà dans la tête plusieurs soupçons vagues.....

LA COMTESSE.

Eh bien, je l'ai pensé d'abord...... que vous aviez peut-être deviné une partie de la vérité....

LE BARON.

Oh ! je ne dis pas toujours tout ce que je pense......

LA COMTESSE.

A présent, je me rappelle de vous avoir vu, dans deux ou trois occasions, faire de certaines mines.....

LE BARON, *souriant.*

Oui, oui; je ne suis peut-être pas si igno-

rant que vous l'imaginez..... Mais, de grace,
Madame, achevez de vous expliquer....

LA COMTESSE.

Je vous ai souvent vanté le caractère d'une
personne qui m'intéressoit, parce que je la
croyois estimable; le Chevalier de Semur.....

LE BARON.

Eh bien?

LA COMTESSE.

Je dois, avant tout, rendre hommage à la
vérité; nulle considération humaine ne peut
m'en empêcher..... enfin, mon cher Baron,
j'ai découvert, à n'en pouvoir douter, que le
Chevalier de Semur est également indigne de
votre alliance & de mon amitié.... l'honneur
m'oblige à l'accuser, à vous éclairer, & je
n'hésite pas.....

LE BARON.

A m'éclairer!..... Doucement, s'il vous
plaît, l'expression n'est pas tout-à-fait convenable.... Le respect que je dois à vos opinions
me forçoit au silence; mais enfin, puisque vous

êtes défabusée, je ne vous cacherai plus que
j'ai toujours regardé le Chevalier de Semur
comme un des plus médiocres sujets....

LA COMTESSE.

Mais c'est qu'il est d'une méchanceté, d'une
noirceur !....

LE BARON.

Un homme atroce, tranchons le mot. Je
le savois......

LA COMTESSE.

Ce n'est pas tout ; cette chanson qu'on a
faite contre vous.....

LE BARON.

Il en est l'auteur ?

LA COMTESSE.

Vous l'avez deviné.

LE BARON.

Comment, morbleu !..... mais je m'en suis
toujours douté ; & du moins je ne suis pas sa
dupe.....

LA COMTESSE.

Dupe !... & pouvez-vous l'être ?.... Cependant, mon cher Baron, je crois que ce qui me reste à vous apprendre, vous est absolument inconnu......

LE BARON.

Hom...∴ ne pariez pas.....

LA COMTESSE.

Henriette, votre Nièce..... étoit dans la confidence de cette noirceur.....

LE BARON.

Henriette !.... êtes-vous bien sûre ?....

LA COMTESSE.

Comme de mon existence.... mais, ne m'en croyez pas ; interrogez-la vous-même, & vous verrez clairement à sa rougeur, à son embarras....

LE BARON.

Oh, elle ne pourra m'en imposer, je vous en réponds..... je suis un peu plus fin qu'elle..... Holà, quelqu'un..... (*Un Laquais paroît.*) Allez chercher Henriette, dites-lui que je l'attends ici, qu'elle vienne sur le champ ; allez..... Henriette favoit que le Chevalier de Semur a fait des vers contre moi !....

LA COMTESSE.

Elle chante ce couplet toute la journée, le trouve charmant, & n'en aime que mieux le Chevalier de Semur depuis qu'elle fait qu'il en eſt l'auteur..... Cette horrible ingratitude à l'égard d'un Oncle qui la comble de tant de bienfaits....

LE BARON.

Ah, je faurai la démaſquer, je vous le garantis..... Ne m'avoir pas averti !.... participer à une méchanceté auſſi noire, auſſi abſurde !...... car cette chanſon eſt d'une platitude !....

LA COMTESSE.

Elle n'a pas le fens commun....

LE BARON.

Mais, Madame, que ne dois-je pas à votre amitié ?....

LA COMTESSE.

Il eſt certain, Baron, que je vous en donne une preuve qui n'eſt pas équivoque.... Je vous

sacrifie une ancienne liaison; je me fais un
ennemi dangereux, qui ne me pardonnera pas
de l'avoir dévoilé à vos yeux.....

LE BARON.

Mais aussi , Madame, vous acquérez un
ami.....

LA COMTESSE.

J'entends du bruit; c'est sans doute votre
Nièce : je vous quitte, mon cher Baron , & je
vous prie de ne me point nommer.....

LE BARON.

Ne craignez rien, Madame; soyez bien sûre
que vous ne serez point compromise ; vous
pouvez vous en rapporter à ma reconnoissance
& à l'attachement.....

LA COMTESSE.

Je n'ai point d'inquiétude.... Je crois entendre votre Nièce. Adieu ; je vous laisse.....

LE BARON.

J'irai, si vous le permettez, vous rejoindre
dans un moment......

LA COMTESSE.

Je vous attendrai chez moi. (*A part, en s'en allant.*) Tout va bien, je suis sûre à présent de ma vengeance. (*Elle sort.*)

SCÈNE V.
LE BARON, *seul.*

QUELLE bonne, quelle estimable femme !.... Mais, Henriette !..... ah ! s'il est vrai qu'elle soit capable de tant d'ingratitude !..... Eh ! m'est-il possible d'en douter ? quel intérêt auroit la Comtesse à l'accuser injustement ?..... On vient.... c'est elle.... Voyons ce qu'elle pourra me dire pour sa justification.

SCÈNE VI.
LE BARON, HENRIETTE.

LE BARON.

APPROCHEZ, approchez, Mademoiselle....

HENRIETTE.

Mon Oncle......

LE BARON.

Cette converfation ne fera pas longue ; je n'ai qu'une feule queftion à vous faire, & je vous prie d'y répondre fur le champ & fans détour. Saviez-vous que le Chevalier de Semur fût l'auteur de cette chanfon?.... Comment! vous rougiffez déjà?....

HENRIETTE.

Il eft vrai, mon Oncle; mais fi vous vouliez m'entendre.....

LE BARON.

Répondez d'abord. Saviez-vous que c'eft moi que ce couplet veut ridiculifer? & le Chevalier de Semur vous a-t-il avoué qu'il l'avoit compofé?..... *Oui* ou *non ;* répondez?

HENRIETTE.

Oui, mon Oncle; cependant....

LE BARON.

Ah, ah, je favois bien que je vous en ferois convenir..... Et c'eft donc ainfi, Mademoifelle, que vous reconnoiffez tout ce que j'ai fait pour vous ?..... Oh bien, vous pouvez de ce pas aller faire vos adieux au Chevalier de Semur.

HENRIETTE.

Eh ! mon Oncle, je venois vous conjurer de rompre avec lui.....

LE BARON.

Oui, cela est vraisemblable ; c'est bien à moi qu'on en impose ainsi.

HENRIETTE.

Je vous proteste mon Oncle.....

LE BARON.

C'en est assez ; préparez-vous à partir demain pour le Couvent que vous choisirez, cette demeure vous conviendra mieux que la mienne ; car après vos indignes procédés, vous n'avez plus de maison paternelle. (*Il sort.*)

SCÈNE

SCÈNE VII.

HENRIETTE, *feule.*

JE refte immobile!.... il manquoit à mon malheur de m'entendre accufer d'ingratitude par
mon bienfaiteur, par celui qui jufqu'ici m'a
tenu lieu de père!.... Si je cherche à me juftifier, mon Oncle attribuera peut-être au plus
vil intérêt des démarches qui ne feroient infpi-
rées que par mon cœur.... D'ailleurs, voudra-
t-il confentir à m'entendre ? il eft fi prévenu !...
Non, non, je me foumets au fort dont fa colère
me menace : un Couvent en effet eft déformais le feul afyle qui me convienne !.... Eh ! que
pourrois-je regretter maintenant en quittant le
monde!.... Allons tout préparer pour mon départ, allons...... (*Elle fort.*)

Fin du quatrième Acte.

ACTE V.

SCÈNE PREMIÈRE.

LA MARQUISE, HENRIETTE.

LA MARQUISE.

AH! que m'apprenez-vous, ma chère Henriette; votre Oncle peut vous foupçonner de manquer à la reconnoiffance que vous lui devez?... Je ne puis me perfuader qu'il foit fi difficile de le défabufer, fouffrez que j'aille le chercher.....

HENRIETTE.

Vous ne le verriez point; il eft enfermé avec la Comteffe; & d'ailleurs, je ne vous ai confié ce nouveau chagrin que fous la condition expreffe que vous ne tenteriez aucune démarche.....

LA MARQUISE.

Voilà le fruit de l'imprudence que vous avez faite, en rendant à la Comteffe les lettres qui vous étoient facrifiées; elle fe venge en vous calomniant.... Songez combien le Baron est violent & crédule, & combien la Comtesse est artificieuse & méchante....

HENRIETTE.

Je ne me repens point de tout ce que j'ai fait; le temps saura dévoiler aux yeux de mon Oncle la noirceur de la Comtesse; & moi j'ai du moins acquis la certitude que je desirois avoir, & retrouvé la tranquillité que j'avois perdue....

LA MARQUISE.

Est-il bien vrai, ma chère Henriette? Le Chevalier de Semur n'a plus le droit de troubler votre repos?....

HENRIETTE.

Quoi! après son indigne perfidie, quand j'ai reçu toutes mes lettres des mains d'une femme qu'il savoit être mon ennemie, qu'il méprise lui-même, & qu'il trahit ainsi que moi!....

LA MARQUISE.

En effet, il est impossible de pousser plus loin l'inconséquence, l'absurdité & la trahison!....

HENRIETTE.

Je l'avoue, je n'aurois jamais pensé que cette femme eût sur son esprit un tel ascendant!.... Il ne m'a sacrifié ses lettres que par fatuité; & je suis sûr qu'il n'a donné les miennes que par un excès de confiance.... d'ailleurs, il l'aime peut-être!....

LA MARQUISE.

Il y a une telle conformité dans leurs caractères!....

HENRIETTE.

Enfin, grace au Ciel, il ne m'inspire à présent qu'un mépris si froid & si tranquille, que je n'éprouve même plus le besoin de me plaindre de lui!..... Je ne le hais point; je n'ai nulle colère; je le verrois sans trouble; & je ne serois pas tentée, je vous assure, de lui faire le plus léger reproche...... Je suis parvenue à un tel degré d'indifférence, qu'en vérité, je crois de bonne-foi que je m'abusois quand j'imaginois ressentir une passion si violente.... &.... qu'au vrai, je ne l'ai jamais aimé!..... Mais, n'en parlons plus.....

LA MARQUISE.

Vous avez raison ; oubliez-le pour toujours. Revenons au Baron. Je ne ferois point du tout furprife fi dans le premier mouvement de fa colère contre vous, il fe décidoit à fe marier ; par exemple, à époufer la Comteffe, pour laquelle il a réellement beaucoup de goût ; ainfi je vous confeille de ne point perdre de temps, &.....

HENRIETTE, *avec diftraction.*

Vous penfez qu'il eft encore amoureux d'elle ? Eft-elle donc fi charmante ? ....

LA MARQUISE.

Oh ! je ne le crois guères fufceptible d'éprouver une paffion véritable, cependant.....

HENRIETTE.

Il fait le feindre du moins ! .... & avec quel art ! .... quelle fauffeté ! ..... quelle féduction ! .....

LA MARQUISE.

Comment... mais, de qui parlez-vous ? .....

F f iij

HENRIETTE.

Quoi ?..... qu'ai-je donc dit ?....

LA MARQUISE.

Henriette, Henriette !..... est-ce ainsi que vous n'y penfez plus ?..... Ah ! que vous m'affligez.

HENRIETTE.

En vérité..... je vous protefte..... c'eft une diftraction....

LA MARQUISE.

Oui, de votre cœur.... & voilà le mal....

HENRIETTE.

Non.... mais tout ce qui m'eft arrivé aujourd'hui a brouillé toutes mes idées.... il y a dans ma tête une telle confufion !.... (*Elle s'affied.*)

LA MARQUISE, *s'approchant d'elle.*

Chère Henriette !..... vous pleurez !.....

HENRIETTE.

Ah ! Madame !....

LA MARQUISE.

Eft-il poffible qu'une ame fi noble ne puiffe triompher d'une foibleffe....

HENRIETTE, *se levant.*

Je ne puis démêler moi-même ce qui se passe
au fond de mon cœur !.... il y a des momens
où je suis étonnée du calme que j'éprouve; &
dans d'autres !.... Ah ! que j'aspire après la
retraite où je dois m'ensevelir pour toujours !.....

LA MARQUISE.

Quelqu'un vient..... c'est lui....

HENRIETTE.

Comment.... lui !....

LA MARQUISE.

Oui, le Chevalier de Semur ....

HENRIETTE.

Ah! fuyons.... Mais, non, pour la dernière
fois, je veux lui parler, lui montrer tout le
mépris qu'il m'inspire .....

LA MARQUISE.

A quoi vous exposez-vous !....

HENRIETTE.

Ah! ne craignez rien; je sens trop que si je
F f iv

lui témoignois de la colère, il pourroit croire encore qu'il est aimé.....

LA MARQUISE.

Mais, serez-vous maîtresse?......

HENRIETTE.

Il vient, de grace, laissez-nous....

LA MARQUISE.

Adieu; mais, au nom du Ciel, ne vous permettez pas le plus léger reproche, & ne lui laissez voir que la plus parfaite indifférence.

HENRIETTE.

Ah! c'est bien mon projet.....

LA MARQUISE.

Le voici. Adieu, Henriette : songez à votre gloire.... (*Elle sort.*)

SCÈNE II.

HENRIETTE, LE CHEVALIER.

LE CHEVALIER, *dans le fond du Théâtre.*

ENFIN, je la revois.... véritablement cette maison est aujourd'hui comme ces Palais en-chantés, dont tous les Habitans sont invisibles !.... chacun est renfermé chez soi, &..... Mais, qu'avez-vous, Mademoiselle ?.... Quoi ! ver-rai-je toujours vos beaux yeux obscurcis par cette sombre tristesse ?....

HENRIETTE.

Si mes regards vous peignoient le dédain le mieux fondé, le mépris le plus profond, j'avouerois qu'en effet....

LE CHEVALIER.

Qu'entends-je !.... & que peut signifier....

HENRIETTE.

N'attendez de moi ni reproches, ni explica-tion : je n'ai voulu vous parler encore que pour vous déclarer que je ne vous verrai jamais ; & pour vous demander mes Lettres....

LE CHEVALIER.

O Ciel, est-il possible !....

HENRIETTE.

J'ose croire que vous ne pouvez me refuser mes Lettres ; encore une fois, je vous les re- demande.....

LE CHEVALIER.

Vos Lettres !.... Non, ne l'espérez pas. Elles me sont plus chères que ma vie ; jamais, jamais, elles ne sortiront de mes mains. Hélas ! elles de- viennent aujourd'hui ma seule consolation, l'unique bien qui me reste !.... & vous avez la cruauté de vouloir me les ravir !....

HENRIETTE, *à part.*

Cet excès de fausseté me rend enfin à moi- même !....

LE CHEVALIER, *à part.*

Elle s'émeut, continuons !.... (*Haut.*) Que vous connoissez mal ce cœur que vous déchi-

rez !.... Vos Lettres ! je m'en détacherois ; je
pourrois me résoudre à cet affreux sacrifice !....
Ah ! ne fût-ce que pour un jour, ne fût-ce que
pour une heure, un instant.... il me seroit impossible....

HENRIETTE, *très-froidement.*

C'en est assez.... vous ignorez vous-même
le bien que vous venez de me faire..... je vous
dois enfin.... ce que nul autre ne pouvoit me
donner.... Adieu ; je suis à présent entièrement
satisfaite. (*Elle sort.*)

SCÈNE III.

LE CHEVALIER, *seul.*

PARLE-T-ELLE sérieusement ? ou n'est-ce
là qu'un persiflage ?.... D'ailleurs, d'où venoit
cette grande colère ? je ne l'imagine pas ; & la
crainte de ne pouvoir me justifier, m'a empê-
ché de lui faire les questions qui auroient pu
m'éclaircir..... Cependant, je me suis tiré assez
adroitement de la demande imprévue de ses

lettres...... au lieu d'être déconcerté, éclater
en reproches, en plaintes amères, verser des
pleurs, composer sur le champ le discours le
plus pathétique..... voilà ce qui s'appelle de
la présence d'esprit & du génie....

───────────────────────────

SCÈNE VI.

LE CHEVALIER, LA COMTESSE.

LA COMTESSE.

Il est seul!.....

LE CHEVALIER, *se retournant.*

Ah! ah! la Comtesse.... De grâce, Madame,
apprenez-moi ce que vous êtes devenue toute
l'après-dînée ?

LA COMTESSE.

Dites-moi vous-même si vous avez vu Henriette ?

LE CHEVALIER.

Elle sort d'ici....

LA COMTESSE, *à part.*

Il fait sûrement l'histoire des lettres..... &

diffimule fon reffentiment ; mais ôtons-lui le droit de fe plaindre, en éclatant la première.....

LE CHEVALIER.

Mais, je vous prie, pourquoi cette queftion ?....

LA COMTESSE.

Ah ! vous le favez bien.... vous n'ignorez pas les torts affreux que je puis vous reprocher.....

LE CHEVALIER.

Moi ! je vous jure.....

LA COMTESSE.

Rendez-moi mes lettres.....

LE CHEVALIER.

Vos lettres ? comment, encore !..... Oh, je fuis excédé de cette demande, je ne vous le cache pas.....

LA COMTESSE.

Perfide !.... ce portrait & ce porte-feuille que l'amitié crédule dépofa dans vos mains.....

LE CHEVALIER.

Ecoutez ; laiffons pour un moment ce pompeux langage; nous le reprendrons après vous voulez; mais d'abord, commençons par nous entendre : de quel porte-feuille parlez-vous ?

LA COMTESSE.

De celui qui renfermoit toutes mes lettres, que vous avez facrifiées; & qui m'a été rendu par celle même à qui vous l'aviez donné.....

LE CHEVALIER.

Par Henriette ?....

LA COMTESSE.

Juftement....

LE CHEVALIER.

Et vous lui avez rendu les fiennes, que je vous avois confiées ?....

LA COMTESSE.

Affurément. Non par un efprit de vengeance, j'en fuis incapable; mais, au contraire, pour la mettre à l'abri d'éprouver de votre part un outrage femblable à celui que je reçevois moi-même.

LE CHEVALIER, *à part.*

Ah! c'en est fait, Henriette est perdue pour moi sans retour..... je suis outré.....

LA COMTESSE.

Vous m'avez trahie, compromise de la manière la plus sensible, & dans le moment où je vous servois ici avec toute la chaleur que peut inspirer l'amitié..... Enfin, si vous manquez un établissement avantageux, ne vous en prenez qu'à vous-même. Henriette a cessé de vous aimer; d'un autre côté, ce pauvre Baron que vous avez ridiculisé, chansonné, est furieux contre vous; ainsi, le seul parti qui vous reste à prendre.....

LE CHEVALIER.

Est celui de la retraite, cela est clair....

LA COMTESSE.

A quoi vous meneroit un éclat?..... Si vous avez l'injustice de me haïr, songez que vous ne pouvez rien désormais contre moi; j'ai toutes mes lettres.....

LE CHEVALIER, *à part*.

Oh, toutes !..... Non, grace à ma pré-
voyance....

LA COMTESSE.

En un mot, vous éviterez un très-grand
ridicule en partant fur le champ, fans explication & fans bruit.... Un refte d'intérêt pour
vous me porte à vous donner ce confeil ; d'ailleurs, faites tout ce que vous voudrez, je ne
m'y oppofe en aucune manière. Vous ne répondez rien ?......

LE CHEVALIER, *à part*.

Feignons afin de nous venger plus sûrement..... (*Haut.*) Je fuis confondu, je vous
l'avoue ; votre douceur me touche, votre raifon me perfuade..... je vous parle avec fincérité.... En vérité, je fens mes torts, & je
me décide à partir dans l'inftant, fans voir ni
le Baron ni fa Nièce : en effet, que leur dirai-
je ?.....

LA COMTESSE.

Eh bien, Chevalier, vous m'étonnez à votre
tour ;

tour ; je ne m'attendois pas à vous trouver autant de raifon !.....

LE CHEVALIER.

Au refle, je me confolerai facilement.....
je n'étois point amoureux ; ainfi......

LA COMTESSE.

J'efpère que cet événement ne nous brouil-
lera point entièrement.... je fens que je m'inté-
refferai toujours à vous.....

LE CHEVALIER.

Vous paroiffez attendrie !....

LA COMTESSE.

Je le fuis, je ne m'en défends point....

LE CHEVALIER, *lui baifant la main.*

Adieu, Madame..... réellement je ne puis
vous exprimer..... adieu.

LA COMTESSE.

Adieu..... Chevalier..... (*A part.*) Enfin ,
m'en voilà débarraffée !....

Tome II.   G g

LE CHEVALIER, *après avoir fait quelques pas,*
revenant.

Ah ! j'oubliois....

LA COMTESSE.

Quoi donc ?.....

LE CHEVALIER.

Avant de partir, il faut payer ses dettes;
je dois soixante-quinze louis au Baron, qu'il
m'a gagnés hier au quinze....

LA COMTESSE.

Si vous voulez, je me chargerai....

LE CHEVALIER.

Je n'ai point d'argent sur moi.....

LA COMTESSE.

N'importe.....

LE CHEVALIER.

Mais, j'ai des billets de caisse....

LA COMTESSE.

C'est la même chose; donnez, je les lui
remettrai de votre part.....

LE CHEVALIER, *s'approchant d'une petite table.*

Fort bien...... Mais tous ces billets sont détachés, vous pourriez les perdre.....

LA COMTESSE.

Enveloppez-les dans une feuille de papier......

LE CHEVALIER, *tirant un tiroir.*
J'y pensois, & j'en cherche.....

LA COMTESSE.

J'en ai dans ma poche.......

LE CHEVALIER.

En voici ; & un pain à cacheter, c'est tout ce qu'il faut.... (*Il fait à la hâte une enveloppe.*) Je mets là-dedans trois billets de vingt-cinq louis, ce qui fait le compte. Vous voulez donc bien vous en charger ?....

LA COMTESSE.

Oui, donnez......

LE CHEVALIER.

Les voici..... A présent, me voilà quitte. (*A part.*) Ma foi, le plaisir de pouvoir se vanter d'un tel tour, doit consoler de tout le reste.

(*Il sort.*)

SCÈNE V.

LA COMTESSE, *seule.*

IL a pris tout ceci beaucoup plus tranquillement que je n'aurois cru..... S'il avoit pu se venger, s'il avoit eu mes lettres, je suis bien sûre qu'il ne m'auroit pas montré tant de douceur; mais il a vu que je ne le craignois pas.... Enfin, le voilà chassé; Henriette part demain pour le couvent.... j'ai assez bien conduit cette petite intrigue. Maintenant, il ne tient qu'à moi d'épouser le Baron; &, toute réflexion faite, je ne dois pas laisser échapper une occasion que je ne retrouverois vraisemblablement jamais.

SCÈNE IV.

LA COMTESSE, LE BARON.

LE BARON.

EH bien, Madame, le Chevalier vient de monter dans sa voiture, & part sans avoir demandé à me voir....

LA COMTESSE.

Je lui ai parlé, & lui ai reproché l'indignité de ſes procédés, avec cette autorité que la vertu ne peut jamais perdre, même ſur le vice. Il m'a paru interdit, confondu, ſur-tout lorſque je lui ai prouvé que, ſentiment à part, vous étiez, par votre eſprit & votre caractère, ſi fort au-deſſus d'une méchanceté de ce genre ; & qu'enfin tout ce ridicule, qu'il avoit prétendu jeter ſur vous, ne pouvoit retomber que ſur lui....

LE BARON.

Qu'a-t-il répondu à cela ?.....

LA COMTESSE.

Oh, rien ; il étoit abattu, conſterné.....

LE BARON.

A un tel excès, qu'il n'a même pas oſé m'écrire.... Mais, quel papier tenez-vous là ?...

LA COMTESSE.

Ah !..... il m'a prié de vous le remettre..... (*Elle le lui donne.*) Ce ſont des billets de caiſſe.....

Le Baron.

Comment ?.....

La Comtesse.

Oui, les foixante-quinze louis que vous lui avez gagnés hier au quinze.....

Le Baron.

Moi !.... je n'ai nulle idée..... mais voyons. (*Il ouvre l'enveloppe.*) Ah ! ah !.... une lettre !.... (*Il lit.*)

La Comtesse.

Que dites-vous ?....

Le Baron, *à part.*

L'écriture de la Comtesse !....

La Comtesse.

Vous paroiffez furpris !.....

Le Baron, *à part.*

J'ai lieu de l'être en effet.....

La Comtesse.

Que regardez-vous ?.....

Le Baron, *à part.*

Avant de parler, achevons de nous éclair-cir.......

LA COMTESSE.

Mais, que lifez-vous donc ?.....

LE BARON.

Je veux voir fi ces billets font en bonne forme....

LA COMTESSE, *s'approchant.*

Quoi !..... vous lifez une lettre ?.....

LE BARON.

Il eft vrai !......

LA COMTESSE.

Ah ! le fourbe !.... il m'a trompée .... il avoit apparemment un billet tout prêt.... Je fuis sûre qu'il m'y calomnie ; & vous pouvez Baron !....

LE BARON.

Les bras m'en tombent.... mais achevons.

LA COMTESSE.

Quelle colère fe peint fur votre vifage ?...
Ah, je vous en conjure, montrez-moi fa lettre....

LE BARON, *à part.*

Oh ! l'abominable femme, quel comble de noirceur, de perfidie!.....

LA COMTESSE.

Je vous le répète, montrez-moi fa lettre, je fuis certaine de pouvoir réfuter dans le moment même tout ce qu'elle contient....

LE BARON, *après avoir lû.*

Cela n'eft pas néceffaire, je fuis pleinement convaincu qu'elle n'a été dictée que par la plus atroce méchanceté....

LA COMTESSE.

Eh ! comment peut-elle vous faire une auffi profonde impreffion, vous paroiffiez hors de vous......

LE BARON.

Je l'avoue.... & fi je n'ai pas éclaté d'abord, c'eft qu'en vérité je ne trouve point de termes qui puiffent exprimer l'excès de ma furprife & de mon indignation....

LA COMTESSE.

Calmez-vous, & fongez que les méchans ne font dignes que de mépris....

LE BARON.

Fort bien;... mais auffi... vous conviendrez qu'il feroit doux de les punir autant qu'il eft poffible en les démafquant publiquement....

LA COMTESSE.

Vous avez bien raifon.....& même cette efpèce de vengeance devient un devoir par l'utilité dont elle peut être à la fociété...

LE BARON.

Je fuis charmé que vous m'encouragiez.... car juftement cette idée m'occupoit depuis un quart-d'heure;.... mais que nous veut Volfain?....

SCÈNE VII.

LE BARON, VOLSAIN.

VOLSAIN.

AH! Monſieur, que viens-je d'apprendre ?.....
Henriette vous cherche, & veut obtenir la
permiſſion de partir ſur le champ & d'aller
s'enfermer dans un Couvent ; ſouffrirez-
vous ?...

LE BARON.

Qu'elle vienne, qu'elle vienne....

VOLSAIN.

Elle ſuivoit mes pas.... Ah ! la voici.

SCÈNE VIII.

LA COMTESSE, LE BARON, LA MARQUISE, HENRIETTE.

LE BARON.

EST-IL vrai, ma Nièce, que vous vouliez me quitter ?....

HENRIETTE.

Vous me l'avez ordonné, mon Oncle...

LE BARON.

Mon enfant, la calomnie, la méchanceté peuvent quelquefois en imposer aux plus sages ; mais enfin j'ai découvert le piége, & je vous rends justice.... (*Il l'embrasse.*)

LA COMTESSE *à part.*

Qu'entends-je !....

HENRIETTE.

Quoi, mon Oncle !

LE BARON *montrant la Comtesse.*

Madame, que voilà, vouloit me perfuader que vous étiez un monftre d'ingratitude ; mais heureufement je ne fuis pas tout-à-fait auffi fot & auffi *imbécille* qu'elle l'imaginoit.....

LA COMTESSE.

Vous ne méritez pas que je prenne la peine de me juftifier, & je vois que vous étes le plus foible comme le plus crédule de tous les hommes, puifque vous pouvez ajouter quelque foi à la lettre que vous venez de recevoir.

LE BARON.

En effet, la main qui l'écrivit, a tracé, je crois, plus d'un menfonge.

LA COMTESSE.

Cette lettre en eft fûrement la preuve.....

LE BARON.

Oui, rien n'eft plus vrai, & pour vous en convaincre mieux, Madame, daignez en regarder l'écriture.....(*Il déploie la lettre & la lui montre.*)

LA COMTESSE.

Comment !

LE BARON.

C'est la vôtre....

LA COMTESSE *voulant saisir la lettre.*

Quelle imposture !...

LE BARON.

Doucement, s'il vous plaît ; cette lettre appartient au Chevalier de Semur, c'est à lui seul que je la rendrai......

LA COMTESSE *à part.*

Je suis confondue, anéantie....

LA MARQUISE, *au Baron.*

Auparavant, Monsieur, j'espère que vous nous la communiquerez....

LE BARON.

Oh ! vous y pouvez compter.....

LA COMTESSE, *à part.*

Ciel ! quel outrage !... Allons cacher ma rage, ma honte & mon désespoir.... (*Elle sort.*)

LE BARON, *faisant quelques pas pour la suivre.*

Adieu, Madame la Comtesse ; dites, je vous prie, au Chevalier de Semur que je lui pardonne de tout mon cœur la chanson en faveur de cette dernière espiéglerie.....

SCÈNE IX & dernière.

LE BARON, LA MARQUISE, HENRIETTE, VOLSAIN.

LE BARON *revenant.*

OH! le tour est excellent, il en faut convenir !.... engager la femme qui le fait chasser, à porter & à donner elle-même l'écrit qui doit la démasquer ; le trait est charmant & du meilleur genre !....

LA MARQUISE.

Et c'est ainsi que les méchans finissent tôt ou tard par se dévoiler réciproquement ; ils se trahissent sans scrupule, & nous découvrent eux-mêmes l'excès de leur perversité.

LE BARON.

Enfin je n'ai pas mal démêlé toute cette Intrigue.... Dans le court efpace de deux ou trois heures, punir un fat & confondre une prude, cela n'eft pas mal-adroit. A préfent, ma chère Henriette, je ne dois plus m'occuper que de votre bonh .r....

HENRIETTE.

Me rendre votre tendreffe, c'eft l'affurer à jamais.....

LE BARON.

Je ne puis mieux vous la prouver, qu'en vous donnant un époux digne de vous ; Volfain vous aime....

VOLSAIN.

Ah ! Monfieur....

HENRIETTE.

Non, mon Oncle, laiffez-moi jouir, je vous en conjure, de la liberté qui m'eft enfin rendue....

VOLSAIN.

Ah ! ne me banniſſez point de votre préfence, daignez , Mademoiſelle , ſouffrir mes
ſoins; que ma vue ne vous ſoit pas odieuſe ; &
tous les vœux que j'oſe former, feront remplis.

LE BARON.

Voilà des ſouhaits bien modeſtes, mais votre
mérite & le temps vous donneront, n'en doutez pas, l'heureux droit de devenir un jour plus
ambitieux.

FIN.

APPROBATION.

J'AI lu, par ordre de Monſeigneur le Garde
des Sceaux, deux Volumes, intitulés : *Théâtre
de Société,* faiſant partie des Œuvres de Madame
la Comteſſe de * * *; & je n'y ai rien trouvé
qui ne doive tourner au profit des mœurs & de
la vertu. A Paris, ce 30 Mars 1781.

TERRASSON.

TABLE

DES PIÈCES CONTENUES
DANS CES DEUX VOLUMES.

Fin de la Table.